然の点の続き

――ブルームに集いて

松平みな

目次

一

小森剛の夢

　中学校でも全く目立つことのなかった僕、小森剛《こもりごう》が英語に興味を持ち始め、その後没頭した時期がある。

　三重県の山間の町から母の里帰りで、東京の新宿へ連れて行ってもらった時に祖母から、祖母の母親、つまり僕の曾祖母は、昭和三十九（一九六四）年にオーストラリアで亡くなった、と聞いた時だ。今まで遠い存在だった海外、それもアメリカやイギリスなどよく耳にする国ではなく、オーストラリアだという。メジャーではないが英語圏だし、日本から割に近い南半球だ。

　僕は自然と、オーストラリアかぁ、英語だなぁと思った。頭の中で、英語という言語と、オーストラリアという国がすぐに結びついた。

中学校入学前の春休み、東京の祖母の家で、英語をしっかり学びたいと決意した僕。大好きな新宿の祖母の、優しい中にも何時でもある毅然とした物腰が僕は特に好きだ。それに祖母は英語が話せるのだ。その祖母の母親だというのだから、絶対に素敵である筈《はず》だし、深い繋《つな》がりがオーストラリアにあるだろう。これから僕は英語を学び練習して、将来のオーストラリアへの足掛かりにしたいと思った。

ぼんやりの僕にも、目の前に見える形で夢が見つかった瞬間であった。過去へ拘《こだわ》ること、曾祖母の足跡を追いかけること、これが僕の夢だと言っても、家族や友人にさえ解ってもらえないかもしれない。それでも曾祖母の過去を辿《たど》ってみたいと思ったのだ。

早速、両親に頼んで、祖父の仕事の関係で紹介のあったハリー・ジョーンズ氏に就いて英語を学ぶことにした。三重大学にイギリスから来ている研究員だ。平成十四(二〇〇二)年、中学一年の二学期のことだった。

ジョーンズ先生は来日したばかりだったので、僕が日本語の日常会話を教える代わりに月謝を半分にしてくれることになった。僕たちはお互い学び合うことで上達した。

レッスンは、ジョーンズ先生が部屋にある物を指さして英語のスペルを書いて発音する。その発音を僕が真似をする形式だった。そして読むこと、書くこと、その後正しく発音して会話をすることという具合に進んでいった。最初の頃の僕の発音は、かなり悪くて何度も同じ言葉を繰り返すことも多かった。

数学の他には特技もなく、勉強もクラスの中の上、程度のところを行ったり来たりしていたが、二年生最後の通知表では英語が五になっていた。中三の一学期には数学、英語に加え、国語にも五が付いた。他の科目は三がほとんどで四が一つだったが、数学、国語、英語の三科目に五が付いたから、主要三科目では学年トップレベルへと仲間入りした。

ジョーンズ先生は日本語を教えるために、古語から歴史に至るまで勉強して彼に接したから、僕を子どもだと馬鹿にしないで、最後まで月謝は半分でよいと言って値上げをしなかった。有り難いことに僕が読み書きできる漢字も圧倒的に増えていった。

こんな風な僕だが、賢くてしっかり者というにはほど遠く、実際は優柔不断でただただ先祖のこと、つまり過去に拘り続ける中学生であった。

中学へ入学した一学期に、いきなり国語の授業で、将来の夢という作文を書けという課題が出た。僕の夢を書く訳にはいかず面倒に思ってしまい、夢はありませんと書いて出して、先生に酷く叱られた。夢がないということはないだろうと先生は言い、僕はないものはないですと、先生に逆らってしまった。実際に、先祖の過去に拘っていることなど、夢として書ける訳がないから。

高校を卒業したら、何か腕に技、つまり職人の見習いになり、その道のプロと言われるような仕事に就くか、それとも家から通える近くの国立高専で学んで専門職に就くか、もう一つの選択は、大学を卒業してサラリーマンになるくらいしか思いつかなかった。

いずれにしても僕は長男だから、小森の家を継ぐのだろう。その他には官僚という道もあるが、いや無理だなこれは、もう少し成績を上げなければと、中学生の頭で考えられる程度のことは考えてみたが、今ひとつこれだと納得のいく将来が見えてこない。

入ったばかりの中学校で、ぼんやりと日々を送っていたが、一方で過去を覗いてみたいという僕の願いは強くなっていった。何故かは自分でもよく分からないが、小学生の頃から過去に憧れていたように思う。それを口にできないことは解っていたから、誰にも言わずにいた。

ジョーンズ先生に英語を習い始めた頃から、夢よりも確かな目標のようなものが見えてきたから、過去への情報といえるかどうか、手掛かりだけでもと思うようになった。僕の過去への夢や拘りはもちろん、学校で習う歴史とは違う。

僕は普通に、問題を起こすこともなく中学を卒業して、県立津高校に入学した。早朝に家を出なければならなかったが、休まずに通学した。やがて一人だけ親しい友人ができた。クラスメートの伊藤仁《ひとし》君だ。実家が隣の和歌山県の太地だったので、津市の親戚の家に下宿していた。元気で優秀な友人だ。

実は、僕が英語を習い始めたきっかけは、祖母の一言の他にもう一つある。小森の祖父から聞いた、オーストラリアの天然真珠貝を採るダイバー（潜水夫）の話だ。僕はその話に異常なまでに興味を持った。祖父自身も詳しくは知らないようだが、僕に小声で囁《ささや》く祖父の遠い昔の話は、ミステリアスで何だかワクワクした。祖父の悪戯っぽい顔と小声の囁きに惑わされたのかもしれない。そしてその中で祖父はポロリと漏らしたのだ。そのダイバーの一人に僕の曾祖父がいたことを。

ある時、伊藤君に何気なく祖父から聞いた話をしたところ、伊藤君の郷里と深い繋がりのあることが分かった。太地には明治時代から、大勢の若者がオーストラリアの西海岸のブルームへ移住し、真珠貝採りのダイバーになったという歴史があったのだ。たいへん興味を引かれた。曾祖父に繋がる話だったのだから。

遠い過去の話だが、僕の過去への夢と拘りに結びついた。そしてそれを探す旅、僕の未来へと一歩踏み出すことができる事実を、また一つ僕は掴んだ。

高校二年の夏休みに、太地へ帰る伊藤君と一緒に、津駅から電車に乗った。紀勢本線で太地まで三時間の旅となった。

太地に着いて、伊藤君に助けてもらいながら、オーストラリアのブルームで真珠貝を採ったダイバーのことを調べて回り、関係者に訊いて回ったが、案内書に載っている程度のことと、それ以上の詳しいことは何も分からなかった。

高校生になってもずっと僕は、母から何か情報を得られないかと、台所で料理をしている母に訊いた。

「お母さん、おじいさんってどんな人だったの」

「何言ってるんだい、元気で頑張ってるじゃないか。変なこと言わないでちょうだい！おかしな子だねぇ」

「違うよ、士族だって言うから、お母さんの方だろう」

「どっちのおじいさんのこと言ってるのさ」

「よく分からないけど……」

「うちは士族なんかじゃないよ、ずうっと農家さ」

「あれぇ、じゃあ此処の小森家かな」

「小森は昔の庄屋だから、士族とは違うだろう」

「東京の士族だったんじゃないの」

「それじゃお前、加藤のおじいさんの家だよ。それに東京じゃないよ、元は宇和島藩の侍だね。明治維新後に東京の屋敷に引っ越したと聞いたことがあるよ。

　東京の何とかという学校ではよくできたそうだけれど、何時の間にか学校をやめていなくなった人さ。剛には曾じいさんになるけど、雲みたいに消えた人さ。今では誰もあの人のことは覚えてはいないよ。もちろん私だって全然知らない人よ」

「どうして……ずいぶん立派な人だったんでしょう」

「そんなことあるもんかね、極悪人のろくでなしさ。世界の繁栄が見たいと言って出て行った人さ」

「ふう〜ん、極悪人だったの」

「新宿のばあちゃんの話だと、大法螺《おおぼら》吹きのいい加減な人だったそうだよ。だけどおかしいんだよ、ばあちゃんは一度も自分の親、つまり剛の曾じいさんには会ってないんだよ。おかしいだろう。悪く言うのはばあちゃんの恨みも入っているんだろうけれどね。お陰で辛い思いをしたと恨んでるんだよ、きっと」

「どうして」

「知らないよ、あの人のことなんて。ばあちゃんにその話をするんじゃないよ。電話したら許さないからね」

その後も、曾じいさんのことを話してくれとしきりに母に迫ったけれど、何時も母に知らないと突き放されて終わる。母は困りながらも知らないの一点張りで、誠に頑固に拒否し続けたのだ。頑なに隠されれば隠されるほど、僕は曾祖父への興味を深めていった。


僕の母信子は、東京の新宿の山本家から遠く離れた三重県の山間の村にある小森家の長男恵介に嫁いだ。現在は合併して村名はなくなっているが、僕はこの村で生まれ育ち、津の高校を卒業した。

平成二十(二〇〇八)年の春、無事に早稲田大学に合格し、上京して新宿に住む祖母、山本伊代と一緒に暮らすことになった。

祖母は来年八十歳になるがとても元気で、毎日、少しある畑で野菜を作っている。この祖母が僕にとっては魅力いっぱいの人で、子どもの頃から可愛がってもらったし、大好きなばあちゃんだ。

祖母と暮らすようになって、力仕事は全部僕の仕事になった。庭仕事も、肥料を畑に運ぶのも僕の週末の仕事になっている。祖母との暮らしにも慣れて、不満もなく快適な日々と言えるだろう。

平成二十一年十月十六日、僕の二十歳の誕生日に田舎から父が訪ねてきた。僕には突然だったが、祖母は知っていたようだ。昨日は祖母の八十歳の誕生日だったのに何もないことが不思議だったから、きっと母から電話があったのだろう。僕はばあちゃんに、

「お誕生日おめでとう。お祝いしよう」

と言ったが断られていたのだ。

父は誕生日祝いだと言って、銀座の料亭へ僕たちを連れて行ってくれた。久しぶりに祖母の着物姿を見た。相変わらず、すらりとかっこいい。思い掛けない祖母との合同誕生祝いになった。心から両親と祖母に感謝した。

この時期になると、大学でも皆が将来について話すようになっている。僕も大学の帰りに渋谷まで行き、伊藤君が田町駅から来るのを、何時ものカフェで待っていた。伊藤君は同時期に上京し、今は慶応大学で学んでいる。時々会って、進路について話し合うことがあるが、彼は少しずつ将来の計画を立てつつあるようだ。やっぱり

伊藤君は凄いなと思う。

大学に入り三回目の夏休みを迎えた。祖母から頼まれて蔵の片付けを手伝っている時、風呂敷包みが三つ出てきた。その途端、祖母が大慌てで隠してしまった。祖母の慌てぶりが尋常ではなかったので、心臓がドキッとなった。その場は気づかない振りをしたが、隠した物を後で捜そうと思った。

明くる日に早速チャンスが訪れた。祖母が友達と日帰り旅行へ行ったのだ。僕は図書館での勉強を昼前に切り上げて家に帰り、祖母が隠した風呂敷を捜したが、見つからない。積み上げられた箱の中も一つずつ開けていったが駄目だった。

結局、祖母はその風呂敷包みを蔵から持ち出して、母屋の納戸の中の箱に隠していた。申し訳ないと思ったが、もしかしたらという興奮が勝り、開けてしまった。年代別にきちんと分けて入れてある、僕の曾ばあちゃん、山本ハナの日記帖《ちょう》だった。

「あっ」

と声が出て、手が震えた。

長い間探していたものが、この中に詰まっている。中学生の頃から、過去にばかりとらわれる自分の気持ちを誰にも言えずに悶えた分だけ、発狂しそうなほどの喜びに包まれた。

僕は納戸に座り込んで夢中で読み始めた。脚を投げ出して読んでいたが、これはたいへんな物を見つけてしまったと震えがきた。暗くなってからも電気をつけて読み続けた。脚がしびれて気がついた。僕は何時の間にか正座して読んでいた。

明治三十八(一九〇五)年の四月から始まっていた。明治時代から途中まで読んだり、一気に飛ばして昭和の日記を手に取ったり。オリンピックの頃のことなどは、心臓の音が自分の耳に聞こえるほどの昂奮だった。

新宿の祖母伊代は、普通ではない環境で生まれた人であった。僕が気になっていた曾祖父、つまり祖母の父親は、加藤信次郎という。ロンドンの大学で学ぶのだと言ってイギリスへ渡ったが、すぐに行方知れずになり、その間に祖母は生まれたのだ。

昭和三十九年に、オーストラリアで亡くなった祖母の母は、川口幸子という。中学生になる前、最初に強い興味を引かれた曾祖母だ。

さまざまな出来事の後、祖母が加藤と決別し、山本清と結婚して生まれたのが、僕の母、信子であった。信子が四歳となった東京オリンピックの年、父親は自分が運転する車で事故に巻き込まれて、亡くなってしまった。

ふと気配を感じて顔を上げると、祖母が見下ろすように横に立っていた。怒った顔が其処にあった。僕は祖母のこんな鬼のような形相を見たことがなかった。怒り狂った眼が僕を見下ろしている。座り直してお詫びをしようとしたが、祖母は黙って背を向けて部屋を出て行った。

言い知れぬ後悔の念に駆られた。秘密を盗み見した自分の愚かさと卑劣さが恥ずかしかった。どうすれば許してもらえるか考えた。すぐに祖母に謝ろう、それしかない。大好きな祖母を怒らせてしまった後悔で、倒れそうになる体と気持ちを奮い立たせて、祖母の部屋の障子の前に正座して、

「ごめんなさい」

と声を掛けた。

中から祖母の怒りに満ちた低い声が返ってきた。

「今すぐ、田舎へ帰れ。顔も見たくない。人の秘密に興味を持つこと自体が下品で許せない。恥ずかしくないのか」

「すみませんでした。ほんとうにごめんなさい」

「もう一緒には暮らせない。田舎へ帰れ」

「僕、今、来年の卒論の下調べの最中で、田舎には帰れないです」

「そんなことは私には関係がない。自分のことばかり優先するんじゃない。信子の育

て方が悪かったんだろう。馬鹿な娘だ」

「お母さんは悪くないです。悪いのは僕ですから。でも言い訳をさせてください。子どもの頃から興味を持っていたので……」

「他人の秘密を覗《のぞ》く趣味が子どもの頃からあったのかい」

「とんでもないです。信次郎じいちゃんから僕までの歴史にずっと興味を持っていたのです。母に訊いても知らないの一点張りだし、明治時代からオーストラリアへ移住し、真珠貝のダイバーになった人に興味があって……」

障子がスーッと開いて、祖母の恐ろしい眼が僕を睨《にら》みつけていた。

僕はひたすら謝り続け、できれば日記帖や手紙を読ませてほしい、と頭を下げ続けた。少しずつ祖母の怒りが消えてゆき、何故、其処まで興味があるのか話せと言われたが、ただ知りたいのだという他には、言葉が浮かんでこなかった。

普段の毅然として明るい祖母からは、想像もつかないような暗い闇があるのかもしれないと思った。だから母も口を閉ざしてきたのだろう。

僕は必死になっていた。何冊あっただろうか、数十冊はあっただろう。此処で諦めるわけにはいかない。せっかく辿り着いた宝の山だ。あの日記を最後まで全部読みたい。母も口を閉ざし、祖母の怒り狂う理由があの中にあるのだから。秘密を暴くとかそういうことではなくて、僕は今の僕が此処に居ること、そしてオーストラリアとどういう繋がりで今があるのか、それが知りたい。

「そんなことを知って何になる」

祖母は冷たい声で僕を睨む。何時の間にか膝を突き合わせるような姿で言い争っていたが、突然、僕のお腹がキューンと鳴った。さっとお腹を押さえたが遅かった。祖母が思わず笑った。

「剛、お腹が空いてるんだろう」

「あっ、はい……朝ご飯の後何も食べていないです。昼に図書館から帰ってきて、ばあちゃんの風呂敷を捜して読んでたから、食べるの忘れてた」

「馬鹿な子だねぇ。昼も夜も食べないで読み耽《ふけ》っていたとは、馬鹿にもほどがある。間もなく夜が明けるよ」

「もうそんな時間ですか」

「もう怒るのも疲れた。そんなに読みたいなら全部お読み」

「えっ、ほんとうにいいの……。ありがとう、ごめんね、ばあちゃん」

「剛、言っとくけど嬉しい話などないからね。絶対に質問はなしだよ。全ては過ぎてしまったこと、過去だからね」

「うん、解ってる。ばあちゃんには迷惑かけないから」

「分かった。少し早いが朝ご飯にしよう。ご飯食べたら、信子に電話しなさい」

「はい……。僕、手伝います。畑からネギとってきます」

祖母に許してもらった僕は、飛ぶようにして少し明るみを帯びた空を見ながら畑へ走った。久しぶりに味わう踊り出したいような喜びであった。夜明けまでかかったが、ばあちゃんに日記帖を読む許可を正式にもらえた喜びは言葉にできない。でも日記帖の中身が全て明るい嬉しいことである筈はないから、かなりの覚悟はいるだろうと思う。

目の前に積まれた数十冊に及ぶ日記帖には、詳細に丁寧に当時のことが書き残されていた。達筆で、ハナの几帳面な性格が窺《うかが》える日記だった。

ハナは大切な僕の曾ばあちゃんであるとともに、祖母伊代の育ての親であり、後に姑になった女性でもある。日記は、今から百五年前、曾祖父である信次郎が加藤家の長男として生まれた明治時代、日露戦争最中から始まっていた。

読み進めるうちに、平成生まれの僕が、まるで明治を生きているような不思議な感覚になっていた。

二

ハナ

明治三十八（一九〇五）年四月五日の早朝、未だ明け染めぬ空に満開の桜の花びらが、庭の池へはらはらと舞い落ちていた。板の雨戸は既に開け放たれて全て戸袋に納まり、奥に入る廊下の端からゆるやかにお香の白い煙が廊下を這っている。

朝の喧騒に入る前の静寂の中、

「大旦那さま、元気なお坊ちゃんでございます」

と喜びの声を上げながら、奥から廊下を滑るような勢いで駆けつけるわたしに、

「よい泣き声じゃ、充分聞こえておるぞ」

と、庭の見える縁側に立つ長次郎大旦那さまは、散ってゆく桜を眺めながら振り向いた。大旦那さまにとっては初孫である。大旦那さまは、帝国議会の議員を二期務

めた後に辞めて、今は隠居している。赤子の父親栄次郎さまは、春まだ遠い満州の奥地でロシアと戦っている最中である。

わたしは十四歳で、四国の宇和島城下のすぐ沖に浮かぶ小さな島、九島《くしま》からこの二月に奉公に来た。宇和島の人の伝手で上京し、加藤家に雇われたのだ。

田舎の島の子らしく純朴でよく働く娘だと、房子奥さまと女中頭の八重子さんから褒めてもらえるので、嬉しくて何でも見て覚えようと思っている。尋常高等小学校を出た後は、幼い妹の子守や畑の仕事を手伝っていた。働くことや体を動かすことは大好きだから、この屋敷での仕事はわたしにピッタリだと思う。女中頭の八重子さんは、そんなわたしが可愛くて堪らないと言ってくださるので、嬉しくて甘えている。

今朝も早くから、音を立てないように静かに雨戸を開けて戸袋へ納め、丁寧に廊下を拭く。湯を沸かしたり大旦那さまの部屋の火鉢に炭を入れたりと、気持ちよく体が動く。

十歳の時に生まれた妹のことを思い出して、自然に興奮しているのかもしれない。助産婦の金田さんを手伝って忙しくしている中にも、嬉しさが込み上げてくる。結婚しなかった八重子さんにとっても、孫みたいに感じる今朝の赤ちゃんの誕生だ。

「大旦那さま、早く早く」

と言いながら、大旦那さまの後ろから背中を押すようにして、既に片付けた部屋に案内した。

「おうおう、きれいな坊じゃ。ようやった、偉かったぞ房子。早速に栄次郎に手紙を書いて知らせてやろう。男子なら信次郎と名付けよと頼まれておるから、房子、そなたは心配せずに養生せよ」

大旦那さまは暫《しばら》く赤子の顔を見ていたが、満足したのか静かに出て行った。その日の夕方には、八重子さんが書斎に呼ばれた。その後、八重子さんから、

「八日後には名付けの披露です。奥さまと坊ちゃんの晴れ着をすぐに準備して、写真館を呼びます。親子の写真を撮って、栄次郎さまにお送りするんですよ。それとハナはこれから奥の部屋付きになりますから」

と教えられた。

八重子さんから、信次郎坊ちゃんの世話をするよう告げられたその日から、わたしの大仕事が始まったのである。

わたしはもう少し漢字の読み書きを覚えたいと思っていた。尋常高等小学校を卒業後、ほんとうは高等女学校へ行きたかったけれど叶わなかった。其処で大旦那さ

まにお願いしたところ、快く受けてくださり、少し難しい漢字や仮名文字を習い始めた。

　朝から働き続けて疲れているが、この時間は楽しみで堪らない。仕事が終わると毎日二時間は熱心に読み書きを覚えている。その後、一人で予習をすることもある。

　その年の九月には日露戦争が終結した。師走に入って漸《ようや》く栄次郎さまが帰ってきた。右脚を負傷して杖を支えにしての帰還だった。

　脚の怪我ぐらいどうってことはない。多くの兵士が命を落としたのだから、死なずに帰ってこられたのだからお祝いだと、大旦那さまの喜びようが皆を元気づけた。

　尚且つ大旦那さまの話から、戦争には勝ったが、疲弊した日本社会の復興への覚悟のような気迫が感じられた。大旦那さまにとって栄次郎さまが死なずに帰還したことと、信次郎坊ちゃんの誕生が、明るい未来のように感じられたのだろう。栄次郎さまには充分に静養をさせるようにと、心を込めた看護を八重子さんに命じていた。

　間もなく歩き始めるのだろう、部屋中を動き回るようになった坊ちゃんを背負って、あれこれ奥の仕事を手伝い、授乳以外は全てを受け持って、わたしは生き生きと働いていた。

　大旦那さまの奥さまは、産後の無理が原因で、あっという間に逝ってしまったという。僅かに生後三カ月の栄次郎さまと、途方にくれた長次郎さまを残して。大旦那さまが、房子奥さまの産後を気遣ったのは、そういう経験があったからだ。

栄次郎さまの脚は、負傷後の戦地での治療が思うようにできなかったためだろう、完治するまでに一年近くを要した。


六年があっという間に過ぎ、わたしは二十歳になった。信次郎坊ちゃんの他には、もう子どもは生まれないかと思って諦めかけた時に、明治四十四(一九一一)年の十二月三十日、女の子が生まれた。マサと名付けられた。

坊ちゃんは六歳になっていて、気がつけばマサちゃんの傍に居る。マサちゃんが寝ている部屋へ足音を忍ばせて入ってきて、寝ているマサちゃんの顔に、自分の顔を重ねるほどに近づけて眺めている。小さな妹が可愛くて仕方がないのだろう。

今ではこの小さな赤子のマサちゃんが家の中心になって、加藤家は賑やかになっている。

坊ちゃんも丈夫で元気に育っている。肌の白さが加藤家にない白さで、男の子なのに夏になっても黒くならないと栄次郎さまが嘆いているのを、わたしも何回か聞いたことがある。

「ばあさん似なのだろう。死んだ妻が真っ白い肌だった。お前が生まれたばかりで死んでしまったから、お前に覚えはないだろうが、とにかく色の白い女だったよ、お母さんは」

と大旦那さまが懐かしそうに栄次郎さまに語って聞かせるのを、聞いたことがあった。

　死んだ妻に似て、色白の隔世遺伝の孫だと思うと、大旦那さまには懐かしさと可愛さが一緒になり、掛け替えのない宝のような気がしてくるようだ。

　その坊ちゃんも、この春から小学校に入学する。相変わらずわたしは、坊ちゃんとマサちゃんの世話で日々が過ぎていた。

　そんなわたしに、大旦那さまの議員仲間だった齋藤先生から、見合いの話が来たのだ。是非嫁にと言ってくれる家があるのだがと、相談とも依頼とも違って、ほとんど見合いの即決を希望してきたのである。

　宇和島の九島から奉公に来ているわたしは、遠い親戚を介していた。大旦那さまには預かっているような気さえしていたようだ。何時の間にか見合いをする年齢になっていることに、大旦那さまはもちろん栄次郎さまも愕然《がくぜん》となったようだ。

　大旦那さまは、九島の両親から何も話がないこともあり、何時までもこの家に居てほしいような気になっていたという。

「考えてみれば、八重子は嫁にも行かず此処で歳をとってしまった。この家の犠牲になったようなものだと気になっていたのだ。八重子の二の舞にはしない。今回の見合いの話は、きちんとけじめをつけなくてはいけないだろう」

と大旦那さまから言われた。

生まれたばかりの栄次郎さまを残して、あっという間にあの世に旅立たれてしまった大奥さまは、さぞ無念であっただろう。大旦那さまには再婚話が幾つも来たが、頑として受け付けず、後添えをもらわなかったから、三カ月の赤子の栄次郎さまを育てたのは当時十七歳だった八重子さんである。

大旦那さまにも、自分が我儘《わがまま》を通してしまったために、八重子さんの青春を奪ってしまったという後悔があり、若い娘に自分の子どもを育てさせるという、理不尽極まりない結果を悔やんだが、気づいた時には八重子さんは三十六歳になっていた。既に遅しであったから、大旦那さまの後悔は尋常ではなかっただろう。

孫が小学生になるくらいの月日が経っても、大旦那さまは眠れない夜が続くほどの苦しみを味わうことがあるようだ。申し訳ないという気持ちがありながら何も言えずに、女中頭としてこの家を任せてきてしまった。

わたしは、見合いをするかどうかの決断を大旦那さまに委ねた。どうしても自身で決断をする勇気がなかった。

ほんとうは、三日に一度、新鮮な野菜を届けてくれる清助という青年を好きになっていたのだが、誰にも言えずにいた。何より清助が自分のことをどう思っているか、はっきりとは分からないのだから。

新宿の農家だという清助はしっかりしているが無口で、野菜を届けてくれると時々は、にこっと笑って帰っていく。だからといって清助が自分を嫁にもらってくれるだろうか。

見合い相手は日本橋の大きな商家だという。商家の嫁になるなど、想像したことさえなかった。商いなどは自分には似合わないし、そういった晴れがましい所が苦手でもあったから、見合いの前からすっかり腰が引けてしまっている。

日本橋に比べて新宿は田舎だし、清助は農家の跡取りだから、田舎育ちの自分とも釣り合いが取れていると思っていた。でも見合いもしないまま断れる話ではないことが、充分に解っていた。

見合いの日、赤坂の齋藤家の広間で、わたしは緊張してしまって気分が悪く青い顔をして座っている。床の間を背に、齋藤家の当主と大旦那さまが座り、その横に仲人夫婦が居る。

襖側に日本橋の夫婦と息子が座って、反対側の廊下の障子寄りに、栄次郎さまご夫妻とわたしが座っている。

見合い相手は最初から、わたしを凝視している。ほとんど睨んでいるようにさえ見える。わたしはやや下を向いていたので、自分を凝視している相手の顔はちらっと見ただけである。自分も真っ直ぐに見返してやりたいと心から思ったけれど、とうとう顔を上げることができなかった。

見合いの間中、わたしはこの席から逃げ出したいとそればかり考えていた。栄次郎さまご夫妻にも、この縁談は無理だろうと直感するものがあったらしい。

結局、仲人との二カ月の話し合いの末、大旦那さまが仲人夫妻へ頭を下げて、この縁談はなかったことにしてほしいと断りを入れてくれたのである。

相手の男が町で買い物をするわたしを見かけ、一目惚れをしたのが事の始まりであった。男は買い物を済ませて帰るわたしの後をつけて、加藤家の裏門から中に入るのを見届けていたらしい。その後も何度か見に来ていたことが、断った際に仲人から大旦那さまに伝えられた。わたしは肩の荷が下りて楽になり、大旦那さまと栄次郎さまと奥さまに心からお礼を言った。嬉しかった。

ある日、漸く縫い上がった着物を、奥さまに見てもらおうと、奥に行って声を掛けた。

「お入りなさい」

と明るい声がしたので入って着物を見せると、奥さまは丁寧に見てくださり、微笑んだ。

「まだ完璧ではないけれど上出来だわ。この着物を着て会いに行きたい人は居ないの」

わたしは思い切って、野菜を届けてくれる青年の話をしてみた。奥さまは、

「まあまあ」

と驚きながらも喜び、いそいそと立ち上がった。

「早速大旦那さまに話してみましょう」

明くる日の早朝、清助が何時ものように野菜をいっぱい背負ってやって来た。裏門を入って勝手口の方へ行こうとしたところで、突然、声を掛けられた。三歩ほども飛び退いた。驚きながらも素早く頬被りをとって頭を下げた。

「おはようございます、ご隠居さま」

「気持ちのよい朝だな。ハナから清助と聞いたが……」

「はい、新宿の百姓、弥助の長男で清助といいます。何時も野菜をたくさん買ってい

ただきありがとうございます」

「うん、お礼はこちらの方が言うことよ。手間は取らせん、ちょっと上がらんか。話があるんだ」

「いえ、こんな格好ですから、宜しければ此処でお話をお聞きできませんか。何か不都合でもございましたか」

「いや商売の話ではない」

「はぁ」

「それなら率直に訊くが、お前さん、うちのハナをどう思う」

清助の顔が赤くなるのを確かめて、長次郎は清助を蔵の前の木の陰のベンチへ連れて行った。

「まあ座れ。実はなぁ清助、ハナに縁談があって見合いをした。ところがハナは気に入らなんだ。もちろん息子夫婦も賛成をしなかった。それで隠居の私が断った」

「はぁ……」

「ハナは、うちに来てもう七年目になる。歳は二十歳になった」

「二十歳ですか、そうですか」

「見合いの時は何も言わなんだが、昨日になって、ハナがお前さんのことを嫁に打ち明けたのよ。お前さんがどう思っているか、と心配しながら話したようだったが……」

「はぁ……」

「どうだろうか、お前さん、ハナをどう思う」

「どう思うって……ご隠居さま、あまりに突然で……」

「そうよのう。お前さんには突然のことだが、ハナはかなり前から想ってたみたいだぜ。お前さん感じなかったのかい」

「はぁ、そういえば私も御宅に野菜を届ける日は、ハナさんの顔が浮かびました」

「ほらご覧、お前さんだって満更ではなかったんじゃないか」

「そうおっしゃられると……はぁ……そのようです」

「それなら真剣に考えてみてくれぬか。頼むよ」

「はい。このような嬉しい話は有り難いのですが、ただ、ハナさんに百姓が勤まりますか。百姓は朝が早いですから」

「何を言う。ハナは毎朝四時にはもう働いておるぞ。それにハナも実家は半農半漁よ。よく働く近頃稀にみる良い娘ぞ、ハナは」

　清助は少し考えているようだったが、立ち上がって長次郎に向かって深々と頭を

下げて顔を上げると、

「父に話してから、お返事させていただきます」

「ああ、よい返事を期待しているぞ」

「それでは父が賛成したら、ハナさんに正式に会わせていただきたいと思います」

長次郎は、清助を気持ちのよい青年だと思った。深々と頭を下げて、野菜を届けにハナの居る裏玄関へ向かったのを確かめて、長次郎も庭から縁側の方へ歩いて行く。


清助の両親が賛成してくれれば、早速に栄次郎夫婦と相談して、宇和島の実家に了解をとって、ハナを加藤家から嫁に出してやろうと腹が決まった。

と、大旦那さまから、清助との会話から大旦那さまの心積もりに至るまで詳しく聞かされた時、たぶんわたしの顔は真っ赤になっていたと思う。


それからはとんとん拍子に話が進んだ。

物心ついた時から何時でも自分の傍に居たわたしが、他所へ行くことが理解できない坊ちゃんは、何処へ行くのか、すぐに帰ってくるのか、何時帰ってくるのか、と不思議そうに訊いてくる。

「信次郎坊ちゃん、わたしはもう帰ってこないのですよ。お嫁に行くのですから」

「お嫁さんになっちゃうの。もう会えないの」

「いいえ、そんなことはありません。会いに来ますとも。必ずひと月に一度は、美味しい果物をいっぱいお土産に持ってきますからね」

「葡萄もあるの」

「ありますとも。坊ちゃんの大好きな葡萄と柿は秋にいっぱい持ってきますから。梨もあるそうですからね。楽しみにしててください」

この言葉で、すっかり安心したのだろう。正装した坊ちゃんが泣きもせず、結婚式の日に行儀よく座っているのを見て、泣くのは花嫁のわたしばかりであった。

わたしの結婚式は、新宿の山本家の一番広い部屋十二帖と十帖の襖を取り外して昼過ぎから始まった。坊ちゃんには、結婚式のわたしが特別きれいに見えたようだ。

「今年の三月に見た、マサちゃんのひな壇の人形みたいだと思った」

と言って大喜びであった。

清助と結婚して、新宿の農家へ嫁いだのは、坊ちゃんが小学校に入学した、明治四十五(一九一二)年の春であった。

でも約束通り、毎月果物や漬物をいっぱい持って会いに行った。遊び盛りの坊ちゃんも、この日だけは友達と遊ぶのを止めて、学校が終わると真っ直ぐ家に帰ってきた。

月初めには、先月分の集金で訪ねるようにした。もちろん集金は、三日に一度野菜を届けに行く清助でもよかったのだが、結婚の条件として、唯一わたしが清助に求めたことなのだ。

加藤家からお嫁に出してもらい、こうやって坊ちゃんの成長を見守ることもできるなんて、こんなに幸せでいいのだろうか。

三

新宿の農家　ハナの日記帖の続き

目の前に広げられた日記帖を通して、ハナという人物が何とも身近に感じられ、自分の曾ばあちゃんであるが、それ以上の近さで僕に何かを伝えようとしてくれている。ハナの日記帖を読んでゆくうちに、ハナの喜びや悲しみが、僕の感情になっていることに気づき、はっとなった。

大正十(一九二一)年、十六歳まで順調に育ってきた信次郎と、その妹マサの人生に大きな悲しみが相次いで起きた。二人の母、房子が末期の子宮癌で逝った。房子はまだ四十五歳だった。二人の子どもを残して、さぞ無念であったろう。

栄次郎が房子の葬儀の頃から風邪で酷い咳をしていた。なかなか治らず医者に診てもらわなければと思いながらも、房子の四十九日の法要の準備など、忙しくしているうちに倒れた。肺炎だった。不思議なことに房子の四十九日の日に、栄次郎も房子の所へ旅立った。栄次郎も若く、まだ五十二歳だった。

祖父の長次郎は長生きで、大正八(一九一九)年の冬に八十二歳でこの世を去っていた。その二年前には八重子が六十五歳で亡くなっている。加藤家は十六歳の少年と、九歳の少女の二人だけになった。

残された信次郎の戸惑いは、半端ではなかっただろう。ハナの心配も極限を超えていて、あれこれと信次郎を助けて走り回った。

しかしながら、信次郎はハナの親切が疎ましくなってきていたのだろう。ハナには信次郎の心の中までは理解できず、二人の仲に亀裂が入り、修復はできなかった。若い兄妹にとっても、またハナにとっても苦しく遣る瀬ない日々が続いた。信次郎の変わりようは異常であったが、理由は一切分からないまま、オーストラリア国の西海岸の町、ブルームへ渡ってしまったのだ。

信次郎坊ちゃんが両親を亡くした翌年、十七歳になる直前で日本を離れてから、四年余りの歳月が流れた。坊ちゃんはオーストラリア西海岸のブルームで、真珠貝を採取する潜水夫になったという。

そして、もうすぐ二十一歳になる坊ちゃんが、三日前に横浜に帰ってきたと、わたしに電報が届いた。わたしは少し戸惑っている自分を発見して、もう坊ちゃんと呼ぶのは止めなければ、大人になったのだから、信次郎さんと呼ぼうと決めた。

全ての手続きが完了したから、今朝一番列車でそちらに向かうと再び電報が来た。

大正十五（一九二六）年二月の東京の街は、早くも梅が咲き、春らしく一層賑やかになっている。

四年前に比べて、洋服を着ている女性も多くなっているから、信次郎さんは驚くかしら、などと想像しながら待っている。全てが懐かしいのではないだろうか。

「ハナ〜、ただいま〜」

大きな声が聞こえた。信次郎さんが少年の時のように、瓦葺きの門を駆け抜けて中庭に入ってきたのだ。わたしも台所から玄関へ急いだ。

何処で見ていたのかマサちゃんが、廊下を走ってわたしを追い越して行きながら、

「ハナおばちゃん、信次郎兄ちゃんが帰ってきた！」

と嬉しくて堪らない様子で、満面の笑みを浮かべた。

一緒に暮らし始めた頃は小学生だったマサちゃんが、もう女学校へ通っている。

スカートを翻して駆けて行くマサちゃんを目で追いながら、何とも複雑な気持ちになった。

加藤家は信次郎さんとマサちゃんを残して、全員が亡くなってしまった。頼みの信次郎さんはすぐに、遠い遠い国に行ってしまって、帰ってくる様子さえなかった。

マサちゃんはうちの子たちと一緒に育てば問題ないが……時々、マサちゃんから、何処を見ているのかと疑うほど鋭い視線を感じることがある。小柄で整った顔立ちの可愛らしい少女が、普段と打って変わってふと見せる表情である。それは一瞬で、すぐに愛らしい少女に戻るから、大丈夫、マサちゃんは大丈夫と自分に言い聞かせてきた。

信次郎さんがブルームに旅立つ前の一年は、地獄のような日々だったから、マサちゃんが信次郎さんの二の舞になるのではないかという恐怖も心の中に張り付いて、マサちゃんの眼が異様に光ることを、わたしは恐れているのかもしれない。悪い想像は止め処なく広がってゆく。

わたしが嫁に入ったこの山本家は、江戸時代から続いてきた農家だが、その頃のこの辺りでは規模は小さかったらしい。清助の父親の弥助が、農業と商業を組み合わせて、明治二十年頃から始めた産地直送の野菜や果物が人気になり、日本橋から神田辺りの商家へ届ける人、大手町から銀座方面まで大きな荷を背負って行く人など、赤坂や麹町の裕福な屋敷へ新鮮な野菜を届ける仕組みを作り上げた。規模をどんどん広げていったお陰で、今では稲作でも大いに収穫できる農家になっている。

しかしながら、新宿ではもう農家は生きてゆけなくなる時代がくる、と舅の弥助の心配は尽きないようだ。東京の街がどんどん広がりを見せて、この辺りの農家も、今は土地を売った方がお金になる時代になってしまった。次々と農地が宅地に変わってきている。大きな二階建ての貸家も増えているのだ。此処での農業は難しくなるだろう。

三年前、大正十二(一九二三)年の関東大震災で東京は焼け野原になった。舅夫婦が生活している裏の離れと蔵は無事だったが、わたしたち夫婦と子どもたちの暮らす母屋と萱葺《かやぶき》の門は倒れてしまった。庭に面した座敷の天井は落ちてしまったのだが、不思議にも母屋の奥の部分は倒れずに残った。わたしのお腹には四人目の子どもが宿り、臨月も間近であったが、何とか難を逃れることができた。

暫くの後、母屋の倒れた部分を片付けて、建て直して生活することができた。他所ほどの苦労はしなくて済んだ。

清助が子どもの頃、弥助が思い切って造った萱葺の門は残念ながら全て崩れ落ちてしまったが、一年前にやっと瓦葺きで建て直した。今度の瓦葺きも堂々とした佇まいである。

わたしが嫁に来た頃から更に農地を増やして、信次郎さんがオーストラリアの真珠貝採りの潜水夫になると言って家を出てからは、マサちゃんを引き取り、自分たちの子どもと一緒に面倒を見ている。今では新宿でも大きな農家であるから、屋敷の中はなかなか広い。

玄関に着くと、信次郎さんは既に腰を下ろして、長靴《ちょうか》の紐を解いていた。

「お帰りなさいませ」

と、膝をついたわたしに振り向いた顔が、真っ黒に日焼けしていた。

一瞬の戸惑いを隠して、それでも喜びに輝いて、ああ無事に帰ってきたと安堵《あんど》の気持ちでいっぱいになった。

信次郎さんが黒人かと思えるほどに、真っ黒に日焼けしていたから、思わず笑ってしまった。小さい頃はどんなに日焼けしても赤くなるだけで、すぐに元の色白に戻っていた。男の子だからもう少し色黒の方が見やすいなどとご両親にも言われたりしたが、何しろ祖母似であるから仕方がない、と栄次郎さまご夫妻が諦めていたことを思い出した。

オーストラリアの太陽光は、日本と違って強烈なようだ。透き通るように色の白かった信次郎さんが、今は見事に真っ黒い顔になって前に座っている。マサちゃんの吃驚《びっくり》している顔が、すぐ横にあって、また笑いが込み上げてきた。

わたしは清子《きよこ》に、畑に居る清助を呼びに行かせた。

すぐに清助が飛ぶようにして帰ってきた。背中から荷物を下ろすと庭へ回り、井戸水で顔や手足を洗って入ってきた。

「信次郎さんお帰りなさい。よくご無事でございましたな。お手紙を頂く度にハナと共に喜んでおりました」

「私も清助さんやハナから来る手紙が待ち遠しくて、お陰で首が長くなりました」

あの信次郎がこんな冗談が言えるのかと、清助はおやっと思ったのだろう。わたしを見て首を傾げた。清助は少し笑顔を浮かべて、信次郎さんの日焼けした黒い顔を、しげしげと見ている。

わたしは大急ぎで台所に戻り、朝食の準備をした。遅くなってごめんなさいと言いながら、朝食のテーブルに着くようにと、声を弾ませながら皆を急かした。子どもたちも学校へ行く時間だから、大忙しの朝食を済ませ、山本の娘三人と、マサちゃんは学校へ出掛けて行った。

　わたしたちには、十三歳の長女の清子から、次女陽子、三女基子と続き、長男清が大震災の年に生まれた。十三歳から二歳までの子どもたち四人に加えて、マサちゃんが十四歳になっている。舅の弥助は、山本の家は安泰だと言って大喜びの日々だ。


　大正十一（一九二二）年の冬には、弥助が、清助と二人で二泊三日の温泉に行ってこい、と旅行の準備をしてくれた。結婚して十一年目にして初めての旅行である。夫婦水入らずの初旅行ということもあり、妙に照れてしまうような恥ずかしいような、それでいて幸せな気持ちもしていた。

　その半面、どうしても家のことが頭から離れない様子のわたしを見て、

「娘たちのことは、母に任せておけば大丈夫だ。心配することは何もない。二人でゆっくりしようぜ」

と清助が言ってくれたから、漸く気持ちが落ち着いてきた。

　清助は結婚した当時と少しも変わらず働き者で、無口だが充分に家族を守って両親にも優しい。

　熱海の旅館では、夕飯が部屋に運ばれてきて、清助に勧められるままに、わたし

も少し酒を飲んでみた。苦かった。そんな顔せずにもう一杯と、清助が注いでくれたのを目を瞑って飲んだ。

するとと身体がぽかぽかと温かくなってきて、苦い酒が身体の中に入ると、役目を替えて甘い幸せをくれるのかと、不思議な気持ちになった。清助と結婚できて幸せに暮らせること、この気持ちを誰に感謝すればよいのだろう。

十年以上も前のあの朝、野菜を持ってきた清助に声を掛けて、わたしのことを話してくれた加藤家のご隠居さまのお陰だろうかと、旅館で酒を飲みながら思った。

清助と行った二人だけの熱海温泉への旅行、あの夜飲んだ酒の味が、不思議にその後にも、事あるごとに思い出された。辛いことがある時はあの酒の苦さで、良いことは飲んだ後のぽかぽかと温かくなる気持ちよさが。あの酒の味は、わたしの生涯の人生観の一つにもなったのである。

清助と一緒になって、良い人と結婚できたと思っている。わたしは幸せ者だと毎日、清助に感謝している。

長男が生まれてからは特にそう感じている。畑や稲田も増えて不自由のない暮らしになった。熱海への旅行で、自分が強運を持って生まれたことを確認した気がしたのだった。

唯一心配だった信次郎さんが、こうして今朝無事に帰国してきて山本家は喜びに溢れている。

妹のマサちゃんは、少し距離を置いて兄を見つめているが、三人の娘はべったり張り付くように傍に居る。清も胡坐をかいた信次郎さんの膝から離れない。

この子らはみんな、清助が読み上げる信次郎さんの手紙、オーストラリア大陸から届く、夢のような物語を聞かされて育った。そのヒーローの帰国なのだから、興奮するのも無理はないのだが、いったい信次郎さんは、過酷な労働をどのようにして、夢物語のように書いていたのだろうか。またどんな気持ちで。

詳しく潜水夫のことを知っているわけではないが、あの多額の報酬が何を意味しているかは想像に難くないから、わたしは信次郎さんの手紙が嘘《うそ》であることは間違いないと思っている。

体力の限界まで海の底を這い回る過酷な重労働である筈なのに、何時でも死と隣り合わせの仕事について、書けることは限られている筈なのに、夢物語のような手紙が届くのだ。

その手紙とともに、春に届く高額な小切手、英国ポンドで書き込まれた小切手は、子どもたちにとっても我々大人にも何だか小説の中の出来事のようだった。

子どもたちが皆眠る時間になり、漸く信次郎さんの膝は空いた。少女たちの歓声が消えると、ほっとすると同時に、少し物足りないような宴の後の寂しさを感じながら、信次郎さんに向き合った。すると信次郎さんがこの時を待っていたかのように口を開いた。

「ハナ、僕はいずれイギリスの大学で学ぶことに決めたよ」

「まあ……」

目を丸くするわたしに、信次郎さんは、

「オーストラリア西海岸のブルームで、体力の限界まで真珠貝採りで働いて得た結論なんだ」

と、照れながら言った。

信次郎さんが少し躊躇《ためら》っている様子が窺えたので、わたしから話を促した。

「信次郎さん、何か話したいことがあって帰ってきたんでしょう。この前の手紙では当分帰国はないと書いてあったんですから。遠慮は要りませんよ、清助さんとわたしだけですから」

隣で話を聞いていた清助も、

「もし内緒の話なら私たちは誰にも話しませんから」

と続けた。

「清助さんたちに反対される前に、既に決まっていることがあるんです。まずはもう一度ブルームに戻るということ、これからはもう海に潜らなくてよくて、ロンドンに本社がある会社の事務を任されました。

日本人の潜水夫、我々の言葉でダイバーというのですが、日本人はたいへん優秀だから、何人かを連れて戻ってくれたら、ロンドンに行く査証を保障すると言ってくれたのです。

だから、暫くはブルームの事務所で働くけれど、イギリスにはなるべく早く行きたい。一つでも歳が若いうちに。ダイバーも、もう既に人は集まって、四、五人の候補が決まっているらしいのです。大阪で候補者の人たちと会った後、今度も神戸から発つことになります」

いざ口を開くと、信次郎さんは希望に満ちた声で、淀みのない話しぶりであった。

久しぶりに会った信次郎さんは、わたしがよく知っている坊ちゃんのままだった。坊ちゃんは、小学校五年生の時には、近所や学校でも大将になっていた。身体の小さい彼の後ろには、手がつけられない悪餓鬼といわれる子どもたちまでもが、神妙に従っていた。一番小柄な彼の後ろに繋がって歩いて行く大柄の子どもたちを見て、大人は皆首を傾げたものだった。

よく遊びよく学ぶ子どもであったからか、皆に平等に優しかったからなのか、何しろ一目置かれる存在になっていた。

十七歳を目前にして、親の遺した財産を全てマサちゃんのために残して、自分は旧制高等学校を中退して大阪へ行き、和歌山県の真珠貝採りの移住者と一緒に、オーストラリア大陸へ渡ってしまった。

当時の彼を知る人たちは皆、東京帝国大学に進み、その後の人生は順調にゆくと思っていた。祖父の長次郎のように官僚から政治家への道をと、誰もが思った筈である。

脇へ逸れるという言い方が、当たっているかどうかは分からないが、何かに取り憑《つ》かれたような眼をして、時には苦しみに悶えているようにも見えた。

明るく爽やかな少年だった坊ちゃんが凄みを帯びてきたのは、両親を立て続けに喪った十六歳の時からである。

その十六歳の少年が、一年間苦しんで出した結論が、オーストラリアへ移住し、真珠貝を採る潜水夫になるということだった。

何処へ行っても、坊ちゃんならやれるだろうと思った。しかしながらそれは、命があればの話である。わたしは猛烈に反対した。危険過ぎる。身体を張って阻止せねばという気持ちだった。

わたしは、オーストラリアなどという国は聞いたことさえなかった。未開の国に違いない。

坊ちゃんをそんな所へはやれない、この少年を守らねばならない、という使命感でいっぱいだった。

これまで十六年間ただの一度も問題はなく、二人の間に険悪な空気が流れることなど想像すらしたことがなかった。

坊ちゃんは変わった。わたしは最初の頃、冗談かと思った。栄次郎さまの四十九日の法要が終わった日、

「坊ちゃん、マサちゃんと一緒にうちに来てください。充分なお世話はできませんが、食べることぐらいはさせていただきますから」

と言った途端、少年の口から出た言葉は、

「お前に俺の気持ちが解るのか、帰れ。お前の世話になどならん。帰れ……。

二度とこの家に来るな。野菜ももう要らん、米も要らん。二度と来るな。来ても

俺は会わんからな、帰れ」

物凄い形相で言われて、わたしは掛ける言葉を失った。

悲しいとも寂しいとも悔しいとも違う、全く言っていることが理解できなかった。ほんとうに何が何だが、理解できなかったのである。頭がおかしくなる病気ではあるまいかと思ったりした。

その後も時々、野菜や果物はもちろん、夕食まで作って届けに出掛けたが、彼に会うことはなかった。何時でも留守であった。

夜なら会えるだろうと思って夜訪ねると、戸も開けず中から怒鳴られてしまう。泣く泣く家に帰ると、清助に、

「暫く行くのは止めろ。きっと何か考えているんだろう」

と、今度はわたしのことを心配されるほどだった。

たまに、マサちゃんに会っても事情は何も分からず、

「おばちゃんどうして泣くの。マサも悲しいけど、お兄ちゃんが今は泣くなって言うから泣かないの」

というマサちゃんのつかみどころのない言葉に、はっと感じるものがあった。何かある、これには絶対何かある。けれども何故。

坊ちゃんの言葉と態度に傷ついて、彼を恨み始めている自分を発見した。あんなに面倒を見てやったのに、こういう仕返しは一体何なんだと悔しがる自分が其処にいた。

坊ちゃんが出発するまでの一年間に、わたしが坊ちゃんとまともに会ったのは、出発の日にマサちゃんを連れて、我が家を訪ねてきた日だけである。

「マサを頼みます」

清助に深々と頭を下げる坊ちゃんは、昔のままの優しい感じであった。わたしには黙って頭を下げて出て行った。

ああこれが今生の別れか、そう思うと出て行く後ろ姿を見つめて涙が止まらず霞んでゆく。こんな別れがあるものか、悔しくて悲しくて喉から吼えるような声しか出なかった。この世の終わりのような気がした。後ろでマサちゃんの号泣が続いていた。

あの日、坊ちゃんが届けた風呂敷包みの中には、妹の転校届けの書類や家の処分の委任状が入っていた。家は加藤家の物だが古くて価値は低く、尚土地は借地であること、今月末で借地契約も切れることが記されている。あとは大旦那さまとご両親が残した株券と、この一年間の非礼を詫びた丁寧な手紙が添えられていた。

清助さんたちに甘えていたら自分の決心が鈍り、何処へも行けなくなってしまう。自分は本来怠け者であるから、楽ができる方へ流れてゆくだろうと思ったから、とも書いてあった。

そして今、未来に向け希望に満ちた信次郎さんと再会して、わたしは喜ぶべきなのかもしれない。そう思っても、どうしても心配で堪らない。

「信次郎さん、イギリスという国へほんとうに行かれるのですか」

「僕を雇ってくれているロンドンの会社の仕事をしなければならないから、まずブルームに戻ってからですが」

「イギリスに行かなくてはならないのですか」

「ああ、しっかり稼いだら次はロンドンへ行って勉強です」

「言葉は大丈夫なんでしょうか」

「ああ、全くではないが困ることはないでしょう。暇があれば英語の本をずいぶん読みましたからね」

清助も少し不安そうに訊く。

「これからは海の底へ潜って、貝を採る必要はないのですね」

「ありません。もう潜ることはないです」

「じゃダイバーより待遇は良くなるのですね」

信次郎さんは、少し間を置いてから答えた。

「そうです。事務所の中の仕事ですから、直接の死への恐怖はなくなります。主に輸出関連の仕事なんですが、時間があればダイバーの皆が、働きやすいように交渉はしていくつもりです。ですからもう心配は要りません」

「そんなに簡単に、知らない国へ行けるのですか」

「充分な渡航費用ができたら、イギリスへ向かいます。そして最初に大英帝国の繁栄を見て学びます。其処から日本人が移住できる国があるか、今でも移住が可能かなどを調べるつもりです。雇ってくれるこのロンドンの会社でずっと働くかは分かりません。他の会社または、もしかしたら他の国へ移住することになるかもしれません。まずは大学入学を目指して勉強をするつもりです」

信次郎さんは、清助とわたしの顔を交互に見ながらはっきりと言った。わたしは堪らず大きな声を出した。

「ちょっと待ってください。あなた、移住すると言ったって、そんな大それた話があるものですか」

詰め寄るように前のめりになったわたしを避けるように、信次郎さんは清助の方を向いた。

「清助さん助けてください。また四年前と同じです。僕は生涯ハナの世話になるわけにはいかないのです。マサがお世話になっているだけでも心苦しいのに。僕はハナと喧嘩《けんか》するのはもう懲り懲りですから、ほんとうに僕は毎日泣いていたのですから」

「ハナ、信次郎さんはもう立派に成人した大人だ。俺たちが一生働き続けても目にすることができない金額を、僅か四年間で稼いできた人だ。普通ではない過酷な仕事の報酬だよ。信頼して送り出してあげよう」

「ええ、解っているのよ。でも……」

「もう海には潜らないと言ってるんだから大丈夫だ」

「そうね……、もう喧嘩はできないものね。ごめんなさい」

わたしはそう言いながら、無理に笑って見せるのが精一杯だった。

清助もわたしも、これからどうなってゆくか分からない信次郎さんの人生を思う。いや自分たちのことでさえ分からないのだ。

今は幸せに暮らしているが、この辺りは急激な開発が進んで、皆田畑を手放している。農家はもう此処では生き残れない時代になっているのだから、信次郎さんの心配ばかりしてはいられない。

信次郎さんの帰国から一週間、とうとう出発の日が来た。出発まで時間があり、清助が用を済ますため留守にしていた時、長年、舅と一緒に畑で野菜を栽培してきた仲間の武雄さんが訪ねてきた。わたしはお茶と菓子を持って挨拶に出た。武雄さんが明るい声で舅に、

「もうこの辺りでは百姓などしては暮らしていけない。うちは畑を売って二階建ての大きな家を建てて、人に貸して暮らすことにしたよ。建物の両端に階段を造って廊下を通して、玄関は皆北西側になるそうだ。それぞれの家は南東向きになって、日当たりも良くてよいというのだから、上手くできているらしい」

「全部手放すのかい」

「ああ、全部売ることにした。弥助さん、これがええ金になるんだよ。もう暑い中で草取りをせんでよいので、女房も大賛成してくれたから、わしは判を押した。

弥助さんとこと違って、うちは規模も小さいから、いずれは食うてはいかれんようになる。弥助さんも、東側の野菜畑の一部だけでも売らんかね。今ならこっちの言い値で買ってくれる」

舅はむっつりと黙って、武雄さんの話を聞いていたが、

「武さんありがとうよ。清助が帰ってきたら話してみるから、今日のところは返事はできないよ」

「ああ、家族でよく話し合って決めたらええ」

「ところで武さん、お前さん、畑はみんな手放すのかね。家で食べる野菜はどうするのかね」

「開発会社の人の話だと、南側に少し木を植えてその下に花壇を造るらしい。図面という絵を見せてもらったけれど、その木の陰に一坪ほどの畑を確保して、家で食べる野菜を作ってもよいと言ってくれているので、女房もこれで少し安心したと言ってね」

一坪ばかりの狭い土地でと思ったが、舅は何も言わずに武雄さんの話を聞いていたので、わたしも縁側の隅で黙って座っていた。

「絵を見ているとなんだか夢が広がり、漸く楽ができると思ったよ。弥助さんも少し楽をしたらどうかね」

武雄さんは、ほんとうに幸せそうに、いろいろ話して帰っていった。

武雄さんの姿が見えなくなると、わたしは新しい熱いお茶に入れ替えて、縁側に

腰を下ろしたままの舅に声を掛けたが、考え込んでいるようで返事がない。其処へ姑の律子も来て加わり、

「おじいさん、ハナさんが熱いのに替えてくれましたから、どうぞ」

心配そうな顔を弥助に向けて湯呑みを差し出す。

「武さんの話、ちょっと聞いてしまいましたが、何だか夢のような話でしたね。でもあんな夢みたいな話が、ほんとうにあるのでしょうか」

「うん……」

「私は百姓仕事はちっとも辛くありませんから。武さんとこはヨネさんも娘さんも怠け者ですからね。娘婿がまたあの通りですから、やっぱり息子の居ない家は駄目ですよ。あの婿に騙《だま》されてるんですよ、きっと。いずれあの家はなくなりますよ。あんなに家族中が怠け者じゃ駄目ですよ。武さんが気の毒です」

「お前、今日はえらく言いたいことを言うなぁ。ああ吃驚した」

と、舅は漸く顔を上げて笑った。

わたしは二人の話を聞きながら、同じ農家でもいろいろな考え方があり、方針が違っていることに驚いたが、山本家の嫁で良かったとつくづく思った。

思いを巡らせているうちに、気がつくと舅と姑の話題は信次郎さんのことに替わっ

ていた。

「ところで母屋に来ている麴町の坊ちゃん、また外国に行くらしいじゃないか。何でも今度は英国に行くんだと清子が言ってたが、妹をどうするつもりなんだろうなぁ。可哀相に、マサはまた置いてきぼりかい」

「そうらしいですよ。これから清助とハナさんが新宿駅まで送っていくそうですよ。今度も神戸から船が出るそうですから。しかし人間は変わるものですね、おじいさん。私、吃驚しましたよ。子どもの頃あんなに色が白くて可愛らしかった坊ちゃんが、真っ黒になって汚いこと。人相まで変わってしまって、きっと苦労したんですよ、あの顔は」

今日はいやに言いたいことを言う妻に呆れながらも弥助は、清助には武雄の家のことは話すまいと心に決めたようだ。

わたしは清助と、信次郎さんを送って新宿駅に来ていた。何となく、この別れが今生の別れになるのではないかと、虫の知らせのようなものを感じている。不吉なことは言えないから黙っているが、妙に自分の中で確信になっている。

「信次郎さん、旅費ができたらロンドンへ行くというのは変わらないのですね」

と、わたしはまたも口にしていた。

「ブルームからは、直接ロンドンには行けないんだ。オーストラリアで一番大きな港の、シドニーという所まで行って船に乗るという。そのうちパースからも出るらしいが、まだ詳しくは分からない」

信次郎さんの返事は暢気《のんき》な声であったが、急に顔を引き締めた。

「それより清助さん、僕は男だから大丈夫、どうやっても生きてゆけるが、マサは女の子だから幸せにしてやりたい。女学校を出たら、良い人が居たら嫁にやってください。僕が銀行に預けてあるお金は、全部マサのために使ってください。お願いします」

深々と頭を下げる信次郎さんに、にっこりしながら清助は胸を叩いた。

「大丈夫ですよ、マサちゃんは我々がちゃんと守りますから。嫁に行く日が来たら手紙を出しますから、楽しみにしていてください」

東京駅まで送ると言ったが、信次郎さんは走るようにしてホームに入って行く。わたしたちはその後を追って行った。

駅で、真っ黒い顔をして革の長靴を履き、布袋《ほてい》さんの大きな白い袋みたいなのを肩から担いで歩く。その男に付いて歩くわたしたちを、身なりの良い婦人が振り向きながら通って行く。

子どもの頃は色が白い少年だった。今は何人《なにじん》かと思うほど変わってしまった信次郎さんを見て、おかしみが込み上げてくる。

わたしには何となく、信次郎さんもこの別れはもしかしたら今生の別れになると感じているような気がした。不思議なことに悲しみの涙が出ない。寧《むし》ろ淡々とした気分の自分に驚愕の思いだ。

ふと思った。変わったのは信次郎さんだけだろうか。わたし自身はどうなのだろう。大切に思っている人の筈なのに、別れを前にして少しも感情的な動揺がないのだ。わたしは自分が変わってしまったのだと気づいた。

四

信次郎と勝久と幸子

卒論もほぼ目安がつき、僕はハナの日記帖に日々のめり込んでいる。信次郎からはブルームへ帰っていった後もハナへ手紙や葉書が送られてきていた。何ともまめな曾じいさんだったようだ。昔の若者は皆、こんな風に手紙を書いたのだろうか。ハナは、それらを日記帖とともに保管していた。日記と手紙を繋ぎ合わせると、曾じいさんとその友人たちの過去までもが浮かび上がってくる。

一九二六（大正十五）年、信次郎は、五人の若者を引き連れて、再びブルームへ向かった。船が木曜島に寄ったので二カ月かかったが、無事に着いた。

木曜島では一人の青年を降ろして、全員の入国手続きなどの書類を一緒に済ませたが、島の歓迎を受けて暫く滞在することになり、気持ちが焦った。

その後、香港を出帆して木曜島へ立ち寄ったイギリスの中型貨物船に乗せてもらうことができたが、木曜島を出発した時には十月が目の前に迫っていた。そして、ダーウィンを経由して、漸くブルームに着いたのである。

同行の四人は、若者といっても全員が信次郎よりも年上であった。そのうちの二人は和歌山県の太地から来た、ともに二十四歳の後藤さん。

「父親が兄弟の従兄弟だから名字が同じで紛らわしいので、名前で宜しく。徹です」

「敬一です」

挨拶した二人は、顔も似ているように見える。

一人は長崎県五島列島の出身の二十五歳で内海さん。もう一人は愛媛県宇和島の人で二十二歳、信次郎より一つ歳上の川口さん。名前は勝久という。この人の叔父、喜平は一八九二(明治二十五)年にオーストラリアに渡ったが、日本に帰ってくることはなかったという。

結婚して男の子が生まれたことは手紙で知らせてきたから、写真でも送ってくるかと楽しみにしていたそうだが、その後は音信が途絶えたまま十年余りが過ぎ、実家に死亡通知が届いた。

信次郎は勝久とすぐに仲良くなった。歳も一つ違いであるし、何よりも性格が明るく、飄々とした感じが良かったから。南国育ちのゆったりとした雰囲気のある青年である。

信次郎は、宇和島という地名を此処で聞くとは思ってもいなかったので、内心驚いていた。祖父から加藤家が宇和島藩に仕えていた時代の話を聞いたことがあったのだが、何故か、勝久に話すことはなかった。

宇和島市は古い城下町である。凡《およ》そ四〇〇年前、一六〇一（慶長六）年に藤堂高虎が宇和島城を築城して、一六一四年に伊達政宗の長男、秀宗が十万石の外様大名として入府して以来、幕末まで続いた城下町だ。

気候は温暖であり人々は穏やかで、勝久は城下の南方の端、海がすぐ前にある半農半漁の家の育ちだという。

それなのに、勝久は神戸を出航して外洋に出るとすぐに船酔いに悩まされて、信次郎が親身に介抱したことで親しくなったのだ。

その後は船旅にも慣れて、木曜島を出帆した頃には、船酔いどころか楽しげであった。それでも時折、船べりに立って水平線をじっと見つめている勝久の横顔は、故郷を遠く離れてゆく寂しさだろうか、憂いに染まって、信次郎は声を掛けることができなかった。

兎に角、皆が元気でブルームに着いたことで、信次郎は肩の荷が下りた気がしている。

信次郎は今回の帰国でもハナたちには口にすることはなかったが、此処でアジア人が生き抜くのは至難の業なのである。

実際には、一日一日生き延びることさえ難しい。病気で死なず、潜水病にかからず、ハリケーンで生き延びて、そして喧嘩で生き延びて、という具合に、死なずに生きることに精一杯の場所なのである。けれども、楽しいことが全くないということではなかった。

数人の白人が町を牛耳っており、その人々に付随する二百人足らずの白人が町を闊歩していて、小さな島国出身の日本人は、経験したことのない人種差別を初めて体験することになった。

昔、日本にも身分制度があって、身分や職業による差別があった。明治になって制度が廃止されても、支配層であった士族は何処となく威張っていたし、差別もなくなることはなかった。現に加藤家も士族であったから、他人から見れば威張っていたに違いない。しかし此処での人種差別は全く違った種類のものであり、命さえも簡単に剝奪されてゆくのである。

ヨーロッパ人による世界各地での略奪の十九世紀が終焉し、二十世紀も二十六年が過ぎた今でも、この新大陸オーストラリアでは人種差別が厳しく、ただ肌の色が違うというだけで生き方さえも否定され、厳しい人生となっている。

先住民のアボリジニには、殊の外無残な仕打ちであった。妊娠したアボリジニの女性が真珠貝を採るのが上手ということで、海の底を歩かせるのである。もちろん深い海ではないが、潜水服などの装備はなしである。

白人による差別は、日本人を含めアジア人にも同様であったが、日本人のダイバーとしての能力はどの人種よりも優れていたから、他のアジア人よりも白人に大切にはされる。しかしこれは、あくまでも彼らに経済的利潤をもたらすからである。

日本人ダイバーは、互いに競争してたくさんの収獲を海の底から持ち帰る。更に計算能力や識字率の高さが思いの外役に立ち、白人たちも日本人に敵わないことさえあった。

同じ東アジアでも、中国人やフィリピン人などは言われたことしかしない。加えて基礎教育がなされていないためか、計算ができないし、字が読めない人がほとんどであるようだ。

日々の暮らしの中での一瞬の油断も禁物で、ほんの少しの油断が命取りになるのである。

油断できないのは、海の底では言うに及ばず、陸の上でも同じである。自然との闘いに加え、町の中では喧嘩が横行しているから、その中に巻き込まれないように、そういう雰囲気の中には絶対に入らないことが鉄則であった。

白人に嗾《けしか》けられて、アジア人同士が、アボリジニ同士が、またアジア人とアボリジニが、という具合に敵対する形になることもあり、信次郎は過去の数年間、食事以外は町に出ることを控えて暮らしていた。

また、白人の中には自らが喧嘩好きという者もいた。戦闘的で、力を誇示し、此処が戦場だと思っているかのような態度を見せる。第一次世界大戦で戦って移住してきた若者かもしれない。何か見えないものに挑戦しているかのごとく、殺伐とした人間関係を築いていた。

人類は誠にさまざまだと、改めて気づかされたのも事実だが、将来の目的があるから、必死で英語の本を白人から借りて読むことに専念していた。旧制高等学校では、かなり英語の読み書きをしたから、今それが役に立っていると思う。

また各国から来ているダイバー仲間は無論のこと、白人でも信次郎に教えを請う者が出てきていた。算数や数学はもちろんのこと、白人の中にも信次郎に英語のスペルを習いにくる者が居て、信次郎を唖然《あぜん》とさせた。

こうなるともう白人から喧嘩を売られることもなくなって、三年目からは気持ちが楽になっていった。でも油断は絶対にしないことを肝に銘じてきたし、今も油断はしていない。

今回、再びブルームに戻ってきたのは、ロンドンの会社が信次郎の計算能力や理解力の高さを買って、真珠貝事業の拡大を計ったためである。信次郎の能力を利用することに賭けたとも取れる、不思議な契約であった。

旧制学校で学んだことや祖父の影響からか、信次郎には、態度も毅然としたところがあった。この町に住む白人の数人を除き、日本人の医者も別とすれば、信次郎は、日本人を含めたアジア人のダイバーの中で、間違いなく皆に尊敬される存在になっていた。

そして、一八九〇年頃から十年ほどの間、若い女性も洗濯女の名目で移住していた。彼女たちの仕事が洗濯以外の方に重点があったことは、必要悪とでもいうのだろうか。それとも必要善だろうか。アジア人が白人と結婚することはなく、アジア人同士またはアボリジニとの結婚が一般的であった。

日本人は日本人同士の結婚が多かったようで、日本人町が賑やかな時代が長く続いたのである。日本人の仕事としては圧倒的にダイバーが多いのだが、商店で働く者や日本人病院で看護婦として働く者、シスターの下でのアシスタント的な仕事もあった。美容院や洋裁店などもあり、日本の社会と変わることなく生活することができていた。

ダイバーと結婚した女性たちは明るい家庭を築き、日本と同じように幸せに暮らしていた。自由に生き生きとしたブルームの日本人社会は、ある意味華やかであった。テニスクラブや幾つもの野球チームがあったり、お祭りの開催、お盆の行事も盛大で、死者たちに心からの供養をしたようである。

オーストラリア国家が白豪主義を国是としている中での、アジア人や日本人には誠に過酷な日常であったにもかかわらず、日本人町は発展し、大きなコミュニティーに育っている区域で、明るく自由に暮らせることを幸せだと感じている。

勝久とは、一緒のバラック（長屋）に住み、食事を共にすることもあり仲良くしている。勝久が捜していた、叔父の残した子どもの消息も、英語のできる信次郎が手伝って割に早く経緯が分かった。

勝久の叔父の川口喜平は、六歳年上の洗濯女つまり売春婦と仲良くなって、男子が生まれた。息子の名前は隆と付けられた。

勝久の家に結婚したという手紙が届いたが、実際には結婚はしていなかったことが今回の調査で分かった。隆の実の母親は、他の日本人男性と仲良くなって、その男性について既に日本に帰国していた。大阪の人だったという。

隆が十四歳の時に喜平が潜水病で亡くなった。隆は独りになった。喜平は隆に、何時か日本を見せてやると約束をしていたという。一緒に帰国し、宇和島城を見せるつもりだったのかもしれない。

明くる年に隆は、日本人とアボリジニの間に生まれた娘を好きになった。娘の名はヴィクトリアといった。

ヴィクトリアも、隆と同じ頃に母を肺炎で亡くし、独りになっていたのだ。互いに独りぽっちの境遇だから、惹《ひ》かれていったのだろう。孤独を癒やすために一緒に居ることが多くなって、翌年になると二人は一緒に暮らし始めた。やがて二人は子どもを授かった。二人とも十六歳になっていた。

十八歳になった時、二人は三瀬夫婦の助けを得て結婚した。仲が良く、お互い労わり合いながら幸子を育てる姿は三瀬夫婦を喜ばせた。

信次郎が中心となって調べた記録によると、隆は最初はダイバーになることを拒んで、白人の家の料理人として雇われていた。

父親の喜平が潜水病で亡くなった時の怖さから、自分もダイバーになれば同じになる、きっとああなるのだと、心の中のもう一人の自分が囁き続けたのかもしれない。ところが子どもができて状況が変わった。料理人では家族三人が食べてゆける金額は貰えていなかったのだ。

生まれた子どもとヴィクトリアを養っていかねばならず、背に腹は代えられない。頑なに拒否し続けていたダイバーになるしか、生きる道はなかった。

生まれた女の子は幸せな子になるようにと、幸子と名付けられた。幸子は、アボリジニの血が四分の一流れているからだろうか、褐色の肌をしていて、実に可愛い顔をしていた。仕事で疲れた隆もそれだけが楽しみのように、幸子を連れて丘の上から海を眺めながら、日本の歌を大きな声で歌っていたという。隆の一番幸せな時期だったのかもしれない。

隆は躊躇うヴィクトリアを説得して、日本人社会で幸子を育てることにした。日本人として日本語を話し、日本の文化を教えたいと思っているから、お盆の行事や祭りなどは必ず着物を着せて参加した。

三瀬洋蔵が、父親と同じ愛媛県出身ということも影響したのだろうと思う。洋蔵の妻の茂子が、幸子の着物を上手に縫ってくれる。ヴィクトリアにも日本人の血が流れているので、次第に日本人社会に馴染んでいったようだ。幸子も元気に育っていった。

だが、この幸せは長くは続かなかった。事故が起きたのだ。海に潜る隆に、船から空気を送っていた送気管が海中で捩《ねじ》れ、空気の供給が止まっていることに、船の上で気がつくのが遅れた。

こういう事故はあまりないのだが、この日は大潮で潮の流れが速くなり、海の底では耐えられないほどの流れになっていた。皆、早く切り上げる準備に気を取られていたのではないかと、後には反省の声もあった。

大潮の時は殊更に気を使う。ダイバーたちは潮の干く前に沖へ出て行き、帰りは潮の満ちるより早く戻ってくる。

海底での作業では、潮に逆らっては歩くことができない。また潮が轟々《ごうごう》と唸りを上げて流れるから、大潮の海底では人は立つことも、歩くこともできないのだ。隆の死は事故とされたが、これは正に人災であった。

人一人の命が船からの一本の送気管と、命綱だけで繋がっているのだから、頼りの送気管が機能しないとなると、待っているのは地獄の苦しみと死だけ。

船に引き上げて潜水冠（ヘッドカバー）を外すと、隆の顔は苦しみに歪んでいた。友人の三瀬が泣きながら隆の飛び出した眼《まなこ》を閉じさせ、引きつった顔をきれいにしてくれたという。

葬儀の二日後に三瀬が訪ねると、家の中はきれいに片付き、物は何もなくて、ヴィクトリアも幸子も町から姿を消していた。

誰も親子の行方を知らなかった。三瀬は、以前隆が働いていた白人の家も訪ねてみたが手掛かりはなかったという。

その親子が町から居なくなった後、一九二二(大正十一)年に、信次郎が最初のブルーム上陸を果たしたのだった。それが四年前のことになる。

一九二六年、日本から戻り、再びブルームに上陸した信次郎と、幸子の親類に当たる勝久とが仕事をしながら調べ上げたこの事実に、二人は声が出なかった。

悲しみとも違う落胆だった。寧ろ怒りに近い感情で勝久は、

「信次郎さん」

と呼び掛けた後、くるりと背中を向けて肩を震わせている。

隆と幸子、幸せだった頃の親子の姿を覚えている人たちは皆言う。

「仲の良い親子だった。何時もあの丘の上で日本の歌を一緒に歌っていたよ」

「兎に角、隆も良い声だったが、幸子の声は特別で、楽器みたいに深く澄んでいて有名だったよ。実にきれいな声で歌が上手だった」

皆、口々に幸子の歌声を褒めた。

ハリケーンの季節には、ダイバーたちは休暇をとる者も多く、ラガー（真珠貝採りの小型帆船）の修繕に、ドックに入るのもこの時季である。ラガーの整備に合わせて皆が休暇をとる。この時季、独身の多くの男性たちは、東南アジア方面へ遊びに行き、稼いだ多額のお金を使ってしまう者も多い。また反対に、日本の両親や家族に送金する若者もいる。

だが信次郎の仕事はこの時季が一番忙しい。次のシーズンに合わせて、ラガーとダイバーの組み合わせのローテーションを決める。更に真珠貝をイギリスへ輸出する準備もある。洗浄、箱詰めの後、積み込みなど一切を取り仕切る白人の下で、全ての実務を執るのが、信次郎の仕事だ。

忙しく働いているある日の午後、パブで昼食を済ませてきた上司が言った。

「シンジロウ、サチコが町に戻ってきたよ。丘の上で歌ってるのを見たという人が、今日パブでジョンに話したそうだよ。すぐ行きなさい」

最後は聞いていなかった。走った。パブではジョンが、にこにこしながら待っていた。

「すぐに来ると思ってたよ」

「何時だ。元気そうだったか。一人だったか」

矢継ぎ早に訊いてくる信次郎に、ジョンは、

「まあ落ち着けシンジロウ。見たのは俺じゃない、さっきランチに来たトニーさ」

と言って詳しく話してくれた。

「昨日の夕方、トニーが子どもと一緒に丘の中腹でクリケットの練習をしていた時、きれいな女の声が聴こえてきたので見ると、丘の突端に立って歌ってるサチコがいた。走って行って声を掛けると飛ぶように走って逃げたそうだよ。少し辺りを捜したが何処にも居なかったと言っていた。

シンジロウ、夕方にはまた来るかもしれない。行ってみるといいよ」

その日の夕方、勝久を誘って信次郎は丘の上に来ていた。ブルームのローバック湾の北西側に突き出た半島で、三方が海になった岬である。眺めの良いビーコンの丘だ。

木の下の草むらに座って待っていると、女の子が警戒するようにそろそろと、砂

浜の方から登ってくるのが見えた。二人とも無意識に顔を見合わせ、一瞬の緊張の後、草むらに這った。

見るからにぼろぼろの服を着た、若い女の子である。長い褐色の脚がゆっくりと上がってくるのが、草の間から見える。

彼女の脚が、草むらの中に隠れて這っている二人の目の前を横切った。彼女は丘の先端まで行くと、辺りに気を配るようにしていたが、やがてきれいに澄んだ声で、ゆっくりと歌い始めた。

日本語の歌だ。どうも地方の民謡のようだなと信次郎は思ったが、勝久の頬には涙が伝っている。

「信次郎さん、この歌は、うちらの町のお祭りの歌です」

と、勝久は涙顔で頷き、ゆっくり立って歩き出した。唱和するように祭りの歌を歌いながら。

「♪まわれまわれ、みずぐるま、おそくまわりて、せきにとまるな、せきにとまるな♪」

幸子は逃げもせず、驚いた眼で勝久の顔を凝視しているが、歌を止めるわけでもなく歌い続けている。きれいな声だ。勝久は泣きながら歌っている。

幸子の目の前まで近づいたところで、

「幸子ちゃん」

と呼んだ。幸子は大きく見開いた眼を向けて、「だれ」と問いたげに凝視している。

「信次郎さん来てください」

勝久は、幸子に逃げる様子がないので信次郎を手招きしながら呼ぶと、幸子の方に向き直り、ゆっくりと話し掛けた。

「俺は、幸子ちゃんのお父ちゃん、隆の従弟で勝久。こちらは、友人の信次郎さんだ」

途端に幸子は、ボロ着の胸をかき合わせるようにして下を向いた。

「座ろう」

信次郎が二人を草の上に座らせ、自分は一人分空けて座った。

夕日が大きさと輝きを増して海に沈んでゆく。水平線の彼方へ落ちてゆく。

「この景色は毎日見ていても飽きない素晴らしい眺めだ」

と言いながら、信次郎はまっすぐ海の方へ腕を伸ばして、その腕をゆっくり円を描くように回して、大きく息を吐いた。

勝久も幸子もつられるように、腕を前に伸ばしそれからぐるっと大きく回して、ゆっくりと息を吐いた。

信次郎と勝久は、幸子を何とか説得して自分たちが住むバラックに連れて帰った。

よく見ると幸子は酷く痩せていて、皮膚病のように出来物が噴き出し、腕も脚も異常に細く骨と皮だけのように見える。ざらざらとして汚い肌だ。すぐに茂子を呼んできた。

シャワーを浴びさせたら、茂子に頼んで病院に連れて行ってもらおうと決めていた。

三瀬夫婦は、隆の家族をよく覚えていた。とても可愛がっていた幸子が帰ってきて、大喜びで暫くは涙が止まらず、幸子を抱きしめておいおいと泣いた。幸子も三瀬夫婦のことはよく覚えていた。

茂子は自分の若い頃のものだと言いながら、きれいなワンピースを幸子に着せて、暗くなりかけた道を急いで病院へ連れて行ってくれた。

帰りには幸子が帰ってきたお祝いをしようと、いっぱい買い物をしてきた。栄養失調で痩せてしまい、骨ばかりになっている幸子に、力になるご馳走を食べさせたいと思ったのだろう。

結局幸子は皮膚病ではなく、長旅で虫などに身体中を刺されて、其処が全部化膿していたのだ。すぐに治るだろうとのことで、看護婦さんに注射を打ってもらって、塗り薬を貰って帰ってきたから安心した。

それから幸子は、三瀬家で暮らすことになった。信次郎たちのバラックと頻繁《ひんぱん》に行き来している。

幸子は素直でよい娘だった。言葉は日本語だけ話せる。

「でも、あまり上手じゃない……」

と恥ずかしそうな顔をするが、まあまあ話は通じる。

しかし、母親のヴィクトリアが何処に居るのかを尋ねても、何も言わない。ただ、首を左右に振って悲しそうな顔をする。勝久は話す気になるまで待つことにした。

幸子はぽつぽつではあったが、自分のことは話した。

野宿をしながらブルームへ向かって歩いた。家から持って出た食べ物はすぐになくなり、木の実や草を探して食べ、海辺では貝や小さな魚を捕まえて食べたと言う。

二カ月余り毎日歩いたと言っているから、よほど遠くに住んでいたと考えられる。場所までは特定できないが、北か南かは分かった。何時でも太陽が右側の大地から昇り、夕方には左側の海へ沈んだと言うから、南から来たことは確かだ。

幸子が少しずつ元気を取り戻し、明るい笑顔を見せるようになった頃、信次郎は会社の馬車に幸子を乗せて、勝久と一緒に隆の墓へ線香を上げに出掛けた。

小さな砂岩に素人の彫りで、川口隆之墓とある。その隣には同じような小さな石に、川口喜平之墓と彫られて、ひっそりと親子で座っているように見える。

誰かが親子を並べて葬り、砂岩を置いて、こつこつと手彫りで名前を刻んだようだ。たぶん三瀬洋蔵だろう。

「お父ちゃん」

幸子が呟く。線香を上げて前に立っていたが、急に座り込み小さな丸い墓石を抱いて、

「お父ちゃん、お父ちゃん」

と泣き崩れた。勝久も信次郎も貰い泣きしながら手を合わせた。

「ほんとはね、お母ちゃんもう居ないの。お母ちゃんは死んだのよ」

突然墓石の横に座り込んで、今度は大声で泣き始めた。正に号泣であった。

幸子の説明によると、ヴィクトリアはアボリジニの男たちから幸子を守るために、身体を張ったようだ。

太陽が昇る少し前、だんだんと明るくなってくる頃だったという。小屋の前の木陰に、アボリジニの男たちが棒を持って立っているのを見つけると、ヴィクトリアは布袋にあるだけの食べ物と水の瓶を詰めた。

幸子に向かってその布袋を差し出し、口に人差し指を当てて、

「幸子、すぐ裏から逃げなさい。北へ向かうの、ブルームへ帰りなさい。夕方に太陽が左側の海へ沈むのを確かめるのよ、それが北だから。絶対何があっても後戻りしないこと。愛している」

一瞬強く抱きしめたかと思うと、きつい声で、

「ゴー」

と言いながら幸子の背中を押した。

「私が知っているのはこれだけです。お母ちゃんはきっとお父ちゃんの所に行ったんです」

幸子は暫くは啜《すす》り上げるように泣いていたが、漸く吹っ切れたのか、きれいな声で歌い始めた。例の祭りの歌だ。勝久も一緒に歌った。

勝久は、幸子が見つかり安心したのだろう。ダイバーとして熱心に仕事を覚えていった。背が高く、一番大きな潜水服でもいっぱいになるような身体であるから、皆のようには厚着はできない。

「勝久さんは背があるのでたいへんだ。僕は小さいので、その点では楽でしたね」

潜水服の中の勝久を見て、信次郎は気の毒そうに言った。

海の底は凍るように冷たい。厚い下着も毛糸のセーターも、着ているのかと自分で疑うほど海の底は冷たく寒いのだ。何を着ていても暖かいとは感じられず、海底での仕事は辛い。

鉛の靴も、腰のベルトの鉛も、勝久を海底に留め、真珠貝を見つけては胸から掛けた網の籠に入れる。海底を歩きながら、時には走りながら、また這うようにして海底の宝石、真珠貝を集めていく。

いっぱいになった籠を見る瞬間は嬉しい。潜水冠の丸い窓から見る視野は狭いが、徐々に海上へ上がって行く帰路は嬉しく、仲間との収獲競争が脳裏を走る。日本人は基礎教育があるからだろう、競争には強い。収獲量でも大きく差がついてしまう。

しかしこの嬉しい人間界への帰路、浮上が、最も危ないのである。水圧の高い海底から速く上がってしまうと、血液中に溶け込んでいる窒素が気泡となって細い血管を塞ぎ、潜水病になる。

この時、船上との呼吸が合わないと、潜水病の危険が高まるから、気を引き締めて慎重に上がらなければならない。

ラガーの上でも緊張する時間だ。水圧の高い所に長く居て作業をするのだから、深海になればなるほど危険度は増す。

深海で長時間の作業後となると、トンネル形の調整カプセルの中で徐々に水圧を下げていかなければならない。

実に危険な仕事であるが、ダイバーたちには分かっているのだ。日本に帰ったって仕事などないことが。それに此処では厳しい仕事が終われば、無限に自由があるような気がする。休暇も許されるし、日本人町の心地よさは、勝久には宇和島に繋がる豊かで穏やかな生活なのだ。

英国人たちがよく使う言葉、ダイバーの我々も大好きな言葉がある。それが「Freedom」。

勝久が八人乗りのラガーに乗り込んで湾から沖へ出て行った。暫く、たぶん二、三日は帰ってこないだろう。信次郎もダイバーの頃は、何日も船の上で過ごし帰らない日があった。

信次郎の働く会社、BROOME・PEARLING・CO.の所長が、

「家でサチコをまずメイドとして雇ってみよう。彼女が頑張れば妻の助手にしてもよい」

と提案してくれて、幸子は今、一生懸命に英語を覚え、仕事を覚えと大忙しの日々である。

幸子に英語の読み書きを教えるのは、仕事を終えた後の信次郎の役目になっている。信次郎は毎日のように幸子に教えながら、この娘はなかなか筋がよいと感じている。

しかしながら、英語を教え始めて、幸子は漢字がほとんど読めないことに気づいた。呆然《ぼうぜん》となる思いがした。当然だろう、平仮名と簡単な漢字を覚えた頃に、この町を出て行ったのだから。

地獄のような体験が、彼女の心を塞いでいるのではと心配したが、根は明るく辛抱強いところもあり、日本人特有の根性もあると、彼女に対して次第に好感を持つようになっていった。

そうして教えているうちに、幸子が自分に好意を持っているらしいと気づいて、信次郎は少し戸惑っている。幸子が健康になるにつれ、本来の彫りが深く美しい顔立ちと笑顔が甦り、信次郎の目にも眩しく映るようになっていたのだ。

勝久が久しぶりに二日休みが取れて長屋に帰ってきたので、幸子と三人で弁当を持って、ブルームの町の突端部分の、例の丘へやって来た。

信次郎と勝久が幸子の歌が聴きたいと言うと、幸子は嬉しそうに顔をほころばせた。少し頭を下げてから、まっすぐに背を伸ばして歌う姿勢になると、きれいな声で歌い始めた。

　何時も思うことがある。幸子の声は何処か違っている。きれいなだけではなくて、聴く者の心に響いてくるような懐かしさと憂いがある。日本語で日本の歌を歌う所為だと思っていたが、どうも違うようである。

「幸ちゃん、何時聴いても良いなぁ、幸ちゃんの声は」

「そうかな。私もお父ちゃんが教えてくれた歌が大好き」

「他の歌も覚えたらどうだろう」

「英語の歌も覚えようかしら」

「信次郎さんは英語ができるから、歌も歌える」

「僕は英語の歌は歌えないよ。全然知らないし」

　勝久は幸ちゃんと呼んでいる。

「親戚の妹のような気がするから」

と言ってすぐ、

「あれぇ、ほんとの親戚だった」

と大笑いした後、

「信次郎さんはサチさんて呼ぶんですね」

と言った。信次郎は頷いただけで黙っていた。

この岬は日本人町から少し離れているが、今日は日本人の家族がたくさん遠足に来ている。

信次郎は子どもからの人気もある。算数を多くの子どもたちに教えたし、時には英語も教えたことがあるからだろう。弁当を食べていると、皆が挨拶に来る。小学生の子どもたちも居て、今日は日曜日だったと気づいた。

日本から一万キロも離れたこの地で、皆が肩寄せ合って生きている風景を、勝久は美しいと思う。子どもたちは赤ん坊から小学生くらいまでの年齢で、賑やかだ。

「幸ちゃん、子どもらにさっきの歌を教えてあげたら。みんな此処で生まれたから、きっと喜ぶよ」

「そうねぇ、私もお父ちゃんが居なかったら知らなかったものね」

幸子は子どもたちを集めて、

「まわれまわれ」

と勝手に踊りの振りをつけて歌い始めた。輪になって歌うとみんな盆踊りを思い出して大喜びだ。

ブルームの日本人町では、祭りや盆踊りを開催しているから、みんな盆踊りの歌はよく知っているのだが、このえらく間延びした鹿踊りの歌は、幸子が歌うまでは誰も知らなかった。

幸子が舞う。鹿のように軽やかに脚を上げて踊る姿は、優雅で尚且つ美しい。郷愁を誘うのか、大人も皆美しい声に聴き入っている。子どもたちは幸子の周りで自然に輪になって踊っている。

幸子の周りに群がる子どもたちを見ながら、勝久は自然に幸子のことを思っている自分にはっとなった。

「この鹿踊りの歌がなかったら、僕らはサチさんと仲良くなることはなかったかもしれない。あの日の汚いサチさんでは、日本人とは分からなかっただろうから、誰も助ける者もなくて、生きてゆけなかったかもしれない。隆さんはよい歌を教えておいてくれたものですよ」

信次郎の言葉に、勝久もほんとうだと思い、大きく頷いた。勝久は幼い頃から、祭りになると若い喜平が飄々と歌って踊る姿が、宇和島でも有名で人気があったと聞いて育った。

「俺たち兄弟は皆、小さい頃から喜平おじさんに憧れていました。何時でも祭りの主役だったそうですから。歌が上手で踊りも最高だったそうです。幸ちゃんもきっと、喜平おじさんに似たのでしょう」

　勝久は急に改まると、歌って踊る幸子たちを目で追いながら、小声になって、

「信次郎さん、幸ちゃんをお嫁さんにしてくれませんか」

と頭を下げた。信次郎は何時か勝久に、こう言われることが分かっていたような気がする。心の何処かで断る文句もちゃんと考えていたのだから。

　勝久は勝久で、信次郎に断られるような気がして、その先の台詞を考えていたのかもしれない。「知っています。来年にはロンドンへ発つんでしょう。幸ちゃんも連れて行ってください。あの子なら大丈夫。どんなことでも我慢できますし、信次郎さんを信頼して黙って従うでしょう。頼みます」と言うつもりで準備していたのだ。だが信次郎は、応諾も拒否もしなかった。黙って踊る幸子を見ている。いや幸子の歌う声を聴いているのかもしれない。

「勝久さん、此処でお返事しないといけませんか」

　目は幸子を追ったまま、信次郎は小さな声で言った。更に声を落とす。

「こんな明るい太陽の照る中で言える言葉ではありませんが、僕は時々、サチさんを抱きしめたいと思うことがあります。最近のことで、以前はこんな風な感情を持ったことがないんです。ですから僕自身がたいへん戸惑っているのです」

勝久は、こんなに率直な愛の告白を聞いたことがなくて、年上なのに自分の顔が赤くなっているだろうと思った。流石に東京の人は垢抜けていると思った。四国の田舎なら、あの子が好き、この子が好き、という程度だろう。ずいぶん違うものだと思って寧ろ感心してしまった。

それと同時に、自分の方から幸ちゃんを嫁にしてくれと頼んでおきながら、今になって自分の気持ちと違うお願いをしてしまったと、後悔している自分が見えたのである。

勝久には言うべき言葉など見つからなくて、それでも気持ちとは裏腹に顔は笑っているので、この場は上手く切り抜けられると思った。

この頃はラガーに乗って何日も船上で過ごすことが多くなっている。その間は、幸子はほとんど信次郎と一緒だろう。真っ直ぐに愛の言葉を告げる信次郎と違って、自分は何て卑怯なんだろうと思う。親戚だと吹聴しながらも、ほんとうは幸子が好きだと言えないのだ。自分に嘘をついていることは分かっている。辛いのに素直になれない。

信次郎が再びブルームに来て仕事を始めて、早くも一年が経った。日本人の数も徐々に増え続け、賑やかになってきている。皆それぞれが自分の仕事に熱心に携わっている間に、月日が巡ってしまったようだ。信次郎は二十二歳になり、勝久は二十三歳、そして幸子は十七歳になって、最初の日に見た栄養失調と旅の垢で薄汚れた姿は何処にもない。きれいになった。

褐色の肌には変わりはないが、日本人らしく礼儀も覚え、仕事も自ら希望して日本人病院へ変わっている。白人のシスターに就いて、看護婦の見習いのような仕事をしながら、患者の世話をして生き生きと働いている。

三瀬夫婦にも、可愛がられてほんとうに楽しそうだ。町の先輩たちから日本語の歌をいっぱい教えてもらって、この頃では二十曲は歌えるようである。

日本人町の行事があれば、必ず舞台で歌っている幸子が居る。皆が幸子の歌を聴きたがるようになっていた。

信次郎は、次第に幸子を愛し始めていた。しかしながら幸子を連れて、ロンドンに行こうとは思っていない。そう自覚していながら、幸子を抱いて寝ているのである。幸子と結婚して日本に帰って生きることができるか、と悩む日もある。

結論を出せずに、日々が過ぎてゆくことに焦りもあって、この頃は幸子に会うのが苦痛になっている。会えば抱きたいと思う自分が居るし、必ずそうなるのだから。

去年の暮れに、勝久がBrothelへ一緒に行かないかと誘ってくれたが、行かなかった。売春宿だ。日本でもあることは知っていたが、世界中何処にでも存在するものだ。信次郎には幸子が居るから、お金を支払ってまで女性と寝る必要はなかった。

突然、信次郎が過労で倒れて入院した。明らかに働き過ぎだった。幸子は吃驚して看病したいと言ったが、一晩の入院で、もうよくなったと退院してしまった。

しかし医者からは、家で静養するようにと指示されていた。茂子と共に見舞った幸子は、ベッドに横になっている信次郎のあまりの衰弱ぶりに驚いてしまう。

茂子の指示もあって、幸子は泊まり込みで看病することになった。だがそれは信次郎を更に追い込んだのである。二日目の夜、信次郎は言った。

「サチさん、僕はもう大丈夫だから帰ってくれないか」

「えっ……、はい……分かりました」

幸子は一瞬悲しそうな顔をしたが、すぐにきっぱりとした声で、寧ろにこやかな顔で言った。

「そうですね、その方がいいですね。私には分かっていたんです。信次郎さんが私のこと、好きじゃないと前から分かっていたんです。英語を教えてくれなくなったし、私の歌も聴いてくれなくなって、何時も忙しい忙しいと仕事ばかりして。だから私知っていたんです、私のことが嫌いなんだろうって……。

　信次郎さんは、日本の首都東京の士族の家の坊ちゃんだから、学もあるし何でもできる立派な人だって、勝兄ちゃんが言うから。だから私は知っています。アボリジニの血の流れる娘は、信次郎さんのお嫁さんにはなれないと。知っているんですから。私それほど馬鹿じゃないですから、ちゃんと知っていたんですから……。さよなら、信次郎さん」

　幸子は思っていることを全部吐き出したように、部屋の隅にある何時もの布袋を持つと、黙って頭を下げて部屋を出て行こうとした。

「違うんだサチさん！　違うんだ、行かないでくれっ」

　信次郎は叫びながら、ベッドから跳ね起きた。驚いて入り口で振り向いた幸子に駆け寄って、

「違うんだサチ。違うんだ、好きなんだ、愛してるんだ」

と言って、抱きしめていた。

　一九二九(昭和四)年、二月も終わりに差し掛かり、秋になった。季節は日本と反対になる。

「日本では春。今頃梅が終わり、桜の蕾が膨らんでくる頃だろうか。山桜が咲けば美しいだろうなぁ」

と、勝久が懐かしそうな顔をする。

「宇和島の山々に咲く山桜は、緑の中に映えて美しい。桜はどうしてあんなに美しいのだろう。散る姿は潔くてどうしてあんなにも儚《はかな》いのだろう」

勝久にしてはずいぶんと詩的なことを言うものだと、信次郎は勝久の顔を見つめた。

今夜もまた、此処で油を売っている。邪魔はしないと言いながら、船が出ない日は、毎回のようにこの家に来て食事をしていくのだ。

俺は一生独身でいくのだから、幸せのお裾分けに夕飯くらいは食べさせろ、という理屈らしい。信次郎も幸子も妙な理屈だとは思いながらも、彼の居ない夕飯は妙に寂しいし、船は出ていないのに来ないと、どうしたのだろうと心配にもなる。

そんな穏やかな日々を送る信次郎だったが、幸子と一緒の家に住み夫婦のような生活をしているにもかかわらず、東京のハナに向けて書く長い手紙には、幸子とのことは書かずにいる。

「漸くロンドン行きの準備が整い、次のイギリス行きの船に乗ることになった。山ほどの希望が待っているような気がしている。まずは大学で勉強し学位を取る。そして今の会社は辞めて新しい仕事を見つける。四、五年はかかるかもしれないが、必ず頑張って成功させるから、次の手紙を待っていてください」と書いた。

信次郎がハナたちと別れて、再びブルームに向かった日から三年目を迎えている。日々の暮らしぶりや友人になった勝久のことを書き、頻繁にハナに手紙を出している。が、幸子のこと、幸子の存在にさえも触れずにいる信次郎の手紙は、事実の半分以上を無視したものだった。つまりはブルームでの嘘の生活を書いて「心配は要らない。元気で暮らしている」と毎回ハナに送っていたのである。

「間もなくイギリス行きの船に乗る。長い間の夢が叶う時が来る」と希望に満ちた気持ちを綴《つづ》り、「ロンドンからいっぱい手紙を書いて送るから、楽しみにしていてほしい。ブルームからの最後の便りです」と結んだ。

信次郎は、勝久が四、五日帰ってこないローテーションの日を選び、渡航計画を立てた。勝久と幸子の二人そろって見送られることが嫌だったのだ。

そして信次郎は出発の日を迎えた。パースまで小型貨物船で行き、パースで大型船に乗り換えて、南アフリカのケープタウンを経由する航路でイギリスへ向かう予定だと、幸子に告げて出帆した。まるで毎朝の出勤のように、いつもと変らぬ態度で旅立った。

幸子は気丈にも泣かずに見送ったが、パースに向かう貨物船が見えなくなると、桟橋に倒れ込むように座ってしまった。全身から力が抜けてしまった気がする。これからどうしようか。どうして生きてゆけばよいのか。

母に背中を押されて逃げた日より、今の方が不安で寂しいような気がしている。あの頃には、ほんとうの意味での怖さは解っていなかったのかもしれない。

あの時は、母に背中を押されて小屋を出て、野宿をしながら朝日が出る前に出発し、暑い日中は木の陰に隠れて過ごし、少し涼しくなる頃、また少し北へ移動するという日々を繰り返した。少女の幸子が、母親なしで行動した最初の長い旅であったが、不思議なことにあの恐ろしい一人旅の間も、必ず生きてブルームに帰り着くと、心から信じていたように思う。

父が死んだ後、母と二人で知人の居る町まで訪ねて行った道には、ほんの少しだが覚えている景色もあったからだろうか。二カ月余りもかかったが迷わずにブルームに着いた。

結局、母ヴィクトリアが頼った知人は、既に何処かへ行ってしまって居なかった。今思えばあの町が、ポートヘッドランドだった。

町の肉屋で母が雇ってもらえたので、親子で何とか暮らすことができた。第一次世界大戦中に英国海軍将校だった人が移住してきて開いたという。店で肉の切れ端などを貰って、焼いて食べたりできたから、ラッキーだったと言えるだろう。今では懐かしい気さえする。

信次郎の乗った船が見えなくなった桟橋の上で、幸子は思わず、

「お母ちゃん、私、これからどうすればいいと思う」

と声に出して、亡き母に語り掛けていた。

何故だか分からないけれど、もう二度と信次郎には会えないだろうという思いが、幸子の脳裏から離れない。こんな別れ方があるのだろうか。ずっと一緒に暮らしたのに。不吉な考えを打ち消しても打ち消しても、信次郎の姿が薄れてゆくように感じる。

五

伊代の誕生

ブルームの日本人病院は、一九一一（明治四十四）年に開業して以来、今は五人目の院長を迎えている。日本人町が二千人もの規模になったのも、日本の京都大学からこの病院に医師が派遣され、患者を診てくれるからとも言われている。

幸子が働いている現在の日本人病院は、一九二八（昭和三）年に規模が縮小されて、幸子のような立場の看護婦は数人が解雇されてしまったが、幸子はその中には入らなかった。

日本から院長として派遣されている医師は、三年での交代が目安となっていた。現在の鈴本先生は、どんな病気も治してくれると信頼が厚い。しかし、あと三年の延長を申請したが却下された。

皆に慕われる立派な先生だから、敵対する白人の医者に阻まれているらしいとの噂《うわさ》が耳に入る。この町の白人上流社会の心の狭さと彼らの保身のために、病人たちが犠牲になるのだ。

何時でも起こり得る潜水病、潜水病からくる四肢の麻痺《まひ》、筋肉や関節の疼痛《とうつう》に加えてめまいが襲う。寒さのために風邪をこじらせ発症する肺炎など、常に危険と隣り合わせのダイバーや家族にとって、病院は心の拠《よ》りどころ、安心の支えである。

かつてヴィクトリア女王陛下が治める大英帝国は、世界中から宝を集めていた。その中でもオーストラリアの天然真珠や、さまざまな色に輝き、大きなものは直径三十センチもあるという真珠貝が、女王陛下の冠となって輝いた。真珠貝は、ネックレスなどの装飾品や美しく輝くボタンになるのだ。

これらの宝を暗い海の底から探し出してくるのはダイバーたちだが、そのダイバーたちを助けるための病院には、関心がないということである。

「何と世界は不公平で成り立っているのだろう。だから僕は英国に行って学ぶことにしたのだ」

そう言って信次郎は旅立って行った。

信次郎が去って早や三カ月が過ぎた。幸子は目立つようになったお腹をできるだけ隠して働いている。信次郎の子どもである。勝久が幸子に、子どものことを手紙に書いて出せと何度言っても、信次郎には知らせないと頑としてきかない。勝久は、幸子の妊娠を告げられた時からずっと考えていた。こんなに大切なことを知らせないことがあるものか。

やはり父親に知らせるべきだと判断して、幸子には内緒で手紙を出してあった。その返事が届いたのである。その内容に勝久は愕然となった。

「たいへん驚いている。其処で子どもを生み育てるのは賛成できない。できればすぐに東京へ連れて行ってほしい。新宿の山本家の夫婦から船代や掛かる費用の全てを受け取れるよう、こちらから手紙を既に出したので、何卒《なにとぞ》宜しく。時を見て自分も東京に帰るから」と慌てぶりが伝わる、走り書きのような書簡である。

勝久は悩んだ。何と言って幸子に話したらいいのだろうか。勝久は、手紙を読めば信次郎が幸子に手紙を書くだろう、いや、帰ってくるかもしれないと考えていた。まさか日本へと言われるとは、思いもよらなかったのだ。

幸子も驚き、そして困惑するだろう。何より、幸子と離れるのが辛い。しかし自分が引き起こしたことだ。幸子にも子どもにも東京がいいと判断した信次郎を信じるしかない。

勝久は、幸子を東京へ連れて行く責任がある。どのように説得をすれば幸子の納得が得られるかと考えた末、三瀬夫婦に話し、病院の鈴木先生に相談してみることにした。

先生は既に幸子の妊娠に気づいていて、信次郎の子どもであることも分かっていたという。信次郎のこともよく知っているし、幸子から話があれば相談にのろうと思っていたそうだ。

「私は間もなく帰国しますから、幸子さんを東京へ連れて行ってあげますが、あなたもご一緒にどうですか」

と勝久の目を見る。

「信次郎さんからの手紙を読む限りでは、その方が幸子さんも安心でしょう」

先生は真顔で、いとも簡単に言った。

「この手紙をお預かりして、幸子さんを説得してあげますよ」

幸子が鈴木先生に呼ばれたのは、その明くる日であった。幸子は先生の話を黙って聞いていたが、

「どうだろう、一緒に東京へ行かないかね」

と問われると、一文字に口を閉じたまま、首を左右に何度も振った。頬を伝う涙は

途切れることなく落ちてゆく。

「あなたは日本語も話せるし、此処の日本人社会で、生まれ育ったのだから、大丈夫です。東京でも生きられるから、一緒に行きましょう。勝久さんも一緒ですから安心です」

などと鈴本先生は、熱心に説得し続けた。

　仕舞いには、鈴本夫人までも幸子を説得にかかった。

「幸子さんのためにはその方がよいでしょう。信次郎さんももう既に、東京に着いているかもしれません」

　そして、信次郎が既に東京で自分を待っているかもしれないという希望が、幸子を動かしたのである。

　更に医者の鈴本先生が同行するという安心感が、彼女に行こうと決心させる決め手となった。

　鈴本先生のご家族と共に、勝久と幸子がブルームを発つことが決まった。勝久はオーストラリアへの移住者で、旅券もあり居住権も付帯しているから手続きは簡単であるが、幸子の旅券の申請などは大急ぎで進めた。案外短時間で許可されたのは、鈴本医師の後押しの賜物だろう。

それでも準備に数カ月が過ぎてしまった。勝久はこの時初めて、信次郎が幸子と正式に結婚していなかったことを知った。幸子の旅券の提出書類は、名字が加藤ではなく川口となっていた。幸子は驚いた顔をしなかった。知っていたのか、覚悟があったのかは分からないが、淡々と手続きを行った。

そして信次郎のビザは、皆が申請する真珠貝のダイバーとして移住ではなく、医師などが年契約で入国するという、特別な査証であることも知った。

それでは以前の四年間はどうしたのかと疑問は残ったが、今はそんなことを心配する場合でもない。

出発するまでに、二通の手紙が信次郎から勝久に届いたが、幸子には、その中に同封された短い紙切れのような手紙だけだった。「元気で出掛けるように。向こうで会おう。愛している」というものだった。

勝久への手紙には、詳しい東京の駅や新宿の住所と地図、山本家の人々のこと、今年の初めに結婚した妹のマサの嫁ぎ先のことまで書いてあった。

ブルームを出航し、香港を経由してかなりの荷物と数人の客を降ろし、二十五日目の朝、横浜に錨《いかり》を下ろした。何とこの瞬間に、幸子の子どもは産声を上げたのである。日本に着くまで待っていたかのように。一九二九(昭和四)年十月十五日のことである。

幸子と生まれたばかりの赤ん坊は下船できずにいたが、船長と鈴木医師の奔走により入国の手続きを完了した。勝久が親戚ということで、名付け親になった。伊代と名前を付けた。

鈴木医師が居てくれてよかった。勝久は神頼みをすることのない男だが、この時ばかりは赤子の無事を祈り、泣いて感謝した。

三昼夜、船のベッドに寝ていた幸子と赤ん坊の伊代は、再び船長と鈴木先生の助力で、横浜の病院から迎えが来て入院することができた。

勝久は船長や鈴木先生の働きを目の当たりにして、自分の無力を実感していた。何の役にも立たない自分が、幸子を守るつもりで付いて来たことに苦笑し、この場から逃げ出したい気分だった。

また鈴木先生は、すぐに新宿の山本家に電報を打ってくれた。清助さんから病院に、今からそちらに向かうと電話が入って、山本の電話番号を残して切れたという。

鈴木医師はすっかり安心して、前日京都に帰した家族の後を追って横浜駅から汽車に乗った。勝久は横浜駅のホームまで見送り、何度もお礼を言い、汽車がホームを離れた後も深々と頭を下げていた。

　幸子たちを受け入れてくれたのは外国人が多く入院している新しい病院で、母子ともに元気なので、七日で退院できることが決まった。

　勝久は、ハナさんが母親のように世話をしてくれるので、もう幸子の心配は要らない、東京の山本家に行く必要がないと判断した。寧ろ、幸子と伊代と過ごす時間が長ければ長いほど、離れ難くなるのが分かっていた。

　気持ちを切り替え、せっかく日本の土を踏んだのだから故郷の両親に会いに行こうと、勝久は横浜駅から汽車に乗った。

　勝久の人生でこんな慌しい数カ月はなかった。特に横浜港に着いた途端の一連の出来事には、もしかして夢かと思うくらいの衝撃を受けていた。

　一度に襲い掛かってきた災難のようでもあるし、また神様がくれた褒美のようにも思える。あの厳粛な人生の始まり、子どもの誕生がこれほどまでに感動的とは知らなかった。目の前で見ていたわけではないが、生まれた瞬間の泣き声は神の声に聞こえた。

　勝久は下から二番目に生まれ、一つ違いの妹が居るが、妹の誕生はもちろん覚えていない。

信次郎はいったい何をしているのか。早く帰ってきて子どもの顔を見たいだろうに、幸子にも早く会いたいだろうに。ハナさんには「すぐに帰る」と手紙が来たそうだが、それはブルームで勝久と鈴本医師が、幸子を説得していた頃の話のようだ。何故かハナさんも詳細を話してはくれなかった。

勝久は汽車の中のトイレで、ハナさんから渡された小さな包みを解き、中にある封筒を恐ろしいものを見るように、そっと覗いた。

ハナさんは、信次郎からの手紙だと言った。そして私が作ったお弁当だと言って風呂敷包みを渡してくれたけれど、中には手紙などはなく、多額の紙幣が入っていた。千円は下るまい。

米十キロが二円から三円、三十キロ入りなら五円ぐらいだろう。充分に家が一軒建てられる金額である。

勝久には益々信次郎が分からなくなってきた。勝久が立て替えた二人分の旅費と、さまざまな申請書類の手数料と、入院時に前金として払った金額など、どんなに多く計算しても千円にはならない。

席に戻ると封筒の入った風呂敷を腰に巻き上着を羽織った。重箱を開くと、おにぎりと野菜の煮物のおかずときれいな玉子焼きが入っていた。美味しかった。

幸子も無事だし、赤ん坊も無事に元気で生まれたのだし、幸子はこれから信次郎が帰るまでハナの家で待てばよいのだから、と区切りがついたと思った。自分に言い聞かせたのかもしれない。いつの間にか汽車の揺れに合わせて眠ってしまった。

大阪天保山《てんぽうざん》から船で三津浜港まで行き、船を乗り換えて八幡浜の桟橋で降りて、三瀬洋蔵の実家へ挨拶に寄った。母親だけが家に居た。天保山で買ってきたみやげ物を渡すと喜んでくれた。

洋蔵と茂子にみんな助けてもらっている。特に俺は同じ伊予の出身ということで、可愛がってもらっているなどと近況を語り、母親を殊の外喜ばせた。

一時間ほど後に、八幡浜駅から宇和島行きのバスに乗った。こんな道をバスが走るのかと思うくらいの崖っぷちを、運転手は上手に走る。勝久は何度も、タイヤが崖から外れているのではないかと思い心配した。

ブルームの赤土の道は、何処までも真っ直ぐ真っ平らで、何処までも大平原の道であるから、この道とは大違いで訳もなくただ怖いと思った。

人間の不思議である。何故、生まれ育った日本の険峻《けんしゅん》な土地よりも、西オーストラリアの大平原を安全と思うのか、と自身で多少呆れる思いに苦笑しながら、懐かしい故郷宇和島へ着いた。

晴れた空にお城が見える。三年ぶりの故郷は少しも変わらず、温かく自分を迎え入れてくれる。沖へ出て魚を獲り、畑で野菜や麦を作り、山でみかんを栽培している。全く変わらない人々の営みが、ゆっくりのんびり感じられる。

皆貧しいが陽気に暮らしている。何とも空気が穏やかだ。太陽の色が穏やかなことにも気づいて、ブルームに行くまでは少しも感じなかったのにと、おかしく思った。大きくは太陽の光が違う。強烈なオレンジ色の光を放ち、凄みを増しながら昇ってゆくブルームの太陽。大平原から昇り水平線へ沈む、あの光は日本にはない。日本のお日様は温かい光を放っていた。

「ただいま、お母ちゃん」

懐かしい我が家、少しも変わってはいない。祖母が曲がった腰で玄関へ現れた。

勝久が帰ってきたというので、大騒ぎになった川口家である。遂に帰ってくることがなかった喜平と同じように、勝久とも二度と会えないと覚悟していた家族は狂喜した。

三間に嫁に行った妹まで、子どもを背に跳び込んできた。

「お兄ちゃん、お帰り」

と、嬉し泣きをしている。

夜は家族に加えて近所の人たちも詰め掛けて、座敷は人で埋まった。両親の喜びようが堪らなく嬉しかった。じんと胸が詰まった。

勝久は宴の初めに、皆に喜平のこと、隆のこと、そして幸子のことを話して聞かせた。

喜平も隆も潜水病で亡くなったと伝えた。隆が事故で逝ったことは伝えなかった。あまりにも皆を悲しませると思ったから。二人ともどうにか幸せだった、特に隆は、幸子とヴィクトリアを愛して優しい人だった、家族円満で有名だった、などと聞かせた。

ただヴィクトリアの最期も省いた。とても話す勇気は出なかった。

「幸子は驚くほど歌が上手で、きれいな声で鹿踊りの歌を歌う。みんな幸子の歌が大好きさ」

勝久の話に祖母も、

「喜平も歌は上手だった。声もよくてよく透る澄んだ声だったよ。祭りでは一番の人気だったからね。幸子は喜平に似たのだろう」

と懐かしそうに話した。

勝久は、せっかくだからと自分に言い聞かせて、七晩泊まって両親を喜ばせた。

もうブルームに帰るのを止めようかと思ったりもしたが、八日目の朝、宇和島港から三津浜港まで行く船に乗った。汽船に乗り換えて、大阪天保山に着いた。

ハナさんからの千円は、出どころを言わずにそっくり母に渡したから、母の口は開いたまま暫く声が出なかった。

幸子と自分の旅費や病院代など、立て替えた金額より多かったが、黙って頂戴することにした。

船が大阪を出港して香港へ向かった一時間後に、宇和島の勝久宛てに、電報が届いた。幸子に代わって東京のハナが出したものだった。

六

勝久と幸子

日記帖には、横浜の病院を退院して新宿の山本家で暮らすようになった幸子のことも、詳しく書かれていた。それは幸子にとって辛い出来事の連続だった。

昭和四(一九二九)年、横浜の病院を退院した幸子は、新宿の山本家に移った。そのまま世話になり、十カ月経った今では毎日が辛くて悲しくて悔しい。何故こうなったのか分からない。

こんなことになるなら、日本になど来るのではなかったと後悔し、信次郎から何の連絡もないことで、焦りが頂点に達している。

今になって幸子は、信次郎の愛が真実ではなかったのだと、確信を持ち始めている。彼は私に愛していると言ったけれど、あれはほんとうの気持ちではなく、もしかして私を哀れんでのことではなかったか。家族のいない私を哀れに思う気持ちが、愛と勘違いさせたのではないかと。自分自身もほんとうに信次郎を愛したのか、今となっては疑わしいのである。

横浜の病院から、ハナに頼んで宇和島の勝久に電報を打ってもらったが、勝久は出航した後であり、行き違いになった。勝久の父親がその旨を電報で知らせてくれた。幸子は、勝久にもう一度会いたい、日本に居るうちに、と願ったのであるが、残念ながら願いは叶わなかった。

勝久に会って、信次郎のことをもう少し詳しく訊いておきたいと思ったのである。ブルームに居る頃も何故か幸子には、信次郎が理解できないことがあった。何を考えているのだろうと何度思ったことだろう。

そんな幸子を見て、ハナは励まし続けた。

「信次郎さんには何かお考えがあるのですよ。そうでなければ連絡が来ない筈がない。事故にでもあって今は手紙が書けないのかもしれませんし」

何度も同じ言葉を重ねた。

「あなたが到着するまでに、私には三通もの手紙が来て、それにはすぐに帰るからと書いてあるし、幸子のことを頼みますと丁寧に書いてきているのだから、幸子さんはゆっくり此処で暮らしていればよいのですよ」

そして必ず、こう付け加える。

「突然帰ってきますよ。そういう人です、信次郎さんは」

ブルームに帰った勝久は、またダイバーとして潜り始めた。勝久は日本人としては背が高く、痩せてはいるが潜水服は窮屈である。苦情を言ってもはじまらないし、やれるだけやってみようと心を決めて、皆と力を合わせて仕事に励む日々である。だが、考えないようにしてもやはり、考えてしまうのだ。信次郎も居なければ幸子も居ないブルームに、どんな生活があるというのか。寂しいなぁ、此処で独りは。宇和島に帰ろうか。などと気がつけば考えている自分が居る。大きな日本人町に居る故の孤独のような気もするが、寂しいことに変わりはない。

あの二人が居なくなって、もう一年近くになる。幸子を送って帰国した時、一週間は故郷の我が家に泊まった。僅かの間だったが故郷はよかった。太陽の光は柔らかく、人々は温かく、ばあちゃんも腰は曲がっていたが未だに元気だった。会いたいなぁ、ばあちゃんやお母ちゃんに。

今日は二週間ぶりの休みで、久しぶりにビーコンの丘に来ている。幸子がきれいな声で歌った丘だ。

「幸ちゃんどうしているかなぁ。元気でいるだろうか。信次郎さんも帰ってきて幸せに暮らしているだろうなぁ。俺はこれからどうすればよいか、誰か教えてくれ」

と独り呟いていた。

勝久はこの一年ほどは誰にも負けない収獲量で、多額のお金を稼いでいるが使い道がない。一緒に移住してきた従兄弟同士の後藤さん二人は、何時も休暇はそろってシンガポールへ遊びに行く。五島列島から一緒に来た内海さんは、父親の葬儀で帰国して、その後は戻ってこなかった。

他の独身の皆も、休みになるハリケーンの季節になると、船に乗って東南アジアの島々やシンガポールなどへ遊びに行き、稼いだお金を気持ちよく使ってくるようだが、勝久はそういう気持ちになれない。

移住を取り消してもらって帰ろう、うちへ帰ろう。最近になって気持ちがどんどんと帰国へ傾いてゆくのを、抑えることができなくなっている。

永住権は持っているが、オーストラリアに帰化したわけではないから大丈夫だろう。日本に帰ろう、宇和島へ帰ろう。

ゆっくり歩いて丘を下りて行く勝久の心に、強い決心のような力が湧いてきた。このまま此処に居ても仕方がない。心の中で、俺は帰るぞぉ、と叫んでいた。

長屋に戻ると手紙が来ていた。差出人は幸子である。心臓がドキンと音を立てたような気がした。宛名に書かれた自分の名前を、放心したように暫く眺めていた。開けるのが怖いような気がする。

開けた途端に、中から何かが弾けてしまうような、もしかしたら煙が出てきて、全てが終わってしまうような妙な気分だった。

漸く開封すると、幸子のほとんど平仮名ばかりの手紙だった。

「こどものなまえを伊代とつけてくれたのはかつにいちゃんだときかされた　ありがとう　よいなまえだとおもう

伊代はげんきにそだつている　みんなしんせつにしてくれるけれどしんじろうはかえつてこない　わたしはここがすきになれない　ぶるうむにかえりたい

わたしににほんはあわない　みんなわたしにやさしいけれどここはつまらない　わたしのいきるところはここではない　でもやまもとのおばあさんはすきです　やさいをじようずにつくります　わたしにもおしえてくれます

かつにいちゃんはにほんへはかえらないのか　かえることがあればあいにきてほ

しい　ぶるうむがなつかしい　ほんとうにかえりたい」

　これだけのことが便箋二枚に綴られていた。句読点なしの大きな平仮名の中に、子どもの名前だけは正確な漢字で書いてある。

　幸子は物覚えの良い、頭の良い娘だ。何故こんな平仮名ばかりの手紙なのだろう。日本へ行ってもう一年になる今、このたどたどしさには意外な気がした。

　今日、久しぶりに丘に立った自分が、日本に帰りたいと思っている時に、ブルームに帰りたいという幸子の手紙が届いたことに、多少の因縁めいたものを感じた。これはどうも幸子の本音のようだ。この手紙を三瀬夫婦に見てもらって、それから帰国を前向きに考えてみよう。

　夜を待って、三瀬夫婦に会いに行った。洋蔵はもうダイバーを辞めて今は貝の洗浄の仕事に就いているから、夜は大抵家に居る。

　暫く二人は声を出さなかった。幸子をよく知り、娘のように幸せを願っている夫婦にとって、この手紙は不安を煽《あお》るものとなったようだ。

　勝久にも、新宿のハナの家が裕福であることはあの日に渡された千円で理解できるが、彼らの裕福な暮らしが、今の幸子を苦しめているのかもしれないと思った。

　此処で生まれて育った幸子だ。裕福などとはほど遠い生き方しか知らない彼女が、人の犇《ひし》めく東京で生きることに戸惑わない訳がない。しかも頼りの信次郎は居ないのであるから、寂しさ悲しさを言葉で表せないでいるのだろう。

幸子は過去に悲しい体験をしているが、性格が明るくて歌が好きで、祭りになると大喜びしていた。子どもたちに歌を教え、自分で考えた踊りを歌に合わせて教えて喜んでいた娘だ。

茂子がぽつりと呟いた。

「可哀相に」

茂子は手紙を胸に、洋蔵と勝久に目を移して、もう一度暗い顔で、

「可哀相に……」

勝久は思い切ってビーコンの丘で考えたことを、洋蔵たちに話してみた。

「三瀬のおっちゃん、俺日本に帰ろうかと考えていたんだ。信次郎さんも、幸ちゃんも居ないし。信次郎さんからはこの一年の間、音沙汰なしだから、これ以上此処で信次郎さんの手紙を待っても仕方がない。この幸ちゃんの手紙を読むまでは、東京で信次郎さんと幸せに暮らしているとばかり思ってたから驚いているんだ。

これから此処で、何を支えに生きてゆこうかと悩んでいたけれど、故郷に一週間ほど帰った時に居心地がよかった。お天道様も海も人もみんな穏やかで気持ちが落

ち着くから……」

と、洋蔵の顔を見る。

だが洋蔵はすぐには口を開かない。茂子が心配そうな顔を勝久に向けて、ふと思い出したように言った。

「そうだった。三瀬のお母さんから、あんたが寄ってくれて嬉しかったと手紙が来てたよ。わざわざ寄ってくれたんだね。改めてお礼を言うよ」

「いやいや、八幡浜は通り道だから。それに新しくバスが運行していてね。山道みたいな道路でもどんどん走って、えらく緊張したけれど楽しかったよ。陸の孤島と言われた宇和島もこれからは便利になりそうだ。鉄道も宇和島まで開通するみたいだからね」

二人で話をしていても、洋蔵がまだ黙っているため、空気が尚重くなってきたようだ。

するとと漸く、洋蔵が勝久を見て思い切ったような声で言った。

「勝よ、お前さん幸子をどうする気なんだ」

刺すような鋭い眼をしている。

「それは……まだ」

「そうではなかろう。幸子は信次郎の妻ぞ。書類は出しておらんことが分かった今でも事実は変わらん。幸子には信次郎の子どもが生まれてもう大きくなってるだろう」

「はい、分かっています。だけど……」

「だけども糸瓜《へちま》もあるかい。人の嫁さんを盗ったらいけんぞ、勝」

「はい、分かりました。でも幸ちゃんをあのままにしておけば、自殺をするかもしれません」

「幸子は自殺なんかしやせん。あの娘はお前さんが考えているよりずっとタフじゃわい。死にゃせん」

「……」

「お前さんはずっと以前から幸子が好きだったろう、違うか」

「えっ、そんなことは……」

「ないと言えるか。言えまい。お前さんはずっと自分に嘘をついてきたのだよ。わしら夫婦が知らんとでも思っているのか」

「何故、それを今になって……」

「今だから、言えるのよ。お前が最初から遠慮などしないで、幸子と結婚しておればこんなことにはならなんだ。だからといって今から幸子を取り戻すことはできん。

そう思わんか」

もしかして洋蔵たち夫婦には、予感があったのかもしれない。幸子を可愛がっていただけに、誰が一番幸子を幸せにできるか、そんな話を夫婦でしていたのかもしれない。

信次郎には勝久のような純朴さはない。都会育ちの独り善がりを感じることもあった。士族だということで、しかもお坊ちゃんが母親ではなく、ばあやに育てられたことで、自然に驕《おご》りと甘えの入り混じった、複雑な人格を形成しているようであった。

洋蔵と茂子は同じ小学校の同級生で、茂子が早生まれなので、一つ年下である。漁師の三男坊が結婚して住む家も、乗る船もなかったから二人で移住してきたそうだ。

アメリカやブラジルなども移住が可能ということで、最初はカリフォルニアに決めて書類を提出したが通らなかった。その代わりオーストラリアの許可が下りたのである。二人に子どもはなく、仲良し夫婦である。

この夫婦が可愛がって面倒を見たのが隆の子、幸子なのだから、幸子が不幸せになっていることに胸を痛めない筈はない。その悔しさを今勝久にぶつけている洋蔵なのだ。

だからといって、洋蔵たち夫婦が信次郎を嫌っていたとか、二人が一緒に暮らしていたことに対して不満だった、などということはなかった。

二人が幸せな頃は、周りも皆幸せだったのだ。こうして不幸が始まると、人は不思議なもので、あの時ああだったらよかったとか、あの時にもう少し考えればよかった、などと反省して、どうにもならない過去にまで不満をぶつけてゆく。

あの頃の幸子は幸せで、病院で生き生きと働いていた。皆に歌を聴かせて喜んでもらって、子どもたちには祭りの踊りまで教えた。

取り戻せない過去なら、未来を変えるしかないのか。その前に今の現実をどうすれば打開できるのか。今の幸子の不幸せは信次郎が居ないことが原因なのだから、信次郎を捜すしかないが、ではどうすればよいのか。ロンドンまで捜しに行くことなどは不可能である。手紙を書いて出し、同じ住所に電報も打った。

そして幸子には「手紙ありがとう。ロンドンの信次郎に手紙を出して、早く東京に帰るよう書いたよ。間もなくそちらに返事があるだろうから、辛抱強く待つように」と書いて出した。

ハナにも手紙を送ることにした。率直に幸子について訊いてみたいと思い、できるだけ素直な気持ちで書いた。三瀬夫婦に相談しながら書いたが、何か今ひとつ心の中に、はっきりしない霧状のものがあり、自分でも歯がゆい文面になっている。やっぱり駄目だ、書き直しだと、また止めてまた書くを繰り返したが、少しも納得のゆく手紙が完成しない。

結局、思い切って出した手紙は、挨拶の他には「幸子さんがオーストラリアに帰りたい、日本は自分には合わないと言ってきているが、ハナさんはご存知でしょうか」とだけ書いて出した。ええい、儘よ。

信次郎からの返事は未だに来ない。だが漸くハナから連絡があった。それも電報で届いた。

「イヨハゲンキ、サチハイナイ、イマサガシテイル、ハナ」という内容である。

勝久が三日ぶりに沖から戻ると、茂子が電報を持って待っていた。それを読んだ瞬間に勝久は決めた。日本へ行こう。

可哀相に、慣れない東京で迷ってしまったに違いない。何処かで倒れてしまって保護されていればよいが。人の蠢《うごめ》く東京でまさか野垂れ死にはないだろうが、倒れて何処かの病院にでも入院しているのかもしれない。

初めて会った時は、栄養失調で痩せていたが、芯のしっかりした娘で、子どもを置いて家を出て行くとは考えられない。やはり都会の水が合わなかったのだろうか。

勝久はすぐに出発できる船便を探した。幸運にもすぐに見つかった。香港へ輸出する真珠貝を運ぶイギリスの貨物船が、香港まで乗せて行くと言ってくれた。

今度の旅は、香港経由の貨物船ということだから、香港で暫く停泊すると思っていたが、僅か三日後には日本に着く船に乗せてもらい出航した。ブルームを出航して十八日目に横浜に着いた。新式の貨物船で船足は速かった。入国手続きを済ませ、横浜から品川へ乗り換えて、新宿駅で降りた。

ハナ宛てに横浜から電報を打っていたから、ハナが新宿駅で待っていると思ったが違った。信次郎さんの妹のマサが出迎えに来ていた。きれいな人だが冷たい印象を受けた。

「すぐに病院に行きますか」

とマサが訊いた。勝久は驚き、慌てた。

「えっ、やっぱり病気だったのですか。ええ、はい、お願いします」

待たせてあったらしく黒い車が停まっていた。マサが運転手に、

「お願い」

とだけ言うと車は走り出した。

長い距離を走った。勝久は挨拶をしただけで黙っていたし、マサも全く口を利か

ないで一時間余りも乗っていただろうか。異様な雰囲気だった。

漸く病院の車寄せに停まり降りた。玄関を入って勝久の足が止まった。マサは前を歩いていたが、勝久の足が止まったのに気づき、振り向いて勝久を見ている。だがすぐに、

「どうぞこちらへ」

と、マサは前を歩いて行く。小柄なマサの背中が凛と伸びて、黙って従うしかない強さのようなものを感じた。

二階へ上がり廊下を真っ直ぐ進むと、突き当たりの部屋の前で、黒い背広を着た男の人が立っている。その男性が鍵を開けて、どうぞと勝久の前に右手を動かすようにした。

ドアの横の壁には、川口幸子と名前が出ている。勝久は倒れそうになる身体を漸く支えていた。

幸子は精神病院の鍵付きの部屋に入れられていたのである。

部屋に入ったものの、止め処なく流れ落ちる涙で、幸子の顔がよく見えない。

「幸ちゃん」

声を掛けたが、全く反応を示さないで勝久を見ている幸子。黒い服の男は、ドア

の前に立って見ている。

　マサが平然と椅子に掛けて、勝久に声を掛ける。

「あなたもどうぞお掛けください」

　勝久はマサを無視して、

「幸ちゃん」

と呼びながら、ベッドに近づいて手をとろうとし、次の瞬間、動きが止まった。幸子の両手はお腹の前で縛られていたのである。

　南国育ちの大らかな性格の勝久が、生まれて初めて腹の底から湧き出るような怒りで真っ赤になって、戦闘的に黒い背広男に襲い掛かった。早業である。

　ダイバーで鍛えに鍛えた身体で思いきり体当たりして組み伏せ、殴りつけ、腰の鍵を奪ってまた殴った。

　幸子のベッドに戻り、手首の紐を解いてやった。マサは顔色ひとつ変えずに見ている。

　マサを殴るわけにはいかなかったが、

「出て行け」

と怒鳴って椅子に手を掛けると、流石のマサもさっと立ち上がって、男と一緒に出て行った。

「幸ちゃん大丈夫かい」

　手首を撫《な》でている幸子を、勝久は力いっぱい抱きしめて、おいおいと泣いた。

「ごめんね、幸ちゃん」

　大泣きする勝久の背中に幸子がそっと手を置いて、

「勝兄ちゃん」

と初めて声を出した。幸子の澄んだきれいな声だった。

　二人はベッドに並んで掛けていた。何か言うと涙が出るので勝久は長いこと黙って座っていた。幸子も何も言わない。

　三〇分ほども座っていたが、勝久は立ち上がると、幸子の手を引いて病室を出た。

二階の中央にある事務室へ行き、面会を申し込む。

「担当の医師に会わせてほしい」

　部屋で待つようにと言う看護婦に、勝久は、

「いや、此処で待たせてもらう」

と言ったきり、前の椅子に幸子を座らせて自分は立って待っていた。

　一日中でも待つつもりでいたが、すぐに四十代くらいに見える医師が出てきた。

「間もなく山本さんがいらっしゃるそうです。ところであなたはどなたですか」

静かな落ち着いた声で訊いた。

「親戚の者で川口勝久と申します。僕はオーストラリアから今朝、横浜に着いて直接此処に来ました。此処に来るまで精神病患者の病院とは知りませんでしたから、たいへん驚き且つ怒りを抑えることができず、部屋に居た男を殴ってしまいました。先ほどは失礼致しました。幸子の死んだ父親が僕の従兄です」

勝久の礼儀正しくも憤懣《ふんまん》遣る方ないという声に、神田と名乗ったこの医師は、

「今日は陽も暖かくよい日です。間もなく桜の咲く春がきます。屋上へ行きましょう」

と、先に立ってゆっくり歩いて行く。

よろよろと歩く幸子の手を離さずに、勝久は神田の後ろを歩いてエレベーターに乗り、五階まで上がって屋上に出た。屋上では洗濯物が春の風に揺れている。

勝久は、この医者は名医かもしれないと思った。怒り狂った大男の憤る気持ちを和らげるのに、屋上まで誘ったのか。

「川口さんは、京都大学の鈴本教授の名前を聞いたことはありませんか。以前、オーストラリアの西海岸にある、天然真珠の町の病院に勤めていました」

突然とも思える質問に鈴本先生の名前が出て、勝久の眼が大きく開く。そのまま

頷いた顔を見て、神田は笑みをこぼした。

「ああ、ご存知のようですね。実は彼は私の義理の兄です。姉が彼と結婚しているものですから」

「えぇっ、じゃ、あの時船でご一緒していただいた、鈴木先生の奥さまが、先生のお姉さまでしたか。ずっと親切にしていただいたのです。特に横浜に着いた途端に、幸子の子どもが生まれまして。たいへんお世話になったのです」

「そうらしいですね。赤ちゃんは日本に着岸するのを待ってたようだと、義兄が言ってましたよ」

「神田先生、すみませんでした。僕の怒りも落ち着きましたので、幸子がこの病院に入院した経緯を、ご存知なら教えてくださいませんか。幸子は、ほんとうに精神を患っているのでしょうか。僕にはちっともそんな風には思えないのですが……。何故此処に居るのでしょうか。

　それに、手首を縛られていたことが解せないのです。先生、この子はよい子ですよ。一度も悪いことなどしたことはないのですから」

「川口さん、精神の病というのは、良い子だとか悪い子だとかでは判断できないのですよ。ご存知だと思いますが……、幸子さんの病は、所謂《いわゆる》ホームシックと言われているものです。家が恋しい、故郷恋しやと思う心が、段々と自分自身を追い詰めてゆくのです。但しこの診断が正しければの話ですが……」

「それではその帰りたいという気持ちが病になったと」

「すみません、実は私は今日初めて川口さんに会ったのです。川口さんのことは聞いてはいましたが……、すみません」

　神田はふと何かに気づいたように、下の玄関の辺りを覗いた。

「あっ、いらっしゃったようですよ、山本さんが。降りて行きましょう」

と、勝久の肩に手を置いた。

　玄関の車寄せで車を降りたハナが、腰を折るように挨拶をしながら入ってきた。マサが後ろに居るが眼は妙に挑戦的だ。

　神田と話すハナが、しきりに副院長先生と言っているので、勝久も、今まで屋上で気さくに話していた神田が、副院長だったと知ったのである。

　この病院は私立で、今の理事長が五年前に新築開業して、経営も理事長一族が行っている。理事長の息子が今年から院長になった際に、学友の神田が副院長に抜擢されて赴任してきた。

　院長、副院長ともに京都大学の出身で、鈴本医師の後輩になるのだという。

鈴本は、ブルームでも患者に優しく皆に好かれていて、内科も外科もできる優秀な医師であったが、帰国後は、古巣の大学病院で教授となって活躍していることが、神田の情報から分かった。

神田は赴任して二カ月余りであるが、幸子については書類と診断書に目を通しただけであった。

「川口さんは単なるホームシックですから、急いで会う必要はないとの香川先生からの伝言です」

と看護婦経由で報告を受けており、着任後の慌しさが一段落し、一度会ってみようと思っていた矢先の、今日の事件だったのである。

応接室の真新しいソファーに、神田副院長、担当医の香川、ハナとマサ、そして幸子に勝久が座った。ハナは少し俯いて、マサは真っ直ぐ背筋の伸びた姿勢である。

重々しい空気が漂う中、香川が切り出した。

「川口さんと幸子さんに、手首を縛った件を謝罪致します」

頭を下げながら、

「加藤さんから、ただ故郷が恋しいと言って、子どもを殺して自分も自殺するかもしれないので、宜しくお願いいたしますと言われていましたから、幸子さんの自殺を防ぐことばかりに気をとられていました。何よりも加藤さんからの強い要望がありましたので、使用人の男性が廊下に立つことも許しました。家族の要望とはいえ、行き過ぎたことがあったことは申し訳ございません。ただ幸子さんを守りたいという一心からだと思っていたのです」

と早口で捲し立てた後、マサの方にチラッと目をやる。マサが一瞬嫌な顔をしたのを、勝久は見逃さなかった。

「よく分かった。君は仕事に戻っていいよ」

神田が言うと、深々とお辞儀をした香川がそそくさと部屋を出て行った。

勝久には、幸子の入院後のだいたいの経緯が解るような気がしてきた。しかしその前の段階で、精神病院への入院を考えた山本家の根拠が解らない。

幸子が望んだことではない。何か深い訳があるのか、信次郎から何か言ってきたのか。あり得ると思った。あれだけ信頼し友情を築いていた筈の信次郎を、今は疑っている自分が見える。

一番明らかにしなければならないのは、幸子がほんとうに精神を患っているのか、もしそうであるなら治る可能性はあるか、また幸子自身はどうしたいと思っているのかだ。

手紙に書いてあったように、ブルームに帰りたいと願っているのか。幸子の一人娘の伊代は、今誰が見ているのか。ブルームに帰るとなると伊代も連れて帰れるのか。この国で出生した子で父親は日本人だ。その辺の法律が勝久にはさっぱり分からないから、誰かに助けてもらう必要があるが、では誰に。

神田に頼んで、もう一度鈴本先生に世話になることができるのか、などなど勝久の頭の中はぐるぐると回転しているが、神田やハナの話を聞いてからのことである。

「山本さん」

神田がハナに声を掛ける。下を向いていたハナが顔を上げると、

「私がこの病院に赴任して二カ月余りになるのに、川口さんと面談しなかったのは怠慢で申し訳なく思いますが、一体何故川口さんは、この病院に来られたのですか」

と訊いた。ハナは救いを求めるようにマサを見た。ハナは何か迷っているようである。

沈黙を破ったのはマサであった。

「私が答えましょう。幸子さんのためを思って、私が提案したのです。そうしなければ幸子さんは、伊代を連れて入水《じゅすい》するか、線路に飛び込むかも分からないと思ったからですわ。ブルームに帰りたい、信次郎は何時帰ってくるのか、信次郎に会いたいばかり毎日聞かされたら、おかしいと誰だって思うでしょう」

ハナが呆然として、半分口を開いたままでマサを見ている。

「二年くらい前だったかしら。私の友人のお兄さんが、此処に入院したことを思い出したのよ。できたばかりの病院で、ヨーロッパのホテルのようで、見舞いに行っても、とっても感じが好かったと、友人が言ってたのを思い出したの。全部幸子さんのためにしたことなの。ただ、手を縛ったのは悪かったと思ってるわ。でも仕方がなかったのよ」

はっと顔を上げた幸子は、聞き取れないほどの小さな声で、

「マサさんは、私を誤解しているのです」

マサには顔を向けずに呟くように言った。

マサが突然立ち上がり幸子を指さして、

「誤解なんかしてないわ。私はあなたなど、兄の嫁として認めてないのよ。目障りなのよ、あなたのその顔が。出てってほしいのよ、あの家から。どうしてあなたのような人が嫁と言えるの。肌の色が違う外国人なんて、加藤家に相応《ふさわ》しくないわ」

と叫んでいた。

「マサちゃん、あなた!」

悲痛な声を上げ、呆然となっているハナ。その一瞬後、金縛りが解けたように神

田に向かい、

「たいへんなことをしてしまいました。マサの嘘が今まで見抜けませんでした」

と、うろたえながら頭を下げているのである。

マサは足を踏み鳴らして出て行った。先ほどまでの冷淡ともいえる落ち着きは消えていた。粗野で信じがたい荒れた姿に見えた。

神田と勝久は、顔を見合わせ頷きあった。

「分かりました。よく分かりましたので、後はこちらで検討させていただきますから、今日のところはお引き取りください。明日にはご連絡できると思います」

と、神田の対応も速かったが、勝久も既に決めていた。幸子と伊代を連れてブルームに帰ろうと。

ハナが帰った後、神田は丁寧に幸子を診察した。

「身体的疾患は全くなくて、健康そのものと言いたいが、少し痩せ過ぎていますね。まあ、あれでは食事することも儘ならなかっただろうから、これからおじさんと一緒に、ご馳走を食べに行ってきなさい」

と言って、にこっと勝久を見た。

「先生、僕はまだ二十六歳ですよ。それに幸子の父親が僕の従兄なので、おじさんじゃなくて親戚のお兄さん、くらいにしてもらえませんか」

勝久がおどけたように言うと、幸子も漸く、少しだけ表情が和らいだように見えた。

神田はすぐに退院手続きを事務に言いつけ、幸子に部屋に帰って自分の物を持ってくるよう指示し、

「川口さんは僕と一緒に来てください」

と、副院長の部屋に誘った。

「川口さん、幸子さんは非常にしっかりした精神の持ち主ですよ。でもあなたの支えが必要でしょうね。特に、これからは闘いになるやもしれません。

伊代ちゃんでしたね、子どもさんは。一緒に出国は許されないかもしれません。どうされますか。しっかりお二人で話し合って明日、山本家を訪ねる前に決めておいた方が宜しいでしょうね」

と助言して、更に続けた。

「川口さん、私のような立場の人間は、この先のことまで関わるべきではないのかもしれません。しかし、姉の家族が伊代ちゃんの誕生にも携わった事情がありますから、まあ私の忠告だと思って聞いてください。

今日お会いした山本ハナさんですが、あの方は今日初めて来られたと私に言いま

した。此処へ幸子さんを入れたのは、マサさんだと確信しました。ハナさんは関係していないと思いますよ」

「僕も、ハナさんは関係していないと思いました」

「ご主人の加藤信次郎さんのことは、もちろんあなたはご存知なのでしょう。此処にある書類にはロンドン滞在中となっていますが、先ほどのマサさんのお兄さんなのですね」

「ええ僕の親友でした。信次郎さんは頭の良い人で、しっかりとした意思を持った優しい人でした。ところが不思議なことに、ロンドンへ行って以来、人が変わってしまったようです。全く連絡がないのです。

　当時、幸子さんは妊娠を信次郎さんに知らせたくないと嫌がったのに、内緒で知らせたのは僕なんです。そうしたら、東京へ連れて行って出産させてくれと手紙が来ました。鈴本先生にご相談して、丁度、先生がご家族と帰国されるので、同行させていただき横浜に着いたのです。

　あの時は信次郎さんから手紙が来て、すぐにも東京に帰るからと書いてあり、誰もが彼はすぐに帰ってくるものと考えたのです。ですから僕も安心していたのです」

「そうでしたか。鈴本から珍しい体験をしたとは聞いておりましたが、姉も珍しく何も言いませんでしたから、詳細は知らなかったのです。

まあ、いずれに致しましても私の怠慢です。早く幸子さんを診ていたらすぐに調べたでしょうが、どうかお許しください」

神田の腰を折った謝罪に、勝久は胸が熱くなり、

「僕は今日は泣いてばかりです」

と、やっと怒りでも悲しみでもない、安堵の涙を流した。

幸子は退院し、神田に紹介された旅館へ、二人で歩いて向かった。

「明日からが正念場だね、幸ちゃん。明日の朝九時にもう一度来なさいと神田先生がおっしゃってたから、何か伊代の出国について調べてくれるかもしれない。今夜は美味しいものを食べてゆっくり休むようにとおっしゃっていたよ」

幸子は黙って頷いただけであるが、目はしっかりと前を見て、ふらつく脚を一生懸命に前へと押し出している。ずっと閉じ込められていたから、脚力はかなり弱っているだろうと思う。

建物は古そうだが、玄関に入ると廊下もよく磨かれて黒光りしている旅館だった。宿帳に川口勝久、妻幸子と書き込んだ。

すぐに女中が部屋に案内してくれた。

「内風呂もありますが、銭湯へ行かれてもかまいません。銭湯は前の道路を右に曲がると二軒目ですから、すぐ分かります」

「妻が今日退院でして、できれば内風呂を使わせていただけると有り難いです。それに僕も田舎から来ていますので、汚い格好ですみません」

　勝久が丁寧に頭を下げると、

「はい結構です。沸いたら呼びに来ますから、その後にお食事をお持ちします」

　さばさばとした、感じのよい女中さんだと思った。

　間もなく四月になるが、夕方はかなり冷えてきた。風呂に入り温まった身体は、久しぶりに垢を落としてきれいになった。

　勝久は船での長旅で薄汚れ、幸子は精神病院の個室に拉致された生活、二人とも臭ったのではないかと勝久は心の中で苦笑した。

　運ばれてきた食事が飯台の上に並べられた。幸子が見たこともない料理が並んでいる。

「美味しそうだね」

と、幸子の顔を見ると、これをみんな食べていいのかという驚きの表情だ。

　山ほど話したいことがあるけれど、黙って夕飯を食べた。どう表現してよいのか分からない。この感動、この喜び、この幸せを勝久は噛み締めていた。

「幸ちゃん、ごめんね。辛かっただろう、ごめんね」

を繰り返しながらまたしても涙を流す勝久。幸子に、喉に熱い塊でも入ったような、息苦しいほどの愛情が伝わってきた。

この人だったのだ。ほんとうに私を愛してくれたのは、この人だったのだと思うと、言い表しがたい感動が幸子を包むが、言葉にすることができない。何も言わない幸子にお構いなく、勝久は話し続ける。

「三瀬のおっちゃんに怒られてね、お前が悪いと言われたよ。遠慮したお前が悪いとね。幸ちゃんからあの手紙が来た時、すぐに信次郎に電報を打って手紙も出して待ったけれど、返事はなかったんだよ。

だけど三瀬のおっちゃんは、幸子は信次郎の妻だから、今更盗むわけにいくまい。それは駄目だと言ったさ。けれど今日此処に来て、幸ちゃんの状態を見て決めたよ。俺は引きずってでも連れて帰る。そして幸ちゃんを一生幸せにする。もう潜るのも辞めて、三瀬のおっちゃんのように陸で仕事するから、一緒に帰るだろう、幸ちゃん」

幸子は黙って頷いたが、心の中で、伊代も一緒に連れて帰れるのだろうか、私にその力があるだろうか、と考えている。

勝久はやっぱり少し緊張していた。でも何気ないように明るく言った。

「幸ちゃん、そろそろ寝ようか」

幸子は頷いただけで座っている。勝久は幸子の手を引いて襖を開けて隣の部屋に敷かれた布団へ誘った。自分も隣の布団へもぐり込み並んで床に就いた。

静かな夜だと思った。ブルームからずっと船のエンジンの音を聴いて揺られて来たからだろうと思った。畳の上の布団だし暖かいのに、眠れそうになくて幸子を呼んでみた。

「幸ちゃん、もう寝たの」

「いいえ……、今日は助けてくれてありがとう」

幸子の声は泣きそうに震えていて、勝久は堪らず、

「幸ちゃん」

と嗚咽《おえつ》の声で、力いっぱい抱きしめていた。ありがとうと言った幸子であるが、心と身体は頑なまま朝を迎えた。勝久はこれでよいと思った。時間がかかるだろうと予想はしていたから。それでも幸子が世界一美しいと思った。もう何が起きても生きてゆけると。

信次郎が去り幸子も去って行った後の、凍りつくように寒い海の底、何一つ希望

もなく、もう日本へ帰ろうと思い始めていた、あの空虚だった日々。

ブルームで味わった一番辛い日々だったろう。心の拠りどころのない生活は、感情を持った人間を精神的堕落へと引きずってゆく。もうどうにでもなれと、心は際限もなく落ちてゆく。

よかった、今日という日が自分に巡ってきて。幸子を抱きしめて、神に祈らない自分がまたしても祈っている。神に祈り感謝するのはこれで二度目だと、おかしさも込み上げてきた。

横浜で伊代が生まれた時に祈った。あの時も心から神に感謝した自分が居た。

神田に面会するため、八時半には病院に着いていた。神田は既に来て仕事を始めていたから、すぐに副院長室に案内された。

「昨夜、鈴本と話ができました。電話なので用件だけでしたが、幸子さん、あなたが一生懸命に山本家の人々を説得するしか方法がないのかもしれませんね」

「私たちも昨夜、これからのことを話し合いました。と言っても一方的に僕が話しただけですが。伊代は幸子の子どもですから、ブルームに連れて帰り二人で育てたいと思います。もしも話し合いがつかず伊代を東京に残すことになっても、私たちはブルームへ帰ります。僕も幸子も東京では暮らせませんし、三人でブルームへ帰るのが一番の望みです」

「幸子さんも答えは同じですか」

「はい」

「信次郎さんは幸子を捨てたと考えてよいでしょう。戸籍も加藤幸子にはなっていませんし、パスポートも川口幸子で入国していますから。

先生、何とかして伊代を一緒に連れて帰れる法的な根拠はないでしょうか。ご協力をお願いできませんか。どうかハナさんたちへお口添えいただけませんか。こうなることが分かっていれば、絶対に日本へ来ることに同意などしなかったのですが、後悔しても始まりません。今は伊代を連れて帰ることだけを考えたいのです」

勝久は自分に何ができるか心許ないが、幸子と共に一生懸命お願いしてみよう、伊代は幸子の子なのだから、それだけは譲れないと考えている。改めて神田に向かって、

「神田先生、今日から前を向いて、二人で再出発します。先生ありがとうございました。先生にお会いできたことを神に感謝しています」

立ち上がった二人は腰を折り、深々と頭を下げた。

神田は、幸子のしっかりした黒い瞳を見て、この娘は大丈夫だと思った。が、子

どもを残して行くことになった時には耐えられるだろうかと胸が痛むが、これ以上神田にはできることはない。二人を送って玄関へ降りて行き、幸子へ目を向けた。

「幸子さん、あなたがこの病院に居たことは全くの間違いでした。どうかお許しください」

と深々と頭を下げた後、笑顔を見せて言った。

「どうか末永くお幸せに」

神田が手配してくれたハイヤーで新宿へ向かった。

「幸ちゃん、今日、明日が正念場だ、頑張ろう。諦めずにちゃんとお願いしようぜ」

力強く言う勝久に、幸子の返事はなかった。

山本家に着くと、幸子は真っ先に伊代の元へ向かった。伊代は何も分からずに久しぶりに幸子に抱かれて嬉しそうだ。

しかし、結論から言うと二人の希望が聞き入れられることはなかった。

清助とハナは、幸子が気の毒で堪らないと言い、ハナはしきりに涙をこぼしながら、

「ごめんね、ごめんね」

と謝る。

最初に来た信次郎の手紙には「自分が父親であるから、生まれた子どもは、加藤

で出生の届け出をするように」と書かれており、認知から戸籍の届出までの細かな指示と必要書類が添えてあった。そのため、横浜まで行き、二人が退院した時点で出生届けを提出したというのだ。

「住所は此処にして提出しました。この信次郎さんの意思を勝手に変えることはできないのです。許してください」

　夫婦で頭を下げるが、勝久は、

「その父親は居ないし、連絡もない。此処に居る母親が伊代をブルームに連れて帰りたいと言っているのだから、普通に考えれば連れて行かせるのが自然でしょう」

と必死に訴える。

　突然、マサが部屋に入ってきて、

「あなたはまだ若いのだから、誰かと結婚して子どもを産めばいいじゃない。其処の親戚の人でもいいんじゃないの」

と横槍を入れてきたのには、清助もハナもギョッとなった。

　勝久の顔を見て言ったその言い草が気に入らなかった。勝久は無意識のうちに、すっと立っていた。

「ああ怖〜い、また殴られる」

マサは叫びながら、部屋から走って逃げて行く。

怒りの収まらない勝久に、清助はすぐに立ち上がって、

「すみません川口さん、申し訳ございません」

と謝り、ハナも泣きながら謝る。

これは一体どういうことなのだろうと首を傾げると、清助が重い口を開いた。

「実は毎日のように、私たちに向かって喧嘩を売ってくるのです。恥を話しますが、今ではお金まで盗むようになってしまいましてね。信次郎さんが残していった現金も、預金も使い果たし、株券を全部売却したそのお金も、全部もうないのです。

マサの結婚式で派手に使いましたからね。その費用も足りなくて、親父が気風のいい人でしたから、出せるなら出してやれと言って、なまじ出したのがいけなかった。

大財閥の娘の結婚式かと見紛うほどの派手な結婚式を挙げたのですが、すぐに離縁されてしまい戻ってきたのです。それからがもう地獄です。

私たち夫婦が加藤家の財産を横取りした、だから山本の財産は全部自分のものだと言うのです。

ですから、うちの現金や株券などは、全て銀行の貸し金庫へ入れたのです。今度は我々の着物や家具まで持ち出して、売り払うようになりました。どうも悪い仲間

が居るようです。

父は去年の初めに急に倒れて亡くなりました。脳梗塞でした。父が怖かったのでしょうか。父の前ではあまり悪い言葉を使ったり、両親の住んでいる離れの物を盗むようなことは、しなかったのです。

父の葬儀の後、仏壇の位牌の前に置いてあった香典がなくなっていることに気がつきました。袋から抜いて持ち出していました。まさか香典に手を出すとは思いもよりませんでした。

次女の陽子が、マサが持っていくのを見たと言うものですから、警察を呼びまして指紋を調べてもらいました。

マサは四、五日帰ってきませんでしたが、帰ってきたので訊いてみると、知らないと言うのです。これはもう私たちでは無理だと思いましてね、再び警察に来ていただきました。

そんなことまでは、幸子さんは知らなかったでしょうが、私たち夫婦は兎に角、信次郎さんが帰ってきてくれることだけを願って、毎日のように手紙を出しました。

幸子さんと伊代を守らなければならないと思っていた矢先、幸子さんを拉致して病院に入れてしまったようです。それを私たちは全然知らなかったのです。

マサが、幸子さんが鞄を抱えて出て行った、と言うものですから、家出人の捜索願いを出して、連絡待ちにしていたのです。毎日忙しかったものですから、すみませんでした。

それに伊代は私が守ってやった、連れて行かれないようにしたのだから、お礼にお金をくれと言うので、私たちもあっと気づいたのです。何処かへ幸子さんを連れ出したのだと分かりました。

ある日長男が、ああ清というのですが、マサおばさんが電話で誰かと精神病院について話すのを聞いたと言うものですから、あっそれだと思いましてね。漸く居場所が分かったのに、担当の医師が『当分入院させてください。精神異常ではないが、寂しさから自殺しかねないので預からせていただきます。すぐに治りますから、どうかご心配は要りません』と言って、会わせてもくれなかったのです」

清助は一つ大きな溜息をつくと、

「更に恥の上塗りですが」

と前置きをして、淡々と話を続ける。

「信次郎さんがブルームへ行くことになり、十歳のマサを私たちに預けて出発しました。当時、三人の子どもがいましたが、一人増えても何ら問題ないと思いましたからね。孤児みたいになったマサを、分け隔てなく育てたつもりでしたが、どうも可哀相という気持ちが我々にあったのかもしれません。女学校を卒業してから人が変わってしまいました。

家のことも手伝わず、ふらふらと出歩くようになりました。言葉は日に日に悪くなって、嘘はつく物は盗むという状態で。心配して何を言っても駄目でした。

そうしたら急に、好きな人ができたので結婚すると言い出しまして。相手も不良の見習いのような青年でしたが、これで落ち着くのならと皆で祝いました。ですが、派手に結婚式をしたにもかかわらず、すぐに追い出されてしまったのです。相手の男は別れてからは反省したらしく、今までのことが嘘のように真面目になって、今は立派になっています。

何故なんでしょうね、マサだけが益々道を外れていきます。うちの子どもらもマサだけは許せない、嫌いだと言って、この頃は一切マサに近づこうとしません。結婚生活が続いて幸せになっていたらと思うと……。何処で間違ったのでしょうね。

実は、母が離れで一人暮らしていますから、マサがこっそり母に何かしないかと心配しているのです。

私は以前から、この辺りの世話役になっていまして、土地開発で揉めていますから忙しさもあって、ほとんど家に居ないものですから、心配なんです。女ばかりで長男はまだ七歳ですから、マサが悪い仲間に何かさせやしないかと心配で堪りません。

昨日だって、ハナが副院長から電話をもらい大急ぎで出掛けたら、既にマサが病院の玄関先で、手を上げて待っていたのですよ。ハナは全く事情を知りませんし、ずっとマサの嘘に騙されていたのですから、我々も馬鹿みたいなものです。あまり関わりたくないので、できるだけ見ないようにしていたのがいけなかったようです。

毎回お巡りさんに来てもらうのも、格好が悪いものですから、農家の仲間たちからも、早く追い出してしまえと言われているのです。あなたは、マサの連れを殴り飛ばしたそうじゃないですか。大したものです。今度からは私もあの不良どもを見つけたら、力いっぱい殴ってやります。

マサは殴りたくても女だから我慢していましたが、一度弁護士の若先生に相談してみます。勝久さん、あなたからすっかり勇気を貰いましたよ」

清助は、今まで誰にも言えずに悶々と耐えていたことを吐き出したのだろう。少し元気になったような顔をしている。

「明日、知り合いの弁護士に来てもらいます。伊代を置いてということになっても、幸子さんはブルームへ帰りますか」

　不思議なことに幸子は声を出さない。黙って清助とハナ、そして最後に勝久に顔を向けただけである。

　勝久はこの二日間、傍で幸子を見てきた。違う、目の前の幸子は勝久が知っている幸子と違う。ブルームの日本人病院で潑剌《はつらつ》と働いていた幸子は、辛いことがいっぱいあった筈なのに明るく輝いていた。

　確かに精神病院の一室に閉じ込められていたから、辛かったのはよく解るが、それだけではない。幸子を大きく変えている原因がある筈だ。もちろん伊代のことに違いないが、以前の幸子ならもっと前向きに、伊代を離すものかと闘う姿勢を見せた筈だ。

　おかしい、何かが違う。きれいに澄んだ瞳なのだが、以前のように眼に輝く光がない。力が伝わってこないのだ。「はい」と「ありがとう」と言っただけで、あとは頷くだけの幸子。何かが違うと勝久は不安になりながらも、にこっと笑顔を幸子に向けて頷いた。

　話し合いが終わり二人になった時、ずっと表情の変わらない幸子に勝久は、明るく話題を振ってみた。

「そういえば幸ちゃん、お祭りの歌、まだ聴いてないけれど聴いてみたいな。幸ちゃんのきれいな声聴かせてよ」

幸子はやや顔を下に向けて、頭を左右に振っただけだった。

勝久は清助に誘われて、清助の母親、律子の居る離れに行った。

「おっかさん寒くないかい。湯たんぽが要るだろう。持ってきたから、布団に入れておくね」

清助が声を掛けると律子が勝久に気づいた。

「ありがとう。あれ、清助、お客さんかい」

「ああ幸子さんの親戚の人だ。伊予の宇和島の人で川口勝久さんていうんだ。幸子さんを迎えに来たんだよ」

「あれぇ、宇和島は四国だろう。遠い所から来なさったんだね」

「いや、もっと遠いオーストラリアのブルームからだ。幸子さんのお父さんが、勝久さんの従兄だそうでね。この度のことで、これ以上幸子さんに苦労をかけられないから、ブルームに連れて帰るそうだよ。幸子さんはおっかさんが大好きだから、後で挨拶に来るそうだよ」

「幸子ちゃんはいい子だ。あんな心のきれいな子は居ないよ」

「その前に川口さんからも、おっかさんに直々にお礼が言いたいとおっしゃってね。お連れしたのさ」

「そうかい、それは嬉しいねぇ。どなたでも知り合いになれるということは、新世界が開けて楽しいものさ」

　六十五歳は過ぎているだろうと思ったが、聡明そうな人で、それに若々しい。勝久はいっぺんに好きになった。幸子もこの人に助けられたのだろうと直感した。

「幸子の祖父の喜平が、明治二十五年にブルームに移住しましてね。其処で日本人との間に生まれたのが、幸子の父親の隆です。

　残念ながら喜平も隆も、潜水病という病気で死にましたが、幸子というよい子を残してくれたと思います。

　こちらでずいぶん可愛がっていただいたというものですから嬉しくて。ありがとうございました」

「幸子ちゃんが見つかってほんとうによかった。それから、ごめんなさいね……。心配して遠くから駆けつけてくれる親戚の方が居て、安心しましたよ」

と喜んでくれた。

　全ての手続きが終わり、結局伊代は東京に残していくことになった。ハナの強い希望が通った形である。ハナとしてはどうしても信次郎に許可を得ることなく、勝手に伊代をブルームへ返すことはできないと考えているのだ。信次郎に許可をといっても、連絡が取れないのだからと考える勝久であったが、抗う術《すべ》はなかった。

幸子は間もなく別れる伊代が不憫《ふびん》で、抱きしめて何度も何度も頬にキスをして、泣きながら謝っていた。

勝久は清助とハナに今回のお礼を言い、新宿を離れた。お礼を言いながらも、心の中にはもやもやしたものが残った。幸子の心中は解らないが、大きな後悔と悔しさが渦巻いているのではないかと感じた。

一番早く出航する船は、香港に寄港する神戸からの貨物船で、一部分に客も乗せるという。二人は東海道線の汽車で東京駅から神戸港に向かった。悲しい母子の別れだったが、伊代にはまだ何も解らず、お母さんにキスされて大はしゃぎしていた。

たった一つの慰めは、伊代を抱いて写真館で撮った写真が間に合ったこと。伊代がもう少し大きくなったら見せてほしいと、ハナに二枚預けてきた。伊代がどう思うかなどは想像さえもできなかった。

汽車も問題なく席が取れて座って行けることで、勝久はまずほっとしている。幸子はハナにもらった着物に羽織を着て、窓の外を見ている。よくぞ此処まで日本人らしくなったものだと思う。

一昨年の秋、幸子を横浜の病院に残してこの汽車に乗った時は、まさかこんな結果になるなどとは思いもしなかった。幸子が子どもを残して、日本を発つ日が来るなんて誰が想像できただろう。

清助の母、律子からもらった風呂敷包みと、ハナにもらったのだろう手提げ鞄を胸に抱えて、黙って窓の外ばかり見ている幸子だ。勝久が声を掛けると顔を向けるが、すぐに下を向くか、窓へ目を向けてしまう。

勝久は、無理に幸子に話し掛けるのを止めた。ブルームに帰れば何とかなるだろう。今は見守るだけでよかろうと結論を出したのだった。

後で二人で開いた風呂敷包みの中身は、大根や白菜やほうれん草など十種類以上の野菜の種と、幾つかの花の種だった。

七

ブルームでの新生活

一九三一（昭和六）年、ブルームに帰国した時には既に六月になっていた。桜の咲く日本の春に出帆してきたけれど、オーストラリはこれから冬。寒いかなと思ったが、ブルームは夏かと思うくらい暑かった。

勝久はすぐに、アジア人などの黄色人種が、オーストラリア居住を許される永住権のテストに挑戦した。最初に移住した際の永住権は、潜水夫つまり真珠貝採りダイバーとしての永住権であったから、新たに試験を受ける必要があることが分かった。それはCEDT（Certificate Exempting from Dictation Test）という。ダイバーとして入国そして居住するよりも、更に厳しい人種差別の法律が罷《まか》り通り、篩にかけるシステムが一九〇四（明治三十七）年より施行されている。

この制度によりオーストラリア政府は、白豪主義国家であると世界に向けて喧伝《けんでん》したことになる。

幸子はこの国で生まれているので問題はない。ダイバーを辞めて、商店を開きたい勝久には試験に合格する必要がある。勝久は二回目で受かり、晴れてオーストラリア在住日本人になった。今までの期限付きのダイバーではなくなったので、望めば何でも仕事が選べるのだ。

そして勝久と幸子は翌年結婚した。三瀬夫婦が大喜びで、娘の結婚式をするようなはしゃぎようであった。


結婚から六年が過ぎた一九三八(昭和十三)年。川口夫妻の間にはアキという五歳になる女の子が居る。大きな目とすらっとした容姿は幸子に似ているが、既に背の高いところは勝久に似たようだ。

勝久と幸子は、主に日本人相手の小さな八百屋を開いていた。幸子と共に帰国する時に、山本清助の母親、律子がお土産にくれた野菜の種が今、彼ら一家を支えているのである。

幸子は最近、頻繁に律子に手紙を書いている。弥助が脳梗塞で急逝したのは八年前になる。幸子が辛い環境の中で苦しんでいる時、律子は離れで一人で暮らしていて、伊代を背中におんぶした幸子を畑に連れて行っては、毎日伸びてゆく野菜について教えてくれた。

律子は古希を迎えてからも若々しく、毎日畑に出て野菜を作っていると手紙が来る。

新宿の山本家の辺りもすっかり開発業者が入り、道の拡張が進み、新しい道路もできたという。農地がどんどんと消えて、住宅地に変わってゆく中で、清助は稲田はほとんど手放したものの、畑は守り続けて今でも野菜を市場に毎日出荷していると、律子が詳しく書いてくる。

野菜の他には家で食べるために、僅かの稲田で米を作っているだけであるが、東京で自給自足の生活をしている家は、郊外を除いてほとんどなくなってきている。我が家は何とかまだ頑張っていると、律子から何時も少し種を入れた封筒が届くのだ。

日本から帰国して間もなく、日本人町の一番外れに大きな土地を得た。勝久がダイバーとして働いて得た多額の預金から支払った。其処に小屋みたいな家を建てて住んでいるが、充分に野菜を作るだけの土地があることに感謝している。

此処は野菜作りには向かない地質であったので、金網で四方を囲み鶏を飼うことにした。糞は上質の肥料にもなるから、二人はあらゆる方法で土地を肥やし、野菜用に改良をしていった。

数年かかったが、今では大根も育つし、ネギや白菜も立派になってきた。ほうれん草も十センチくらいしか伸びないが、結構収穫できるようになった。鶏たちは卵をたくさん産んでくれるし、肉にしたりもして店で売っている。

主に勝久が店に立ち、幸子が畑で働く決まりが自然に出来上がっていた。それでも勝久は逆の方がよいと思っている。幸子が店に居る方が絶対よいと思うが、幸子は未だに人前は無理であった。

最近では三瀬が、仕事で残る真珠貝の身、海で釣ってくる魚や海老などを持ってくるので、それも店に置くようになった。新鮮さが評判になって飛ぶように売れる。茂子が手伝ってくれるようになり一層店は流行った。

勝久は漸く安定してきた生活に満足してはいるが、勝久が望むほどには幸子の明るさは戻らない。それは十九歳の幸子が辛い経験を通して大人になったのだとも思えるが、それだけではないことを勝久は知っていた。

東京に伊代を残してブルームに帰る決心をした幸子の怒りが、幸子自身を苦しめていることは、六年の歳月が流れた今でも変わることはないのだろう。

あの時の幸子は異常だったと思う。幸子らしくない決断だったと思う。伊代は私が生んだ私の子どもだからと、何が何でも連れ帰ることもできたのではないか。

幸子は、

「帰ります。お世話になりました。お二人のご恩は決して忘れません」

とハナと清助に頭を下げた後は、決して口を開かなかったのである。帰る船の中もブルームへ帰っても、ほとんど会話はなかったが、勝久には解っていた。時間が必要なことが。

勝久は少し嬉しい気もしていた。幸子の不器用さが好ましかった。一生黙って過ごすことなどできないし、少しずつ痛みが癒やされて幸子らしい明るさが何時かは戻ってくるだろうと思っていた。

しかし、勝久は自分の甘さを実感することになった。幸子は結婚から六年もの間、黙々と働いたが口は開かなかったのだ。その間、勝久はほとんど一人でしゃべり続けたのである。

ところがある日、幸子が突然勝久の前に座り、

「今までごめんなさい。そしてありがとう。私、もう大丈夫だから」

と告げたのである。

「幸ちゃん」

　勝久はそう言ったきり、涙が頬を流れるまま幸子を抱きしめていた。

　それから幸子はゆっくりと、今思っていることや過去について話し始めたのである。もちろん東京でのことも思い出すように、時々口にするようになった。

　店を閉めて家に帰ってきた勝久に、幸子が伊代からまた手紙が来たと嬉しそうに見せた。ハナと律子からの手紙の中に、平仮名ばかりの伊代の手紙が入っていて、それが一番嬉しいらしい。親子三人で夕飯を済ませて改めて手紙を読み、幸子がゆっくりと話し始める。

「山本家の皆さんは、優しくて心の温かい人たちばかり。律子おばあちゃんは、特別に大好き。畑のこと野菜のこと、たくさん教えてくださったから、辛いことがあると伊代を背負って畑に行くの。おばあちゃんが何時も『ご覧、幸、昨日より大きくなっているだろう。自然の恵みと人の愛情で野菜は育つのさ』って。『だから幸も元気で自然に生きてゆけるなら、それが一番だからね、そんな人生になるといいね』って言ってくれたの。

　清子さんも陽子さんも基子さんも、可愛くて素直な人ばかり。清君も明るくて賢くて私、四人とも好きよ。

ただ、はじめは山本家の皆さんも私の顔を見て吃驚していたわ。少しずつ慣れてくれたけれど……。外に出ればじろじろと見られ、避けられたり、こそこそと陰口を叩かれたりしたわ。日本に居ると私は日本人として認められていないことを痛感させられたの。此処は私の居るべき国ではないと。

日本へ行って苦労ばかりしたけれど、今では伊代も元気で小学校へ通っているし、今思えば勝久さんのお陰で幸せになれてる。伊代は九歳になって、届く手紙も平仮名に漢字が交ざるようになったわ。私が勝久さんに送った手紙は平仮名だけだったのに。あの時、私は十九歳だったのよ。おかしいわね、ほんとうに」

と笑う幸子を見て勝久は、嬉しいのに何故か泣いてしまう。漸く笑うようになった幸子。希望は失わないよう心掛けたが、実に長く苦しい日々であった。足掛け七年もかかった。

またある日の夜には、自分の生い立ちを話す幸子である。

「私の両親はとても優しかったわ。でも二人とも若くして亡くなってしまった。祖父は潜水病で亡くなり、父は海底の事故で亡くなったので葬式の後、母と二人で遠い知り合いを訪ねて行ったけれど会えなかった。

母と二人きりの生活も突然終わったわ。母は自分の身体を張って私を逃がし守ってくれたの。私は二カ月間歩き続けて、漸くブルームに帰ってこられた。朝少し明るくなると歩き、日中は灼熱の太陽だから木の陰に隠れて過ごし、夕方から暗くなるまで太陽を左側にして北へ向かって歩いた。母の最後の言葉だったからその通りにしたの。何とかブルームに辿り着いたの。其処で私を捜している人たちに巡り会ったのよ。覚えてる、あの日のこと」

勝久は即座に、

「覚えているよ」

と答えて、

「そういえばあの時、幸子と僕を繋いだ鹿踊りの歌、ずうっと聴いていないよ。歌ってよ、今。僕の故郷の歌だし、隆おじちゃんが幸子に教えた歌だから、二人で歌おう」

勝久は歌い始めた。幸子は少し躊躇っているようだったが、勝久に合わせて歌い始めた。九年ぶり、いや十年ぶりに聴く幸子の澄んだ歌声。全然変わっていなくて、寧ろ哀愁を帯びて勝久の胸に沁み入ってくる。この歌はどんな歌より幸子に合っていると思う。

アキが驚きの顔で母親を見ている。吃驚してアキの口はぽかんと開いたままだ。勝久はアキの手を取り膝に抱いて囁いた。

「お母さんの歌、きれいな声だろう、アキ。お父さんもお母さんのこの歌が大好きさ。アキにも教えてあげるから一緒に歌おうね」

勝久は嬉しくて舞い上がりたい気分だった。待っていればよいことがあるんだなぁと思った。

二日後の夕食の後、また幸子が話し始めた。

「母方のおばあさんは、ほんとうのアボリジニだから、真っ黒い怖い顔をしていたそうなの。でもとっても優しい人だったと聞かされたわ。

子どもはたくさん生まれたけど、みんな小さい時に次々と死に、生き残った子どもは母一人だったの。ブルームのアボリジニの子どもたちは、大人になるまで生きられる子が少なかったみたい。私はラッキーだったのよ。お父さんがお母さんのこと大好きだったし、仲の良い夫婦で有名だったんだって」

幸子は自分の両親のこと、育った環境など全てを話した後、伊代を置いて日本を去らなければならなかったことについて、初めて口にしたのだ。勝久の身体は、緊張で固まったようになった。

七年もの長い間の精神的な苦痛は、幸子の後悔であり、それは勝久も一緒に感じていた。アキにさえも影響した、辛い日々だった。漸くのこと明るい幸子が僕の所へ戻ってくれたのだ。あの病院で再会した日から今日まで長かった。これからは心と身体がともに前へ向かってゆける。幸子が静かに話し始めた。

「何よりも信次郎への恨みが強かったから、その信次郎の子どもだと思うと伊代までが煩わしかったのよね、きっと。私の中で、可愛い伊代と信次郎の子だという恨みが、何時も同居していたのだと思う。ハナさんの信次郎への信頼も気に入らなかったのよね、あの頃は。

それに、あんな子どものようなマサに振り回される山本家の人たちも不思議だった。清助さんの話を聞いた後では納得もしたけれど。清助さんもハナさんへ気を使っていただけだと分かったしね。山本家のみんなが心から優しい人たちだとも分かっていたわ。

ただ、あの時点での私は、早くこの東京から離れたい、ブルームへ帰りたいという一心だったの。それなのに帰りの船の旅で冷静になると、伊代を置いてきたことへの後悔と、他人を恨む自分の醜さが見えてきて、今度は苦しくて苦しくて。

ブルームへ帰るともうひたすら体を動かすことしかできなかった。勝久さんは、永住権のためのテストの勉強をして受かると、私に結婚しようと言ってくれたわ。私は醜い自分を見せたくないと思って毎日、硬い大地に鍬《くわ》を振るった。店を借りてからは、勝久さんが野菜を持って店へ行くと我慢が途切れて、迸《ほとばし》る涙も構わず鍬を振るったわ。人は毎日あんなに泣けるものなのね。

アキが生まれてもなかなか幸せを表現できなかった。ごめんねアキ、って心の中で謝りながらね。心の中で伊代に謝り、アキに謝り、勝久さんに謝り、そうしているうちに年月が過ぎていったわ。

少しずつだけど、流した涙の分だけ身体が軽くなった気がした頃、伊代からの手紙が来るようになった。ハナさんと律子さんから届く手紙と一緒にね。伊代の手紙は私の宝になって、抱いて寝たわ。

ありがとう勝久さん、ありがとうアキ、もう大丈夫よ」

話が終わる頃、三人は自然と抱き合っていた。こんな嬉しい日がきたことに、勝久はまたしても神に感謝し手を合わせた。

それからまた三年の歳月が流れて、太平洋戦争が始まった一九四一(昭和十六)年の暮れ、ブルームの日本人社会に衝撃が走った。この国と日本が敵国関係になったというのだ。日本へ強制送還されるのだろうかと、町は不安に覆われた。

第一次世界大戦が終わって二十年余りだというのに、世界はまた戦うのか。しかも今度は日本が世界を相手にするというのだから、ブルームの日本人たちは腰が抜けるほど驚いた。

ブルームで受ける人種差別に少しずつ慣れてきたというのに、今度は人種差別どころでは済まされない。銃を持って殺し合う戦争なのだ。

オーストラリア国内でも、取り残されたような僻地《へきち》のブルーム。此処の移住者でさえ、ヨーロッパ民族の繁栄を身体で感じ取っていた。オーストラリアも巨大だが、この国より広い国土を持ち、発展著しいアメリカが相手だというのだから、勝ち目はないとブルームの住民は思っている。ただ口には出さないだけで、みんな思っているし、知っている。

ブルームの町を支配するイギリス人たちが崇拝している大英帝国。六十三年と七カ月もの長きにわたり在位したヴィクトリア女王の後には、エドワード七世、ジョージ五世、エドワード八世と続き、現在はジョージ六世が王位に就いている。

ブルームの彼らが、あらゆる公的な場所に掛けているイギリス王の写真、また目を疑うほどの巨大で豪華な宮殿の写真などを見る限り、彼らの富と技術の発展は、我ら日本人の比ではないようだと、日本人は誰もが思っている。

収容所へ送られるという噂は、現実味を帯びてきた。そしてとうとうブルームの日本人は全員、収容所へ送られることになり、ブルームから船に乗せられてパースを経由して、まるで囚人のような船旅でメルボルンへ。其処からはトラックに乗せられて、ヘイ収容所に着いた。

皆、これから自分たちはどのようになるのかなど、不安が増してくるばかりだった。この収容所で戦争が終わるのを待つのか、船に乗せられて日本へ送り返されるのかなど、議論は尽きなかった。

勝久たちはすぐに、トマトなどの野菜を栽培したり、暖炉に使う木の伐採などは自由にできたから、分担を決めたりして、収容所暮らしの落ち込みを解消しようと努力した。生活そのものは、過酷な労働や惨めな差別などがなくて、それほど辛いものではなかったことも事実だ。

明治の時代から、世界へ出て行き一旗上げようと思った者もいるだろうし、ただ世界が見てみたいとの好奇心から、飛び出した若者も居たであろう。

ブラジル、カリフォルニア、そしてオーストラリアのブルームや木曜島などへ、果敢に出て行った日本の若者たち、皆、次男三男四男と家督の継げない若者たちであったろう。だから自由に夢を広げて行けたのかもしれない。

収容所へ入ってからは不安だらけで、この先どうなるかが怖い。誰もが強制送還を想像した。生きて日本へ帰れるなら、それはそれでよいと思う人々が多数を占めたが、この地で生まれた幸子と娘アキのことを思うと、勝久は不安とともに悩みが深まるのだった。

八

マサ

僕は、ハナの日記帖の中のマサに関するところを何十回も繰り返し読んだ。マサという曾じいさんの妹が、どうすれば此処まで落ちてゆくのかと理解できず、またハナの日記帖を読み込む作業に明け暮れた。

昭和六(一九三一)年、勝久が幸子を病院から連れ戻し、山本家に着いた晩のこと。

清助が、

「マサは今日は帰ってきませんよ。何しろ怖い川口さんが居ますからね。病院で仲間が殴られるのを見ていますから、川口さんから出ている殺気を感じたのでしょう。ほんとうに愉快だ、久しぶりに愉快だ」

と笑う。清助は若い頃から毅然とした男で、家族を守ることにも力を注いできたが、マサに関してだけは、何だかイライラとしているようだ。

ハナが信次郎さんとの縁を切りたくないと考えていることを知っているからだが、清助自身はもういい加減で終わりにしたい、充分だと思っている。

清助も、信次郎の祖父の長次郎を知っているが、立派な人だった。父親の栄次郎も長次郎ほどではないが、なかなかの人だった。二人に比べて、信次郎は何か不可思議な男で、納得がいかないのだ。第一回目にブルームに発つ前に、ハナに与えた仕打ちは今考えても腹が立つし不思議だった。

出発前の信次郎から長い手紙を渡されたことで、ハナも納得したようだったが、どうもあの手紙も、妹を預けるための演技ではなかったかと疑いたくなる。

そしてこの一年余りのハナの苦労は、並大抵のものではなかった。父親の弥助が太っ腹な人で、できる間は援助してやれと言っていたから、金銭的にもマサや幸子たち親子を助けることぐらいは気にしないでもよかった。

だがこれから伊代を育てることになれば、マサは外さねばならないと思っている。それだけはハナにも譲ることはできない。

特に、マサの言動は尋常ではないと思うし、全く理解できない。

マサは、山本家には最も似合わない女性だと思う。あれだけ荒れ狂う若い女性を見たことがない。あの傲慢さは弱さの裏返しでもあるのだろう。せっかく美しい顔で生まれてきているのに、勿体《もったい》ないことだ。信次郎とマサの加藤家が昔は侍だった家だから、今でも威張っているのだろうか。それも違うような気がする。侍の時代が終わって六十年余りにもなるのに、今でも名残りを引きずって生きている人たちは居ないだろう。あの兄妹はどうしたいのだろうか、何も見えてこない。

勝久は、何故信次郎が連絡をしてこなかったのか、何故こんな結果になってしまったのかと考えてみる。今回あの酷いマサを見た時に思った、これはもしかして血ではあるまいかと。加藤家の血ではないかと。

でもそれも違うような気がする。清助さんは信次郎の祖父も父親もよく知っているが、立派な人だったと言っていたし、優しくて明るくて、尚毅然としていて侍はこう在るべきという風格だったという。

ただ、信次郎の訳の分からなさを思うと、マサの薄汚れた心の奥にあるものを覗いたような気がする。要するに、心の底にある「こんな筈じゃない」ということだろう。

マサは、山本家の財産は加藤家から盗んだものだから、全部自分のものだと豪語していらしかったが、真実を知っている筈だ。もうお金は残っていないと。信頼していた兄は音信不通、山本の人たちの温情にすがって生きなければならない状況に、腹を立てているのではないか。

偉くなった兄が颯爽と帰ってきて、山本家の清助さんやハナさんが跪《ひざまず》くのを想像しているのだろうか。マサも過去から抜け出せないで、もがいているのかもしれない。

女学校に上がるまでは、子どもだったからよかったけど、女学校での成績はあまり良くなく、卒業後は素行不良。結婚も派手な結婚式で始まったが、すぐに離縁になってしまう。こんな筈じゃない、こんな馬鹿なことがあって堪るかということだろう。

「ロンドンで信次郎さんはもしかして、もう生きてはいないのかもしれませんね」

清助さんに訊いた勝久に、意外な答えが返ってきたのだ。

「そんなことはないですよ。知人の議員を通じて、外務省に問い合わせて、ロンドンにある日本大使館から返事をもらっているんです。彼は元気に暮らしていることが分かっています。にもかかわらず、これだけ長い間、連絡もなく帰りもしない理由が何処にもないじゃないですか。不可解な兄だし、妹はこの荒れようですからね」

と、清助さんは首を傾げたのだ。

今回の帰国まで勝久は、こんな風に信次郎のことを疑うこともなかった。ただ不思議だった。東京の山本家への行き方まで書いた手紙が来たから安心していたが、その後は音信不通になっている。

マサにとっては信頼してた兄、勝久の場合は親友に、裏切られたような気分にはなった。

一方で、もしかしたら信次郎が、何か如何《いかん》ともし難いことで苦しんでいるかもしれないとも考えた。数年間一緒に過ごした信次郎と、幸子を、そして伊代を放っておく今の信次郎が、同じ人間だとは思えずにいるのだ。どうしてなのか、考えても考えても解らない。

今は、マサがあれ以上山本家に迷惑を掛けないよう祈ることしかできない。

それにしても清助さんは偉い人だ。普通あれだけやれば充分過ぎるのに、ハナさんのことを思って我慢もしているのだろう。そして、あの子どもたち四人はなかなか賢いな。きっぱりマサを切り離して考えているようだ。

上の二人は小学校の教師になると言っていたし、清くんはお父さんの農家を継ぐんだと言っていた。基子ちゃんはどうするのか、あの子はまだ決めてないと言っていたが、女の子なのにもう既に、剣道の初段だそうだから頑張るだろう。

誇り高き生まれだと驕る者ほど、ありもしない誇りとやらに左右されるようだが、勝久の生まれた宇和島も侍の城下町だ。

下級武士であった勝久の先祖は、気位や虚栄心などとはほど遠く、さっさと漁師になった。山を耕して畑にして野菜を作り、みかんも植えている。半農半漁の貧しい暮らしだが、仲良く暮らしているし、みんな結構笑って過ごしている。

勝久は自分の故郷を思い浮かべ、信次郎とマサについて思い悩む暗い気持ちから、少しだけ解放されたような気がした。


一九三七(昭和十二)年、ブルームの勝久たちへ、東京のハナから手紙が届いた。マサが死んだ。山本家の唯一の懸念だったマサが死んだという。これは山本家のみならず、世話役をしている清助の周りの人々にも、大きな衝撃を与えた。

マサをどうすればよいかで話し合ったことが、一度や二度ではなかったからであるが、亡くなったと聞けば、あの娘の人生は一体何だったのだと、皆で涙を流したという。

勝久が幸子を連れ戻したすぐ後に、マサは家を出て行った。マサを持て余していた山本家の皆も精神的に楽になった。

家で争いが起こるのは、何時でもマサが原因であったから、もういい加減にしてほしいと我慢の限界もきていたのだろう。冷たいようだが、ほっとしたのだという。

それから一、二年後にマサは、親しくしていた勇という男と満州へ移住した。勇は元々遊び仲間だったらしいが、満州に着くと人が変わったように農業開拓団の一員として真面目に働くようになった。

マサは農業を馬鹿にしていたので、一切手伝うこともなく孤立していった。

一九三七(昭和十二)年に入ってマサは日本へ帰ると言い出し、二人は喧嘩ばかりするようになった。

ある日勇は、朝まだ寝ているマサを置いて農場に出て働き、夕方帰るとマサが居ない。また飲みにでも行っているのだと思って、捜しにも行かなかった。

明くる日の早朝、帰ってきたマサは、遺体となり果てていた。

仰天した勇は、遺体を運んできた兵士に殴りかかりそうになったが、後ろにいた警官が、

「今説明しますから」

と割って入った。

事の顚末《てんまつ》はこうだ。街の飲み屋で、マサが兵士に纏《まと》わりついて酒をせがんだという。最初のうちは三人の兵士も喜んで一緒に飲んだが、そのうち酔ったマサが、

「私を誰だと思ってるんだ。加藤家の姫だぞ」

と喚《わめ》き出し、兵士たちに殴りかかって大喧嘩となった。

ふらふらと足元の定まらないマサが、手を振り上げたままバタンと倒れた。テーブルの脚に頭をぶつけたようだが、ゆっくりと自分で立ち上がり、よろよろしながら外へ出て行ったという。

兵士たちは、帰ったのだろうと気にせずそのまま飲んでいた。暫くして店の外に出たら、薄暗い道の端で、頭を抱えて体を丸めるように小さくなっているマサが目に入った。先ほどの女が寝ていると思って声を掛けたが、反応がないので近づくと、マサは息をしていなかった。

仰天した兵士はすぐ店に知らせに戻った。店の主人が警察を呼んで事情を説明し、多くの客も証人として名乗り出たため、マサが自分で倒れ頭を打って死んだことは、すぐに明らかになった。

警察署に遺体が運ばれ死亡が確認されて、兵士たちは手を出しておらず、事件性のない事故だとされた。

一人の客がマサを知っていて、住所と名前を警察官に話したようであった。マサの遺体をジープに乗せて、背の高い兵士と警官二人が来たのだという。

「一緒に酒を飲んだのは私です。すみませんでした」

背の高い兵士が帽子をとって頭を下げて、帰っていった。

勇はマサを荼毘《だび》に付した。日本へ帰りたいと言っていたマサを、この満州の地に埋めるのは可哀相だ、お骨はマサの家に届けるのがよかろうと思い、休暇をもらって帰国してきたという。

昔の勇とは全く違った農業青年の顔で、清助とハナに、

「申し訳ないのですが、結婚をしていたわけではないので、うちの墓にはマサは入れられません」

とお骨を置いて、丁寧に挨拶して帰っていった。

清助とハナは、マサのお骨を加藤家の墓にと思い、紀尾井町の菩提寺の住職に相談しに出掛けた。

住職は代替わりをしたばかりなのだが、加藤家の方とはずっと連絡がとれていないと、いい顔をしない。その様子からどうやら信次郎との間に諍《いさか》いがあったようにも感じる。山本家の面々が、折に触れて墓参りをしていたことは住職も知っていた

が、話は加藤家のことである。こうなってしまうと、ハナたちもどうすることもできなかった。

異国で誰にも看取られずに旅立ち、また此処に帰ってきても弔う家族の居ないマサが気の毒になり、新宿の山本家の墓の端に、加藤マサの墓を建てて供養することにした。

これがハナの長い手紙である。追伸で、ロンドンの信次郎にもマサの死を知らせた、と結んでいた。

先に読んだ勝久は、黙って幸子へ手紙を渡した。大きな溜息とともに。表しようのない虚しさというか、妙に心に痞《つか》えた。素直に彼女の死を悼《いた》んでやらねば。もう既にこの世に居ない人を鞭《むち》打つようなことはできない。

それでも何という人生だったのかと考えてしまう。幸子を迎えに行った時に初めて会ったマサには、新種の人類を見る気がしたものだ。信次郎さえ居てくれたら、ロンドンなどへ行かなければ、マサもきっと、こんな人生にはならなかっただろうとさえ思えてくる。

手紙を読み終えた幸子がぽつりと言った。

「マサさん」

大きな目から大粒の涙が頰を伝って落ちてゆく。マサを恨んでいる筈の幸子が、マサのために泣いている。

「可哀相なマサさん。何にもいいことなどない人生だったのかしら。可哀相なマサさん」

と呟くように言う。勝久も大きな溜息をまた一つ吐き出したのだった。

九

伊代と清

ハナは日記帖に、清助の母律子が元気で戦後まで生き延び、昭和三十（一九五五）年の秋に亡くなったが、彼女が居てくれたから戦争中、焼夷弾《しょういだん》の空襲にも耐えられたことや、律子の落ち着きと沈着な判断が山本家の皆を守ったことを書き残している。

弥助がまだ若い頃に、種芋の貯蔵にと家の裏に大きな地下室を造って、その上に納屋を建てた。石段の下に厚い真鍮《しんちゅう》製のドアをつけて場違いな感じだと笑ったらしいが、戦時中にこの地下室が活躍したのである。

地上からは全く見えないように工夫がされていたから、味噌や醤油はもちろんのこと、米や漬物までこの厚いドアの中で生き延びて、これらの食べ物と一緒に、家族も無事に終戦を迎えた。

　昭和二十（一九四五）年三月の東京大空襲では無事。四月になっての空襲で母屋と納屋が焼け落ちたが、離れは火災から免れた。地下室は全く問題がなく、その中で息を潜めているうちに終戦になった。

　清は出征しており、清子と陽子は結婚して親になっていたが、二人の夫は戦地にいたから、二人とも子どもを連れて実家に戻っていた。狭い離れで、みんなで団子のようになって暮らした。

　十五歳になっていた伊代も一緒に終戦を迎え、時間があれば律子の傍で野菜作りの手伝いをしていた。

　伊代は素直で元気で心配のない子に育ったと、ハナも清助もそれだけは有り難いと胸を撫で下ろしている。

　マサの経験があるから、他人の子を育てるのはほとんど恐怖に近いものであったが、伊代はマサとは全く違う女の子に育った。労を惜しまずよくハナを手伝ったし、律子の傍で手伝うのを一番喜んでいる風であった。

　伊代は小さい頃から、野菜や果物の生《な》るのを見ては、

「野菜は人々が食べると消えるのに、ちゃんと種を残してまた来年生まれてくる」

と不思議がっていた。

「木はもっと偉くて立派だね。一年をちゃんと知っていて、花を咲かせ実をつけて、美味しい果物を生らせてくれる。ほんとうに立派だね」

と言っては木に頭を下げる、一風変わった子どもであった。

「おばあちゃん、木は偉いねぇ」

小さな伊代が植物に感心することに、律子の方が感心するという具合で、小学校を卒業する頃までずっと律子に付いて畑に居ることが多かった。

山本の上二人の娘は教師になって働き始め、その後結婚して家を出た。そして空襲が始まってしまったのだ。

戦争が終わって漸く二年が経過した。三女の基子は女医になって、今は大学病院で勤務を始めたところだ。

子どもの頃、基子が言った一言から清と大喧嘩になったことがある。

「私は医者になって両親をみる」

「跡継ぎは僕だ。親をみるのは僕だ」

この喧嘩の仲裁に入った清助は、

「ありがとう、ありがとう」

と泣き出した。二人はびっくりして喧嘩を止めたそうだ。

父親の涙は、基子と清にとって想像したこともないもので、よほど大きな衝撃だったのだろう。呆然となった後に二人とも大声を上げて泣き出したと、日記にはある。もちろんハナも、それを見ながら嬉しくて涙をこぼしたとあった。

この二人が仲良く大学病院へ出掛けて行く日がある。基子は勤務であるが、清は患者で、治療がある時には一緒に出掛けるのである。

フィリピンで終戦を迎えた清たちの隊は、一人欠け二人欠けしながらも、何とか佐世保まで辿り着いた。清は軽いマラリアにかかっていて高熱が出たが、熱はすぐに下がった。しかし、ほっとしたのも束の間、負傷していた手の甲が激しく痛むようになり、診てもらうと中心の骨が折れていた。おまけに悪い菌が入っており、すぐに手首から先を切った方がよいと診断された。院長自身が、執刀しようと言って、すぐに仮小屋のような佐世保の私立病院で、左手首から切り落とした。判断が早く良かったのか、それから炎症は出なかったが、高熱と酷い痛みに苦しんだ。

左手首から先をなくして呆然となったが、あの戦場から佐世保までよくぞ生きていたものだと考えると、左手がないぐらい何でもないと、自身を慰めながら痛みに耐えたという。

東京から清助が迎えに来た時には、朦朧《もうろう》とした中にも嬉しくて、涙が止まらなかった。父に助けられながら、我が家に着いた時は叫んでいた。

「生きて帰ったぞぉ〜」

ハナの喜びようは一通りではなく、三日ほどは泣いて暮らしたと書いてある。人は喜びで三日も泣けるものなのだろうかとも。

清子と陽子の夫も、それぞれ無事に帰ってきていたから、律子の
「弥助おじいさんがみんなを守ってくれたに違いない」

に、ハナも大いに同意して頷いた。

「この戦争で家族を失わない人は、日本中にほとんど居ないだろうに我々は幸運であった。清の左手がみんなの犠牲になってくれたのだから、清は皆の恩人だ。これから堂々と生きてゆきなさい」

と清助が励ましていたからだろうか。

「二十二歳にもなって嘆くのはみっともないよな」

清の笑った顔はもう吹っ切れていた。

清のマラリアは再発することもなく、傷は塞がって痛みもなくなり、完全に回復した。清は精神的にも大きく成長したようだ。

焼け野原だった東京の街も、日に日に復興してゆく。山本家の母屋も、昔のような立派なのは望むべくもないが、大家族が住めるだけの大きさを確保して新しく建った。

残っていた稲田を半分だけ残して土を盛り、新しくアパートを二棟建てた。一棟には清子の家族、もう一棟には陽子の家族が管理者として、それぞれ一階の端の部屋に住むことが決まった。二人の夫は地方出身者で、どちらも住んでいた借家が焼けてしまったから、帰る家屋はもうなかったのだ。

「給料から毎月返していきますので」

心から両親に感謝し、頭を下げる二組の家族を見ていて、律子はまたしても弥助の仏壇に線香を上げて拝んだ。

清助とハナ、基子、清、伊代がそのまま母屋で五人で暮らし、律子は焼け残った離れに一人で住んで、

「やれやれ漸く一人暮らしができる」

と喜んでいるのか寂しがっているのか。顔はほっと安堵の表情だ。

焼夷弾爆撃で母屋が焼けて以来、小さな離れにすし詰め状態が続いたが、もうあの混雑も懐かしいと思うほどになっている。

昭和三十（一九五五）年の春になって、突然、山本家に一人の来訪者があった。山本家の人々の長年の懸念だった、信次郎の情報を持って現れたその人は、中年のイギリス人女性であった。

伊代は三年前に大学を卒業して大手の商社に入社し、毎日新宿から大手町まで電車で通っている。

この日も、いつも通り仕事を終えて家に戻ると、畑仕事の作業着のままの清が玄関で待っていて、伊代の手を引いて言った。

「伊代、何処にも行くな。お前を連れに来た人が、今お父さんと話している。絶対何処にも行くな」

伊代には何のことだか分からず、

「清兄ちゃん何言ってるの。頭がおかしくなったの。あんまり日差しが強いから日射病よ、きっと」

笑いながら靴を脱ぐ伊代を、清は悲しそうな顔で見ている。

服を着替えて台所へ行き、夕飯の手伝いをしようと思うがハナが居ない。この時間に何処に行ったのかと思っていると、

「伊代、お母さんが呼んでるからおいで」

と、律子が呼びに来た。

「おばあちゃん、どうしたの。今日はみんな変だわ、どうしたの」

伊代はぶつぶつ言いながら、律子に続いて応接間に入った。

部屋に入るや否や、清助が何の躊躇いもなく日本語で、金髪の女性に紹介した。

「信次郎の娘の伊代だ」

伊代は瞬時に理解した。この人は父信次郎の知らせを持ってきたのだと。伊代は英語で、

「こんばんは」

と挨拶し、ソファーに掛けると、清助が待ち兼ねたように言う。

「困っていたんだ。あちらは日本語が解らず、こちらは英語が話せずで、どうにもならなくてね。ああ、伊代が帰ってきてくれてよかった」

伊代は外商部なので、会社でも英文の書類は問題なく処理できるが、話すのはそれほど流暢《りゅうちょう》ではない。でも、女性の話す英語は、あれっ案外聞きやすいなと思えた。

と同時に訊いていた。

「あなたは信次郎の妻ですか」

　女性は、すぐに胸を張るようなしぐさで、

「私はマーガレット。信次郎の妻で、信次郎は私を心から愛してくれたわ。もちろん私も彼を心から愛したの。でも可哀相な信次郎。彼は一九四一年のドイツの爆撃で死んだの。私と娘二人を残してね。娘たちを守るために彼は命を落としたのよ。自分の身体を全部使って子どもたちを守ったのよ。とっても立派だったわ。だからあなたも、娘として彼を誇りに思うべきよ」

　その後、少し戸惑ったように続けた。

「あら、そういえば、あなたはブルームに居たんじゃないの」

　伊代の顔が歪《ゆが》むのを、清助とハナは見ていた。伊代は心の中で、あなたたちの愛など、私には何の関係もないわ、と呟いていた。

　伊代は静かに言った。

「私の両親は此処に居る、清助とハナです。他には私を生んでくれた母が、今ブルームに住んでいます。ですから他に父親は居ません」

　清助たちには伊代たちの英語でのやり取りは理解できないが、伊代の顔を見ていると何となく解るような気がする。

　そして伊代は、はっきりと一言一言を区切りながら語気を強めた。

「マーガレットさん、あなたを愛した人、信次郎には会ったこともないし、私の両親を裏切り続けたろくでなしだと思っています。立派などと言われても信じられない。私は顔も知らないのですから」

マーガレットは暫くの間、伊代を鋭い眼で睨むようにしていたが、

「あなたの気持ちは解ったわ。じゃ、申し訳ないけど今から私が話すことを、あなたの両親とやらに通訳してちょうだい」

と言って、鞄から膨大な手紙の束を取り出した。ハナが東京から帰国を願った何十通にも及ぶ手紙や電報などに加え、ブルームから勝久が出したものもある。信次郎は全てを保管していたようだ。

「この信次郎の日記も私には形見だけど、日本語で読めないから、あなたにあげるわ」

それからマーガレットが徐《おもむろ》に出した書類は、財産贈与について英語で書かれた遺言状だった。日本の銀行に預けてある加藤家の財産を全て、娘のアンとエマに与えるというものであった。

伊代の目から大粒の涙がこぼれ落ちるのを、清助もハナも見ていた。そしてマーガレットも驚きの顔で、じいっと伊代を見つめている。

其処へ着替えをした清が入ってきた。伊代に目を向けて、どうしたという顔で、

ソファーに座る父親の横に腰を下ろした。伊代は暫くの間、心を落ち着けようとするように黙っていたが、漸く決心したように、清助たちの方へ向いて口を開いた。

マーガレットが話した信次郎についてのこと、信次郎が心からマーガレットを愛していたこと、二人の娘を爆撃から身体を張って守ったこと、そして信次郎が優しくて立派だったことなど、マーガレットの言葉の通り、そのまま清助とハナたちに通訳した。

暫くの間、部屋の中には沈黙が流れた。律子も唖然とした顔のまま呟いた。

「それが私たちに何の関係があるのか」

そして出された英語の書類について四人に、遺言状であることを通訳した。

「日本の銀行にある加藤家の全ての財産を、娘アンとエマに贈与する」

口に出した途端にまた涙が噴き出してしまい、顔を上げられずに下を向いた。堪えようのない涙は、いつの間にか喉から絞り出すような嗚咽に変わっていた。

呆然となった四人の中で、清が先に口を開いた。

「まさか、冗談だろう。どれだけ俺たちを馬鹿にしたら気が済むんだ。酷い話だ、むちゃくちゃだよ。俺、今から野村さん呼んでくるから」

清はすぐに飛び出して行った。

野村は、以前マサの件で散々世話になった弁護士である。気を取り直して伊代は、マーガレットに向かってマサの話を詳しくした。

信次郎が日本を出る時に、

「自分は男だからどうやっても生きてゆける。だから残していくお金は全部マサのために使ってくれ」

と言ったことで、山本家はそれに従ったのだと。

その間に応接間を出て行っていたハナが、戻ってきて伊代に、

「その人にこれを見せて説明するように」

とアルバムを差し出した。

「どれほどのお金をマサが使ってしまったか、どれほどのお金が山本家から支払われたか、信次郎には逐一手紙を出しています。あなたが持ってきたこの手紙の中に書いてある筈よ」

伊代は、マーガレットが持ってきた手紙の束を叩きながら、

「それを知っていて、こんな遺言状を書くなどは、人間のすることではないわ」

と、震える声だが、毅然と言い放った。

結局、野村弁護士が全て解決してくれたが、伊代は会ったこともない父親から、

これほどまでに侮辱されるとは考えたことすらなかった。仕舞いには怒りも悲しみも通り越して、大声で笑いたくなっていた。

　最初はマーガレットも、

「マサのことは一度も聞いたことがない。そんな妹が居ることなど知らないわ。そんなこと信じられない。そんな馬鹿げた嘘は止めてほしい」

などと、侮蔑の眼で清助やハナ、伊代を見ていたけれど、信次郎によく似た顔のマサの、結婚式の写真などを見せられると、流石に納得したようであった。

　そして警察に何度も逮捕されたことや、満州で喧嘩して死んだこと、はっきり言って自業自得の結果であると説明した。死んだと連絡しても信次郎からは音沙汰なく、眠る墓でさえ山本家で用意したのだと事情を丁寧に説明すると、漸く首を振りながらも納得をした。

　伊代の英語の説明は、もちろん完璧ではなかった。しかし、ハナや清助の話を一生懸命に翻訳する伊代を見て、段々とマーガレットは心を動かされたようだった。

「あなたたちは嘘などついていないのね。もう一人の違う信次郎の話を聞いているようだわ。私を愛してくれた信次郎を、私はこれからも信じて生きてゆくわ」

　胸を張って言った後に、

「でも不思議」

と首を傾げる。

今回日本に来て知り得た情報は、マーガレットにとってもショックが大きかったようで、

「あれほど優しく家族思いで素敵だった夫が、妹のマサについては一度も口にしたことはなく、実の娘の伊代を、完全に無視した冷たさというか、非情さが理解できないわ」

仕舞いには、

「可哀相な伊代」

と涙さえ浮かべていた。

マーガレットは全ての事情を理解して、最後には笑顔を見せた。

「金持ちには成り損ねたけれど、日本に来られてよかった」

そして、マーガレットは二週間の東京滞在の後、イギリスへと帰って行った。彼女が残していった言葉は、山本家の人々、特にハナと伊代には衝撃だった。

「信次郎は私を心から愛してくれた。『日本には誰も居ない。自分の娘はオーストラリアのブルームで母親が育てているから、大丈夫。ロンドンではそうはいかない。

アンとエマは自分が守る』と。彼はその言葉通りに私たちを守って死んだわ」

そして彼女は、大きな手紙の束と、青い表紙の信次郎の日記帖四冊を置いて、ロンドンへ帰っていった。

伊代は完全に打ちのめされていた。伊代の心の中には、ハナから聞いていた信次郎がそのまま成長して、自分の父親像として形作られていたのかもしれない。

清助をお父さんと呼び、尊敬し、親しんでいたが、やっぱり心の何処かで信次郎を追い求めていたのだろう。

しかし、マーガレットが残していったハナから信次郎に宛てた手紙や電報、ブルームの勝久からの手紙と電報、そして信次郎自身が書いた四冊の日記帖を全て読んだ後、山本家の清助とハナに育てられたことが、これまでの我が人生で最良のことだったのだと解った。今自分にできることは何か、この恩を返さなければ人の道に外れると思ったのだった。

大学も行かないと言う伊代だったが、これからは女性も自立しなければと、清助とハナに説得された。その時も伊代は二人にどれほど感謝したか分からない。育ててもらっただけでも有り難いのに、大学まで行けと言ってくれた。あの時のことを思い出すだけでも胸が熱くなる。

そして伊代は、退職する決心を固めたのである。

三日間仕事を休んだ伊代は、出社すると上司に退職願いを提出した。

「理由を聞かせてくれないか。部署を替えてもよいのだから、是非残って働いてほしい」

驚いた上司からは、熱心に引き止められたが、

「理由はただ一身上の都合でございます」

と、深々と頭を下げた。それでも上司は、誠に親切に言ってくれた。

「一週間預からせてもらうよ。気が変わることを祈っている」

それからの伊代は、毎日のように律子と畑に出た。清助とハナは成すべきことも見つからず、言うべき言葉も見つからず、自然に時間の経過を待った。伊代が元気になる日を。

そんなある日のこと、また新しい素材で作り直された清の左手が届いた。清は夕飯の後、皆に見せながら、

「これで俺も一人前になったよ。なかなかよく出来てるだろう。ほら伊代、触ってごらん。ほんとに俺の手みたいじゃないか。でももう少し柔らかい方がいいかなぁ」

伊代は、その硬くて冷たい手を両手で包み込みながら、

「この新しい手もカッコいいけど、私の手も役に立つかも」

と、少し照れたような顔をした。

　伊代は少しずつ明るさを取り戻して、体調を崩している清の代わりに、清助の助手になって市場に行くようになっていた。

　ある日、仲買いの高橋さんがいつも以上に愛想良くしながら清助に寄ってきた。

「山本さん、娘さんかい。この頃時々来ているから、いっぺん訊こうと思ってたんだがね」

　清助は、伊代を見て顎をしゃくって言った。

「伊代のことか」

「そうだよ。うちの息子を知ってるだろう、あれにどうだろうと思ってね。山本さん、あの娘さんをくれないかね」

「駄目だ、あれにはもう決まった人があるんだから」

と口に出してから、清助は、あっと自分で驚いた。

　家に戻った清助は、昼食の席でハナに向かって、律子と清と伊代にも聞こえるように、今朝の市場でのことを話した。

「お前、誰のことを言ってるんだい」

すぐに律子が言う。清も、

「親父」

と言った後黙ってしまった。

その時、片付けるお膳を持って一度立った伊代が、また座った。そして、清助とハナに向かって、

「お父さん、お母さん、私何時までもこの家に居てはいけませんか」

じっと二人の顔を見て、そして清と律子の顔も見て頭を下げ、

「私を清兄ちゃんのお嫁さんにしていただけませんか。清兄ちゃんも今年で三十二歳、私も二十六歳になります。二人とも畑好きだし、おばあちゃんも居るし、私、此処から何処へも行きたくないです」

清が驚いたように声を荒げる。

「馬鹿やろう。お前なんか嫁にはせん」

「どうして、どうして駄目なの」

「俺は手もないし、学歴もないからお前とは合わん」

「私が手になる。畑に学歴は要らんよ、でもお兄ちゃんの知識が要る。畑のことはお兄ちゃんが何でも知っているから」

「馬鹿やろう、伊代の馬鹿」

「私、小さい頃からお兄ちゃんのお嫁さんになろうと決めてたのよ。だからお願いします。お父さん、お母さん」

「ははは、遂に白状したな伊代。わしらが知らんとでも思っておったか。清もお前が大好きさ、なぁ清」

「親父……」

「俺、生きてて良かった。生きて帰れて良かった」

清は涙ぐんでいたが、次第に感動が溢れてきたのだろう。おいおいと本格的に泣き出した。

ハナは伊代に走り寄って抱きしめて泣き出した。伊代は、

「お母さん、また三日嬉し泣きしましょうか」

と、泣き笑いになった。律子も嬉しそうに言う。

「ああたいへんだ。すぐに、ブルームの幸子ちゃんに手紙書かなくちゃ。幸子ちゃんは大喜びしてくれるだろうね」

「おばあちゃん、ブルームのお母さんに私も手紙書いて出したい。一緒に入れてください。ああ、やっぱり私は別に書きます。清兄ちゃんの写真も入れて出すわ」

「もうお兄ちゃんは止めないとね。旦那さまになるんだから」

と、ハナが泣いているのに笑いながら言う。

「ほんとだ、旦那さまだね。何て呼んだら一番嬉しい」

「清でいいよ、俺も伊代って呼ぶから」

「あら、それじゃあんまり変わらないねぇ。でもそれしかないか」

などなど皆嬉しくて幸せ過ぎて、誰もが嬉し泣きの顔だ。

マーガレットの訪問から、一つも良いことはなくて落ち込んでいたから、幸せが一度に噴き出してきたようだ。そして伊代が言った。

「私、やっと加藤の家の呪縛から抜け出せる。やっと加藤信次郎と縁が切れる。加藤伊代が、山本伊代になれるのね」


この日のハナの日記帖を、僕は何度も読み返してみたが、嬉しさが弾けるような躍動感さえ感じた。素敵な結果にみんなの喜びが伝わってくるような日記であった。しかし僕は読んでは泣いて、また読んでは泣いた。嬉しい結果なのに涙が止まらない。

ハナからみれば、息子の清と乳飲み子の時から育てた伊代が結婚して生まれた娘の信子、その信子の息子の僕、剛がこのハナの日記を抱きしめて、二十一世紀のブルームの町を訪ねるなどとは想像しなかっただろう。

江戸時代と明治を生きた長次郎。明治と大正の栄次郎夫婦。明治大正昭和と生きたハナと清助。ブルームで生きた喜平に隆、そして勝久と幸子。ロンドンで命を燃やしそして死んだ信次郎。信子は昭和から平成、そして僕は平成生まれ。長次郎から数えれば六代目だ。一五〇年余りになるのか。この間に何と多くの人生が始まり終わったことか。

伊代が数年で、辞めてしまった大手の商社は、僕などが逆立ちしたって入社できない高嶺の花的な会社だ。彼女はあっさり辞めてしまい、野菜農家に転身した。それも子どもの頃から好きだった清の嫁になって、二人で歩き始めたのだった。

十

剛、ブルームへ

百年近く後の世の、曾孫の僕がこの日記や手紙を読みながら、当時の若者たちも皆、必死で生きていたことを知った。

そして皆、真剣に仕事を探していた。それも、現代の我々が、政府の援助やさまざまな恩恵を受けている状況と比べれば、明治大正から昭和の初期、そして戦後まで、当時の若者たちが置かれた環境の厳しさはどれほどであっただろう。

同時に情報のない時代に、夢を膨らませて世界へ移住していった若者たちは、何と大胆だったことか。現代に生きる僕などが宇宙飛行士になることよりも、もっと困難で命がけの夢であった筈だ。

僕は近頃、老人のように人生について考えるようになった。もちろん人の死についてもだ。どのように生きれば目の前に死が来た時に慌てなくて済むかなどと思案するのだが、実際には僕はまだ、二十一歳の大学四年生である。

二十一歳の僕が十年早い、いや百年早いようなことを考え始めたのには訳がある。先週久しぶりに伊藤君に会って、卒業後のことを話し合った。彼は来年、慶応大学卒業と同時にアメリカへ留学することを決めていて、その二年後の帰国後はまた、大学に戻って研究の道に進むそうである。溌剌とした伊藤君が羨ましかったが、嬉しそうに話す彼をいい男だなぁと眺めてしまった。

来年、平成二十四(二〇一二)年三月には僕も大学を卒業だというのに、今もまだ将来が見えてこない。就職先の絞り込みもできないでいる。伊藤君とは大違いである。のんびりの僕も気持ちが焦り始めていて、いつもの癖が出てしまった。仕事がないという状況が、日本の近代の歴史の中にあったかどうかを調べ始めたのだ。

日清日露の二つの戦争を、明治の時代にやっと乗り越えて、上向きつつあった経済も、大正十二(一九二三)年の関東大震災が東京の街をズタズタに破壊し大きな痛手を受けた。立ち上がれないまま昭和になり、今度は国内の金融恐慌の後、アメリカから始まった世界恐慌が日本をも襲う。

調べてゆくうちに身震いが止まらなくなった。明治になってからも、日本人はどれほどの苦難を乗り越えてきたのかが分かってきた。

昭和五(一九三〇)年には、失業者は三百万人にも上ったとあるから、あの時代の人口を考えると、もしかしたら今現在の比ではないのかもしれない。

今僕は丁度、曾祖父が再びブルームに渡った年と同じ二十一歳である。

大学三年の夏に日記を見つけて以来ずっと考えていたことがある。卒業までに何とかオーストラリアのブルームに行き、この目で全てを見てみたい。いや見なければならないと思ってきた。できればこの最後の夏休みに、何とか実現したいと願い始めていた。

東京からブルームへ帰って結婚した幸子と勝久、二人の墓参りだけはしたいと思っている。どうしても二人にブルームで会いたいのだ。

間もなく大学は長い夏休みに入る。祖母にはまだ話していないが、彼女の了解があればまず四国へ行き、叶うなら、川口家の人やハナに繋がる人たちに会ってみたい。その後にシドニーへ飛ぼう。シドニーに着いたらインターネットで格安の切符を見つけ、ブルームまで行こうと計画を立てたのだ。

祖母を説得するにはかなりのテクニックを要したが、四国行きを後回しにすることにして、とにかく僕は今、オーストラリアの西海岸ブルームの空港に降り立ったのである。

曾祖父信次郎が、最初に船で到着した日から足掛け九十年目の南半球の冬に、天然真珠貝の町へ辿り着いた。

乗客六十人ほどを乗せた飛行機から、ギイギイとなるパイプ式の鉄製のタラップを踏みしめ、真夏のように灼熱の照り返しで熱くなったコンクリートの上へ降り立つ。何処までも真っ平らの大地は陽炎《かげろう》に揺れている。

この焼けるような暑さ、これが八月なのか。シドニーから乗り継いで出発したメルボルンでは、南極から吹きつけてくる真冬の冷たい風だったから、厚着をしてきたらこの暑さである。

慌ててロビーに駆け込んで、荷物を受け取る前に冬のジャケットとセーターを脱いでTシャツになった。

僕は改めて、この国の巨大さを知った。総面積は日本の二十二倍ほどもあるという。九十年前、十七歳の信次郎じいさんは、どんな気持ちでこの地に立ち、どんな将来の夢を見たのだろう。

小さな空港のロビーで僕は、荷物を受け取った。まず泊まる所を決めなければと思い、ロビーのカウンターにある案内係の女性に訊いた。

「安くてきれいで便利な宿はあるだろうか」

案内係の女性、失礼だが案内係のオバサンは、へっへっへと奇妙な笑い方をして、

「hey young man」

つまり「これ、若いの」と言った後、

「そんな所があるなら私が泊まりたいよ」

と、にやにやと厭らしい笑い顔のまま言った。

「若いの、何処から来た。日本人だろう」

とも。

日本の地方の空港で、こんな案内係は想像できない。若くて素敵な女性が、その地方の代表とばかりに優しく丁寧に案内してくれるだろう。

全く最初の日からこれではと、悲観的になってしまった僕に、オバサンは追い打ちをかける。

「今シーズンだから、リゾートは五百ドルはするよ。キャラバンなら少しは安いだろうけれど、何処も空いてはいないよ」

僕は力なく、

「ありがとう」

と言って其処を離れた。空港の外に出ると小型バスの運転手が立っていたので、

「町へ行くタクシーはあるか」

と訊くと、これがそれだと顎をしゃくって、

「八ドルだ」

と言うから、料金を払って小型バスに乗り込んだ。

　町の中心部辺りで降ろしてほしいという僕の希望を伝えて降ろされた所は、小屋のようなトタン屋根の店が何軒も並んでいる角にある、大きなイギリス式パブの前だった。

　僕の気分は落ち込み、すっかり疲れてしまい、気を取り直そうと通りを隔てたカフェに入ってコーヒーを注文した。コーヒーを運んできたウェイトレスに案内所の場所を訊くと、注文をとる紙を一枚破って、地図を描いてくれた。

　僕は今、二十一世紀のブルームの町のカフェに居るが、もしかして百年前のブルームと、そんなに変わってはいないのではないかと思い始めていた。

　空港からの道中、バスから眺めた景色は何処までも赤い大地で、交差する道路もほとんどが舗装のない赤土だった。それが町中に入って漸く、アスファルトに変わった。

空港からの幹線道路は一直線で、中央部分だけがアスファルトになって、両側はむき出しの赤土である。

バスはリゾートに寄って、観光客を次から次とそれぞれ予約がしてあるリゾートホテルへ降ろしていく。ホテルはほとんどが平屋で、二階建ては二軒のみだった。

そして乗客は僕一人になって、バスは最後にリゾートから再び町に向かったのだ。町へ続く道は両側だけ美しく整備されて、白っぽい花をつけた木々が等間隔に整然と植えられている。花が咲き始めたようで良い香りが窓から入ってきた。確かフランジャパニという花だったと思う。

そしてバスを降りた所が、二十一世紀のブルームの繁華街、パブの前だったのだ。僕はゆっくりコーヒーを味わった後、案内所へ行き、若い女性のいるカウンターで泊まる場所を尋ねてみたが、芳しい返事は得られなかった。

すると女性の隣のカウンターの男性職員が、僕の顔を見て訊いてきた。

「車に乗れるか」

「一応、国際免許は持っている」

「じゃレンタカーを借りてキャラバンパークに泊まれば、一番安くて自由に行動できる」

この男性がすぐに電話で、空いているキャラバンパークを探してくれた。

「ラッキーだよ、一つだけ昨日から空いてる」

そして親切に、レンタカーの事務所にも連絡を入れてくれた。

「箱型の車を借りたいが、今あれば案内所でお客さんが待っているよ」

と電話を持ったまま、にこにこしながら頷いている。

「すぐに車を届けてくれるから、此処で待っていなさい」

結局二時間ほど待たされた。その間、僕は自分も名乗って、彼の名前を訊いた。ピーターだと言って右手を差し出してきた。

ピーターからさまざまな情報を得ることができて、無駄な時間とならずに寧ろ大収穫であった。

「毎日タクシーを使うとたいへんなことになる。リゾートに泊まるより高くなるよ。バスはあるが行きたい所へはすぐに行けないし。此処は日本とは違うからね」

と笑いながら説明してくれた。

空港の案内所で、あまりよい印象がなかったので、此処も期待しないで入ったのだが、たいへん親切なピーターに出会えて、単純な僕は、これから先に希望が湧いてきた。

「君は日本から来たのだろう。アクセントで日本人だと分かるけれど、東京からかい。それにしても君の英語はきれいだねぇ。かなりイギリス訛りだけど、誰に習ったの」

と顔を覗き込んでくる。

「中学、高校の時に、イギリスから勉強に来ていた大学の研究員に五年間学びました」

「それでイギリス訛りに聞こえたんだ」

　納得顔で頷いている。

「新幹線の走る日本、電車や地下鉄が縦横に走る東京から来たのでは、君は此処でかなり強いカルチャーショックを受けて帰ることになるだろう」

　ピーターはほんとうに嬉しそうに笑って、笑いながら更に続けた。

「私は反対に数年前、東京で酷いカルチャーショックを受けて、ホテルから一歩も動けなかったよ。人が多くて怖くてね。ブルームは、ど田舎だけど、僕は此処が好きさ」

　東京で戸惑っているピーターを僕も想像した。

「都会は何処も世界中狂ってるよ。あんなに忙しなく生きることないのに。自分だけの一度っきりの人生だからね」

と呟いた。

　その台詞に胸がドキンとした。ピーターの人生観は、考えたこともないようなものだった。じゃあ僕は、と答えられない自分に気づいたが、深くは考えられなかった。
僕は最初の三日間、図書館に通ってダイバーについて調べた。やはり想像してい
た通りの過酷な仕事だった。いや想像以上のもので、人間の成し得る限界であろう。
一九一四(大正三)年には日本人ダイバーが、潜水病だけでも三十三人亡くなって
いる。
何よりも多くの犠牲を出したのはやはり、サイクロンと呼ばれるインド洋で発生
する熱帯低気圧であった。日本で毎年警戒する台風と同じ、季節性の大嵐である。
一八八七(明治二十)年には、ブルームで百四十人が亡くなり、二十二隻の船が沈
んだ。
更に一九〇八(明治四十一)年には大型のサイクロンの発生で、二百五十人が命を
奪われ、五十隻の船を失った。
一九一〇年に通り過ぎていったサイクロンは、町の多くの家屋を薙《な》ぎ倒していった
が、四百隻の船は厳重に錨を下ろして防御したため、被害はなかった。
一九三五(昭和十)年のサイクロンでは、ブルームの北のラセピード島で、百四十
人が溺れ死んだ。
その他にもダイバーにとっての海底での危険は、猛毒の海蛇、鮫に襲われる人も

いたし、巨大なエイに攻撃されたりと、数知れない。海底では少しの油断もできない、紙一重の命であったようだ。

一八九七(明治三十)年以前に帰化した人や、ヨーロッパからの人々、入国して生まれた子どもなどは、全く問題はなかったが、一九〇一年に制定された移民制限法、所謂、白豪主義の国策の下での入国制限や居住制限は、アジア人など黄色人種には、厳しいものであった。

それまでに採用されていたCOD(Certificate of Domicile)なら、家族は問題なく入国でき居住できたが、一九〇四年、新しい法律の下でのテストはとても厳しくなった。

CODに代わってCEDTとなり、英語の理解力や人格的評価も大きく影響した。要するに真面目で反発もせず、頑張る人には良い成績がついた。

ところが、ヨーロッパから移住してくる白人に対しては、言語が何であれ、英語が全く話せなくてもよかったというのだから、これは白豪主義の最たるもので、人種差別の基本的態度であった。

黄色人種には、法律で厳しく篩《ふるい》にかけられるようなシステムが確立されて機能していた。

こうして調べていくうちに僕は、我々日本人も含む有色人種が、世界で最も人口が多いにもかかわらず、長い間虐げられてきた事実にショックを受けた。それよりも尚驚いたことは、この国の元々の主、先住民たちアボリジニの人々が受けた、虐待的人権無視の迫害だ。

タスマニア島（現タスマニア州）では、アボリジニは全員が虐殺され、ただの一人も生き残れなかった歴史がある。

此処ブルームでも一九〇五年の人口は、白人であるヨーロッパ人が二五七人、二〇三八人のアジア人、混血の人々が一八三人であったが、この人口調査の数字には、アボリジニの人々は含まれていない。

この国の先住民であるのに、アボリジニは人口に含まれなかった、つまり同じ人間として認められていなかったことが分かる。この年、明治三十八年は、我が曾祖父の信次郎が生まれた年であり、日露戦争の真っ只中であった。

序《つい》でに記すならば、一九六七（昭和四十二）年に、国民投票で初めて、アボリジニの人々は市民権を得たのである。今から僅かに四十四年前のことである。

図書館で真珠貝について調べてみると、プラスチック製のナイロン、ポリエステル、アクリルなどの合成樹脂が作り出されるまでは、真珠貝はさまざまな装飾品になり、高級ボタンに替わり、また全ての洋服のボタンに加工されるなど、世界中で需要が高かった。

真珠貝を採るダイバーについて、歴史や背景が載った資料を読んでいるうちに、三日目も閉館の時間になった。

四日目は博物館へ足を運んだ。当時の物が所狭しと並べてあり興味を引かれた。入り口で入場料を払い、中に入ると正面にダイバーたちが着た実際の潜水服が展示してあった。それを見た瞬間、一九六九(昭和四十四)年の月面着陸を連想した。

母が興奮して見たというテレビ中継、アポロ十一号のアームストロング船長が、月面を跳ぶように歩いた時の宇宙服を思い出していた。

僕は平成生まれだから、リアルタイムではもちろん見たことはないが、当時の映像がテレビで流れるのを何度も見ているから、やっぱり潜水服は宇宙服の原型だと思う。

開発されて軽くなっているだろうし、材質もかなり良くなっているだろう。見た目は同じようだが、実際には真反対の条件に体を置くことになるのだから、妙な気がしてくる。

無重力の宇宙、月面を歩くアームストロング船長を思い浮かべるも、目の前にある潜水服は、水圧に押し潰されそうな重力の海の底を歩くダイバーたちの服。服の形は似ていても、かぶっている潜水冠は同じようでも、宇宙服には、限りない宇宙への夢と希望がある。

潜水服に、過去にこの服の中で寒さに耐え、死の恐怖と闘ったダイバーたちの過酷な時間を感じ取って、僕は鳥肌が立ったまま見つめていた。

潜水服の中には、ネルの下着とネルのシャツ、毛糸のセーターに厚手の上着、下半身も全てネルの温かいものをはいて、靴下も二、三枚は重ねる。その上から麻のカンバスと呼ばれる布とゴムを合わせた、というよりゴムで防水膜にしたものといった方が合っているかもしれない、潜水服を着る。

これは着るというより、首の所の開いた穴から入るのである。一人では全く入ることはできないから、二人以上の補助がいる。身体の小さい日本人には、多少入りやすかったかもしれない。

身体がすっぽりと潜水服の中に納まると、二人で服を持ち上げて、ストンストンと何度か上げたり下ろしたりする。潜水服の中に上手く入っているのを確かめた後、潜水冠のガラスの部分を海水で濡らして海藻で拭き、ガラスが曇らないようにした後、潜水冠を頭からかぶせてネジで締める。

若い金髪の女性が、当時の説明をしている。潜水服の中に入れたダイバーを、ストンストンと持ち上げたり下ろしたりしても、上手く潜水服に納まらない場合には、ダイバーの肩を上から靴のまま蹴り込んだものだと説明すると、言い終わらないうちに観光客たちは爆笑していた。僕は実際に自分が蹴り込まれているようで、下を向いてじっと悔しさに堪えた。

ダイバーの身体は、送気管をはじめ命綱が装着され、腰の鉛と靴にも鉛、胸には収獲用の網籠など、立った姿は巨人並みだが、実際には地上では歩くことさえできない重さである。海の底を歩かなくてはならないから、軽くては浮いてしまう。

僕はこれらの装備を目の当たりにして、実際に身体が小さかったという信次郎じいさんをこの潜水服の中に想像し、トントンと船上のクルーが揺すっている姿が浮かび、所も構わず涙ぐんでしまった。信次郎じいさんに見られたら、不覚の涙と笑われるだろう。

勝久さんは背が高かったようで、大きな潜水服でも中に着る下着やセーターは限られていただろうから、寒いし苦しかっただろうなと想像できる。ただ忍耐だけが味方だったようだ。

博物館では一点一点丁寧に見た。その後、館の中庭へも回ってみると、割れた日本人の墓石が置いてあった。心ない者に壊されたので修繕して元へ戻すのだという。反日感情の強い人の仕業に違いないが、その感情を煽ったものとして、調査捕鯨の問題などがある。一番の理由は和歌山県の太地で、イルカ漁をしているとして、環境保護団体が『ザ・コーヴ』というドキュメンタリー映画を制作し、一部事実と異なるセンセーショナルな内容を作り上げて、世界に放映したからだろう。

これによりブルーム市議会が姉妹都市提携停止を議決したが、後に市議会が勇み足を反省し、謝罪して撤回をした。それに反発する人たちは面白くなかったのだろう。日本人墓地を破壊するなどの事件が起きた。

両市の姉妹都市提携は一九八一（昭和五十六）年からだから、もう三十年余りになる。和歌山県の太地との姉妹都市関係は、順調に交流が行われてきたと言う人が多いのだが、姉妹都市交流などの文化的交流は主に政治的なものであって、一般市民の参加は僅かなのかもしれない。

しかしながら姉妹都市になるずうっと前、百年以上も前の明治時代から昭和の戦後まで、太地からは多くの若者たちがブルームに渡っている。移住を希望する人々が、ダイバーとなり或《ある》いは商人となって、真珠貝を採りそれを世界中に輸出し、この町で生活してきたのだ。

太地の人々にとって、ブルームは単なる縁の地とだけでは言い表せない、長い年月をかけて深く心に根差していった地なのではないだろうか。

千人に近い日本人の墓が此処にあるのだ。此処で働き、此処で生きて死んでいった彼らの魂は、この地で平穏を求めていることだろう。此処には日本から彼らのことを思い続けた人々の心も届いているかもしれない。

明くる日、僕は日本人墓地へレンタカーで向かった。この旅の一番の目的である。日本から線香は持参してきているから、花と花瓶を町の雑貨店で買って、水を持って出掛けてきた。

流石に胸が痛むような緊張があった。ブルームに来てすぐにも出掛けたい場所であったがこの日まで我慢した。

東京の大学に入学し祖母と暮らすようになって、祖母からハナの数十冊の日記帖と、信次郎、勝久、幸子の手紙の束を読んでもよいと許可されて以来、執着してきたブルームのお墓である。

信次郎に関わりを持った人々や幸子をはじめ勝久や隆や喜平に繋がる人々のことが、此処で何か分からないか。伝説みたいに残っている話でもないかと探し求めたが、それは残念ながら図書館の多く残っている写真集の中にも発見できなかった。

日本人墓地へ向かう真っ直ぐな道路を走りながら、僕は胸の高鳴りを抑えることができずにいた。

そしてとうとうその瞬間が来た。日本人墓地へ到着したのだ。ああ、漸く辿り着いた。

今日、此処から僕は、前向きの人生へ切り替えることができるのか。彼らと同じように僕にも、此処が大勝負の原点となり得るのか。

五日目のブルームの町でも、僕は未だに前へそして未来へ飛べないでいるが、続いてきた偶然の点が、此処からも続いてゆくのか。

勝久と幸子の墓を探し出して、祖母に報告だけはしてあげたい。ハナが書き残した膨大な量の日記帖と、手紙などを全部僕に渡してくれたから、祖母の過去も知ってはいるが、自身の過去を全く語らない祖母に。

一九八三(昭和五十八)年にこの日本人墓地が整備されたことが、その修復に関わった人々への感謝の意を表して、黒御影石に日本語で刻まれている。日本の一人の奇特な人、笹川良一氏の寄附によって二十八年前に立派に修復されたようだ。

横にもう一つ同じ黒御影石があり、「ブルーム日本人墓地の歴史」と題して、ダイバーの苦難の歴史に加え、この地で亡くなった九一九人が七〇七基の墓碑で眠っていると記されている。

最初に日本人が此処に埋葬されたのは、一八九六(明治二十九)年であるとも記されている。

その碑を読んだ後、フェンスで囲まれているゲートを入ると、中央に幅二メートル半ほどの真っ直ぐなレンガの通路が、一番奥まで続いている。

その通路の両側に整然と墓碑が並んでいた。それぞれの個性を現すようにさまざまな色と形で、僕には、死者たちが堂々と胸を張って立っているように見える。

ほとんどの墓碑は、オーストラリア産の砂岩である。色はオレンジ色や黄土色、黄色などが混ざり合った、この大地を形成する砂岩が多いが、黒い御影石や、灰色っぽい花崗岩の墓石も交じっている。こんな石がオーストラリアで産出されているのか。知らないので疑問を持って眺めた。それから僕は、一基一基に丁寧に頭を下げながら、喜平と隆、勝久と幸子の墓を探した。

最初に三瀬洋蔵と茂子の墓を発見した。一九四七(昭和二十二)年の九月に洋蔵が亡くなっている。茂子の名前も小さく刻まれているが、年代は入っていない。一九八三年の修復の時に茂子の名も入れられたのだろう。三瀬夫婦の墓に線香と花を供えて、手を合わせた。

「あなた方お二人のお陰で、勝久も幸子も生きられたと思います」

と自然にお礼の言葉が出た。

　真ん中のレンガの通路を挟んで右側を奥まで見たが、川口家の男三人と、幸子は見つからなかった。今度は奥から反対側を探した。丁度半分辺りまで来た時に、在った。ああ、此処に居た。

　みんな亡くなった時期が違うのに、きちんと並んで建てられていた。川口喜平之墓、隣に川口隆之墓がある。

　八十五年前に、幸子が抱いて泣き崩れた父の墓石は、小さく丸い石だったから、この墓もやはり修復された時に建て直されたのだろう。黒い御影石の立派な姿で堂々と立っている。

　その横に、明るい砂岩の墓石に、川口勝久之墓、左下に六十一才と刻まれている。同じ石に妻幸子五十四才と記されているから、幸子は一九六四年の昭和三十九年に死亡したことになる。勝久は、幸子の死から一年後の一九六五年の昭和四十年に亡くなっている。妻亡き後、一年頑張ったことが分かる。

　墓石に刻まれた字に気をとられていたが、あれ、誰だろう花を生けたのは、と気づいた。きれいな花立てに生けられた花が、まだ生き生きと咲いている。

そう思って見ると、喜平と隆の前にも花瓶があり、花が生けてある。一体誰が。改めて他の墓も見てみると、花はほとんど見当たらない。僅かに一つの墓の前に花があるが、造花のようである。

僕は線香に火を点し、持参した花を町の雑貨屋で買ってきた花瓶に挿して、隆と勝久の墓の間に置いて拝んだ。

幸子と勝久の墓は、オレンジ色に近い明るい砂岩である。

「はじめまして、信次郎とあなたの娘、伊代の孫の剛です。伊代の娘、信子の息子です。漸く会いに来ることができました」

必死の目で墓を見つめて祈る剛の目から、涙が止め処なく落ち、赤い土に吸い込まれてゆく。

十一

ロンドンの信次郎

あの時代に、一人の女を救うために往復二万キロを船で旅した勝久。こんな正義の味方みたいなエネルギーを持った男が、今の時代の日本に居るだろうか。力いっぱい人を愛し、力いっぱい守り抜き、愛する人の命がこの上なく尊く感じられる男が。

一方で、娘の伊代と、伊代の母幸子、そして山本家の人々を苦しみのどん底に叩き落した信次郎。その信次郎が何を考えて、どう生きたのか、勝久も幸子も知りたかった筈である。

僕は、今二人が眠るこの地で、それを報告しなければならないと思っていた。

ロンドンで信次郎が出会った女性、マーガレットとの深い愛も、青い表紙の日記帖の中に書き残してあったのだから。

一九二九(昭和四)年の北半球の春、リバプールの港に着いた信次郎は、ロンドン行きの列車に乗り込んだ。乗ってきた汽船は、真珠貝を降ろして船底を洗い、乗組員を交代させて再びパース経由でブルームへ向かうという。

漸く辿り着いたと思った。十六歳の時から目標にしてきたイギリス、着いたぞと心の中で叫んでいた。

疲れていないと思っていたが、隣の席の優しそうな眼の中年の女性に安心して、眠り込んでしまった。女性の呼ぶ声で目覚めたら、突然中年の女性が美しい少女に替わっていた。

キョロキョロする信次郎に、ふふふと笑いながら、少女らしく矢継ぎ早に訊いてきた。

「何処まで行きますか。寝ていると通り過ぎますよ。降りなくてよいのですか」

「いいえ、ロンドンまで行きますから降りません」

「私もロンドンまで行きます」

少女の笑顔とハキハキとした言い方が気持ちがよくて、思わず信次郎は、

「嬉しいなぁ。あなたのような爽やかな人と一緒だと、長旅が短くなるだろう」

と言った。少女は目を丸くし、恥ずかしそうにしている。可愛かった。

　信次郎はすぐに自己紹介をした。

「僕はシンジロウ、加藤信次郎です。出身は日本ですが、オーストラリアのブルームから来ました」

「まあ、遠くから来たのですね。じゃあ、あなたは日本人ですか」

「ええ、日本人です」

「まあ、私、初めて日本人を見ました。日本人も全然変わらないのですね、私たちと」

「どういう意味で」

「同じ人間に見えるわ。だってどの雑誌にも、日本人はみんな猿みたいな顔をして載っているわ」

　信次郎はうっと喉が詰まり、一瞬声にならなかった。ブルームでの経験から人種差別には慣れているつもりでいたが、いきなり少女から人間扱いされない言葉を聞くとは。でも、この少女を相手に喧嘩しようとか、殴ってやろうとは思わなかった。

　少女はあっけらかんとして、自己紹介をしてくれた。

「マーガレットよ。ロンドンの叔父さんの家に、手伝いとして雇われたので行くところよ。叔母さんが忙しいから、まあ料理人ってところかしら」

そう、この少女が信次郎が愛した女性マーガレットだ。

少女だと思っていたが、すぐに二十二歳だと分かり、

「ええっ、僕と一つ違いだなんて信じられない」

と信次郎は口に出していた。するとマーガレットから、

「私もあなたが十七歳くらいに見えたわ」

と返されてしまい、二人で大笑いになった。

この列車の出会いが、信次郎とマーガレットの恋の始まりだったのだ。

席が隣にならなければ、車両が一つ違えば、と思うだけで人との出会いの偶然に神秘なものを感じてしまう。更にもう一つ、偶然が重なる。信次郎の会社BROOME・PEARLING・CO.が準備してくれた下宿屋が、マーガレットの叔父さんの家と同じ通りにあったのだ。信次郎の心は震えるほどに躍っていた。

そして夜、一人になりベッドの中で我に返った。あっ何故だ、何故幸子のことを、思い描くことができなかったのか、と。

籍は入れなかったが、一緒に暮らした女が居るのに、僕はどうかしていたのだろうか。

いや違う、この胸の高鳴りは何だ。今朝会ったばかりの女性が頭から離れない。

一目惚れなのか。まさか、これが恋か。

それからの信次郎は、幸子のことなどすっかり忘れ、毎日が舞い上がったような有頂天の日々となった。そして二カ月後には、信次郎は会社を辞めて、マーガレットの叔父さんの経営する、宝石店で働き始めていたのだ。

叔父さん夫婦にもすっかり気に入られ、すぐさま教会で結婚式を挙げることになったのだから、引き返すことなどできなかった。

幸子のことは時々思い出したが、それほど胸が痛まなかった。マーガレットに夢中になり、正に身も心も捧げ尽くしている自分を幸せだと思った。

大学で勉強して学位をと考えてブルームを発ったことも、忘れていた。忘れるくらいだから、難しい勉強など手につく筈がなかった。

今思えば、学位は口実だったのかもしれない。とにかくブルームから出ようとしたのだ。あのブルームの日本人町が気に入らなかった。仲良しの振りをしていなければならないのが我慢ならなかった。

幸子や勝久、三瀬の茂子や洋蔵などが持っている、助け合って生きる雰囲気が堪らなく嫌だった。嫌悪さえ感じている自分を知っていたし、そんなに日本人が好きなら、日本に帰れば何処にでも日本人は居るぜ、と心の中で罵っていたのだ。

ある日、ブルームの幸子が妊娠しているとの知らせが、勝久から届いた。信次郎は驚愕した。幸せに浮かれていた世界から、奈落の底へ落ちてゆく。身体が捩れるように回転しながら落ちてゆく。その中で助けてくれと叫ぶと、声は倍のこだまになって自分の耳へ戻ってくる。罰が当たったのだ。

信次郎の心の中に、初めて幸子が現実になって現れた。大きなお腹をした幸子がきれいな声で歌っている。あの丘から透き通るような声が、ゆっくりとしたテンポで流れてゆく。

「まわれまわれ、水ぐるま〜」

大慌てで勝久に手紙を書き、ハナにも手紙を書いた。

勝久には「お手紙ありがとう、たいへん驚いています。ブルームで子どもを生み育てるのは賛成できない。できればすぐに東京へ連れて行ってほしい。新宿の山本家の夫婦から、船代や掛かる費用の全てを受け取れるよう、こちらから手紙を既に出したので、受け取ってほしい。時を見て自分も東京に帰るから」と書いて出したが、東京へ帰る気持ちなど更々なかったのである。

山本家の住所や、駅からの行き方まで詳しく書いて、如何にも親切に、如何にも優しい男を装って、すぐにもロンドンを発って東京に向かうことにして、ブルームの勝久に発送した。

こう書けば、勝久は幸子が好きだから東京へなど行かずに、二人はブルームで子どもを育てるだろうと、高を括っていたのだ。

子どもが生まれるということは、そんな無責任なことではなく、もっと厳粛で神聖なものだということを、その時には自覚できなかった。

その自覚というか、親としての覚悟を知ったのは、マーガレットが妊娠した時だった。最初の子のアンが生まれた時、信次郎は心の底から後悔した。後悔という言葉では表せない。毎日アンを膝に抱きながら、幸子の子どもに向かって詫びていた。

信次郎が想像する子どもの顔は、何故か六歳の時に生まれた、妹マサの顔になってしまう。学校から走って帰り、ずっと眺めていた赤ん坊のマサの顔。笑う声は何故か、幸子の澄んだ声になって聞こえてくる。

機関銃の弾のように届くハナからの手紙。何時帰ってくるのか、どうか早く帰ってきてほしいと哀願してくる。今帰れないなら何時なら帰ってこられるのか、子どもは伊代と名付けた、とても可愛い子だと書いてある。

ほとんど脅迫状にも等しいように感じて、流石の信次郎も病人のように衰弱してしまった。マーガレットに何処か悪いのか、何か心配事があるのかと問われて、初めてこの事実を話した。

　だがその時も、信次郎は嘘をついた。

　一緒に暮らしていた幸子が妊娠して、この度女の子が生まれた。僕の友人が名前を伊代とつけてくれた。その友人が、幸子を愛しているので結婚して、ブルームで子どもを育てているから心配はないのだけれど、責任が取れなくて苦しいのだと、半分嘘を交えて話したのだ。

「まあ」

と言ったまま、彼女は凍りついてしまった。伊代が生まれたという凡そ半年後にアンが、その一年半後にエマが生まれている。幸子がまだ東京に居た頃、信次郎の妹のマサに毎日苛められて苦しんでいる頃、ロンドンでは信次郎とマーガレットの長女、アンが生まれていたことになる。

　そして次女エマが生まれた頃から、信次郎は開き直ったのである。此処まで来たら過去へ戻ることなどできない。前に進むしか道がないなら進もう。

　己の全てを掛けて、妻と二人の娘を愛し守ってゆくこと。今の自分が生きる道はこれしかないと、遅ればせながら、仕事に集中することで心の区切りつけたのである。

　しかし、それで全てが片付くわけもない。

ある日、妻が不思議そうに言った。

「日本大使館から人が来て、あなたのことを訊いて帰っていったけれど」

「ああ、世界が騒々しくなったから、海外へ出ている日本人の調査でもしているのだろう」

咄嗟にいい加減なことを言ったけれど、大使館からとはどういうことだろうと、また心が落ち着かなくなってくる。

この繰り返しで年月が過ぎていったが、心に平穏が戻ることはなかった。

自分の選んだ道が間違っていたとは思わないが、正しいことだったとも思っていない。当然である。

そしてマサの事件が次々と起きて、とうとうマサは満州まで行って死んでしまった。帰ってきたお骨も、菩提寺の住職と行き違いがあって困っていたところを、またしてもハナたちが助けてくれたようだ。

マサの墓を山本家の墓の隅に建て、供養をしてくれたのである。菩提寺との行き違いも原因は自分の驕りからだった。

その前には、マサに騙されて精神病院に入れられていた幸子を助けに、勝久が遥々《はるばる》日本まで来て連れ帰ったと、ハナは書いてきた。

何処まで幸子を傷つけ、ハナの人生を踏み躙《にじ》ったら気が済むのか。兄妹で、何ら血の繋がりもない二人の女性の人生を蹂躙《じゅうりん》し続けた罪は重かろうと思う。

おまけに今では、ハナに自分の子どもの伊代を育てさせているのであるから、地獄まで落ちてゆくに違いない。

マーガレットには、マサのマの字も話してはいない。日本には兄弟や親戚は誰も居ない、自分はこのロンドンでとても幸せだと何時も言ってあるから。

全く思いもかけない人生になってしまった。いや、ほんとうにそうだろうか。

現実を直視できずに、何時でも楽な方へ心を運び、何時でも弁解を先に準備していた自分は、居なかっただろうか。

マサにしたって大人に成れず、甘えたまま人生を終えてしまったようだ。快楽の味を覚えたマサが辿った人生。一九二六(大正十五)年に山本の家で見たマサは、普通の女学生に見えたが、あれから狂ったのだろう。やはり原因は全て兄の自分にあるのだろうと思う。

そもそも何故自分は、幸子を心から愛せなかったのか。愛したとの勘違いに途中で気づいてしまって、だからロンドンへ逃げてきたのか。イギリスに着いた途端に一目惚れをした女性、この一目惚れが罪になるのか。うん、罪だな、大罪だ。

何故か解るか信次郎、大罪を犯した己の罪が。幸子を迎えに行くつもりもないのに、迎えに行くからと騙したではないか。あの時きっぱりと、

「すまない。愛してると思ったが、そうじゃないと気づいた。別れてくれないか」

と正直に話していれば、許されたかもしれない。いや、許されなくとも、此処まで苦しめることはなかっただろう。信次郎よ、幸子は騙せても己は騙せまい。何故あんな酷いことをしたのだ。

幸子にとって勝久は親戚で、兄のような存在だから頼って当たり前。それに嫉妬した己の心を見抜けずに、愛だと勘違いしたのか。それとも勝久に誘われても、売春宿にも行けなかった己を恥じたのか。だから幸子を抱いたのか。

信次郎よ、幸子を心から愛せなかったほんとうの理由は何だ。幸子の身体を流れるアボリジニの血か。図星だろう、そうではないか。当たっているだろう。お坊ちゃんから抜けられなかった己の心を、今になって認めているのだろう。違うか。

マサがそうであったように、難しいものだな、育ちとは。どんなに頑張っても、生まれた家も親も替えられやしない。努力も辛抱も役に立たないものがあるということに、早く気づけば良かったのに、遅かったな、目覚めるのが。

ハナをはじめ皆に、嘘をつき続けることになった人生。勝久が幸子を愛していることを知って、譲ったなどと今になって弁解したら許さないからな。それは卑怯というものだ。

騙し続ける人生が辛かったのではないか。苦しいことから逃げ、自分を慰めるためにマーガレットを愛したのか。その愛も嘘だったのではあるまいな。自分を騙し続けることなどできないよ。己の胸に手をおいて考えてみるがよい。人はもっと素直に生きてもよいのだよ。

マサのように荒れ狂い、ただそれだけで逝ってしまった人生。清助やハナのように家族のため、人のため、社会のために生きる人生。人類の半分がこの中に入るだろう。信次郎、どうするのだ、これから。

眠れない夜、信次郎はこんな風に自身に問い続ける。此処まで大切な人々を裏切り、傷つけてきたのだから、良い答えなどあるわけはない。今ある愛を大切に、そして今ある仕事に邁進《まいしん》しようと、考えが此処へ辿り着くと漸く眠りに落ちてゆく。

信次郎が、この頃一つだけ集中して作っている物がある。完成する宝石の題名は「女王陛下の冠」である。

旧制高校で学んでいる頃、夢中で読んだ数冊の本がある。大英帝国に繁栄をもたらしたエリザベス一世女王陛下や、ヴィクトリア女王陛下のような、女王を生み出した国について書かれていた。其処へ行って学んでみたい、躍動する国のエネルギーを感じてみたいと思うきっかけとなった。

今はその大英帝国もドイツに押され、戦闘機が頭上を飛び交う日々が多くなっている。人々は怯えの英国しか感じられなくなっているが、現在のイギリス王であるジョージ六世自身が、避難せず市民を励ましていることが新聞に載り、ロンドンっ子はみんな元気を取り戻しつつあるという。

かつて二人の女王陛下の頭上で輝いていた、上品で豪華な王冠。あれらに勝るとも劣らない二十世紀の王冠を完成させることに、今の信次郎は、全ての情熱をかけて取り組んでいたのだ。

ブルームで磨いた真珠の目利きを活かして、天然真珠をふんだんに散りばめて、煌《きら》びやかで上品で女王がかぶるに相応しい王冠を作る。これが今の信次郎の生きる理由であるかのようだ。次世代の女王陛下を飾る、最高の物を作ってみせる。

手先の器用なこと、ロンドンに住んで発見した自分の唯一の才能だった。

店で売る宝石を扱っているうちに、自分でも作ってみたくなり、幾つかの作品を完成させると、あっという間に売れてしまった。作る後から後からすぐに売れてしまう。少しずつ高価な物を手掛けてきて、今では自分の手に掛かる宝石が形を変え、輝きを変えながら女性たちを飾っている。

仕事をしている時だけは、自分に心の自由と無限の遊び心が与えられることを知り、漸く喜びを見つけた信次郎だった。

今は戦争の最中であり、売れるものは限られているが、そのうち戦争も終わる日が来る。その時のために最高の物を今から作っておきたい。

この宝石を「女王陛下の冠」と決めたのは、どんな人が買ってくれるのだろうか、もしかして後の世の女王が買ってくれるかもしれないと考えたからだった。そう考えながらの作業は楽しく、気がつくと夜になっていることも多い。

娘のアンとエマが晩御飯だとよく呼びにくる。危ないから来るなと言ってもなかなか言うことを聞かない。

信次郎のことが大好きなアンとエマは、この夜も、仕事をするお父さんを呼びにきたまま、晩御飯にも帰らずにいた。信次郎は二人を送っていこうと店を出て、暗くなってしまった静かな通りを家に向かった。

突然、轟音とともに上空から爆撃音が響く。慌ててビルの陰に寄りながら、仕事着の厚い皮製の上着を二人にかぶせ、上から自分の身体で二人を包み込むように伏せた。

どのくらいの時間が経ったのだろう。マーガレットと叔父さんが走ってきた時に見たものは、全身で、両腕両脚で包むように二人の子どもをかばって死んでいる信次郎だった。

信次郎の死から四年後、一九四五(昭和二十)年五月にドイツのヒットラーナチスが崩壊した。その年の八月に、広島と長崎に原子爆弾が投下されて、日本の無条件降伏で戦争が終結した。

十二

奇跡

長い長い報告を終えると、昂ぶっていた気持ちが落ち着いたような気がした。そしてきっと幸子が気にしているだろう伊代のことを心に思い浮かべながら話した。

「僕は今、伊代ばあちゃんと一緒に暮らしています。もう八十歳にもなったのに元気ですよ。僕の母、曾ばあちゃんにとっては孫になる信子も元気です」

一つの大きな役目を果たしたような気持ちが湧き上がると同時に、もう一つ、勝久と幸子にどうしても問いかけたいことがあった。

「僕はあなたたちに生き方を学びに来たのです。毅然と生きた生涯から学びたいのです。

どうか教えてください。これからの人生を僕はどう生きればよいのでしょうか。

祖母は何も話してはくれません。僕はハナさんの日記帖から知ったのです。そして、あなたのもう一人の娘、アキの情報は何もなくて、アキは何処に居るのでしょうか。ばあちゃんの妹はお元気なのでしょうか。

お願いです、僕に道標をください。お願いします」

僕が日本人墓地で勝久と幸子と話している間は、誰も訪問者がなかったから、僕は自由な気持ちで、長年溜めてきた過去たちに向き合うことができた。でも普通の神経で言うならば、最後はただのぼやきになるのだろうが。

漸く日本人墓地を後にした時には、もう夕暮れになっていて、キャラバンパークへ戻ると、すこし疲れを感じて横になった。

車のドアを叩く音で、僕は浅い微睡《まどろ》みから目覚めた。ドアを開けると、ビルとロイスが立っていた。

隣のオーストラリア人の夫婦である。このスペースにキャラバンを停めて、もうかれこれ三カ月になるという。六十歳くらいに見える夫婦であるが、僕に親切にしてくれる。

この二人、ビルとロイスは、五日前に僕が此処にワゴン車を停めて以来、話し掛けてくれて、

「シャワーは共同だからできるだけ短く五分以内に」

「お酒を飲んだら車を運転しては駄目だよ」

と教えてくれたりする。

「ホールでビリヤードをしないか」

と誘ってくれたこともある。妻のロイスが作った晩御飯に、二回も呼んでくれたりと、信じられないほど親切なのだ。オーストラリア人は皆この夫婦のように、明るくて面倒見がいいのだろうか。

「今日は何処へ行ってきたんだ、ゴウ」

「日本人墓地へ行って線香を上げて、いろいろ話をしてきたんです。僕の母方の曾祖母が眠っているんです。他にも遠い親戚にあたる人たちがあの墓地に居るので、花を供えてお参りをして、愚痴を聞いてもらってきたんです」

「なぁ〜んだ、墓石と話してきたのか。日本人らしいなぁ。墓石に話し掛ける人種は、世界広しといえども日本人だけだよ」

　ビルは、にやりとしながらロイスにウィンクして、はっはっはと勢いよく笑った。するとロイスが剛の味方をする。

「墓石と話して何処が悪いのさ。いいじゃないねぇ、ゴウ。でもどんなことを話してきたの」

「愚痴です、単なる愚痴ですよ。あなた方が夢見た二十一世紀の僕は、来年の春には大学を卒業するというのに、未だに就職も決まらずに焦っている。夢の世界は何処に行ったのかと、墓石に愚痴ってきたんです」

「ゴウ、あなた面白い子ねぇ。私、あなたを愛しちゃうわ」

ロイスが、突然にキスをしに来て、僕は三歩ほどは跳び退いていた。

「僕は面白くもないし、あなたに愛されたくもありません。ビルに殺されてしまいますから」

「殺さないよ。持ってってくれ。もう四十年も一緒に居るんだ。飽きたから、ゴウお前さんにやるよ」

「とんでもない。要りませんよ」

「遠慮するな。好きだって言ってたじゃないか」

「言いません、そんなこと」

「言ったよ、なかなか素敵だって」

「あれはロイスさんの料理、一昨日の夜の魚ですよ」

「そう向きになるな。今夜もうまい晩御飯だぞ、食べに来るか」

隣のキャラバンの夫婦は、にこりともせず冗談を言う。最初の頃は戸惑ってばかりだったけれど、今は結構冗談のような会話を交わせるまでになっている。また今夜もご馳走になろうかなと思った。

今僕は、自分のワゴン車の中で、眠りに就こうとしても心臓が高鳴り眠れそうにない。間もなく夜が明けるというのに。

今夜の夕食時、夢なのではあるまいかと思うような出来事が起こったのだ。

僕は此処ブルームでの滞在を、一週間と決めていたから、明後日には発つつもりでいた。しかし今夜、いやもう既に昨夜というべきなのだが、ビルとロイスのキャラバンで、夕食をご馳走になって、もう一週間延ばすことにしたのだ。

午前中に空港へ行って、チケットの変更ができるか訊いてみようと思っている。格安チケットなので、たぶん無理だろうけれど、当たるだけ当たってみよう。

昨夜、食事をしながらビルたちに、日本人墓地の話をした。

「僕がお参りしたのは、曾おばあちゃん夫婦で、川口勝久と幸子というんです」

二人の名前を告げた途端、異変が起きた。

一瞬静かになったとは思ったが、美味しい食事に満足した僕は、

「ご馳走さま」

と言いながら、食べた皿とナイフ・フォークを持って、外の水道で皿を洗うため、立ち上がった。

気になって二人の方を向くと、そろって唖然とした顔でこちらを見ている。何か変なことを言ったかなと思いながらも深く考えずに、外へ出て行った。すると突然ビルが、狼のような吼《ほ》え声を上げて、後ろへ迫ってきた。

僕は吃驚して振り向いた。

「ゴウ！」

と叫んで夫婦で抱きしめに来たので、何時ものように跳んで逃げようとすると、大きく両手を広げたビルに、

「ゴウ」

と呼ばれて力いっぱい抱きしめられていた。

「痛い！」

僕は思いっきり悲鳴を上げた。

ビルは、鬚《ひげ》に覆われ、目と鼻と僅かに唇が見えるだけの顔を向けて、両手で僕の肩を抱いている。そして腕を思いっきり伸ばしてまた僕の顔を見て、再び力いっぱ

い抱きしめに来る。

　この異常な行動は何だ、と思ってビルを見ると、何とビルの目から涙が流れ落ち頬を伝っている。そしてこう言った。

「アキカワグチという女性を知っているかい。僕の母親さ」

「えっ」

　僕は叫んでいた。

　何という偶然。三人は暫く固まってしまった。それぞれの頭の中を勝久と幸子の、それぞれのドラマが回転していたのだろう。

「まず落ち着いて。そうだ、コーヒーを入れるわ」

　そう言ったロイスの手も震えている。

　夜も更けて、キャラバンパークのホールの灯も消えているし、人の声も何処からも聞こえてこない。

　ビルはといえば、涙も鼻も出て困るのだろう、一部屋しかないキャラバンのドアから出て行ってしまった。

　僕の心臓も、全力疾走の後のように打ち続けている。こんな偶然があるのか。信じられないような真実が、この地で僕を待っていてくれたというのか。

僕たちは漸く落ち着き、これまでの互いが知るドラマを物語ることになった。

今日、僕が愚痴を聞かせてきた川口勝久と幸子の娘アキの息子が、目の前の鬚だらけのおじさん、ビルであるという。伊代ばあちゃんの妹の子どもだ。

ビルこと、ウィリアム・ジョン・ブラウン氏は、川口アキと結婚した、ジョン・フレデリック・ブラウン氏の長男である。

ビルの父ジョンは、海軍将校でパースに滞在していた時に、パースの学生だったアキと、クリスマスパーティーで知り合い恋に落ちた。

一九五〇（昭和二十五）年、太平洋戦争が終わって五年も経っていたが、将来ジョンとアキが結婚できるだろうかと考えた時、ブルーム社会で受け入れられるのは、無理だろうと容易に想像がついた。

そんな中でジョンに異動命令があり、海軍省のシドニー基地へ行くことが決定した。アキはまだ学生だったから、二人は別れるより仕方がなく、お互いへの愛を胸に抱いたまま別れた。

六月からは朝鮮戦争が始まっていたから、ジョンは避けられない任務に就くことになった。悲しみに暮れていたアキに、大尉になっていたジョンから突然連絡があった。

「これから朝鮮戦争に参戦するため、まず日本の広島へ行く。その前に会いたい」

既に別れた二人だったが、忘れられる筈もなく、恋心は募る一方のアキにとって跳び上がるほどの嬉しい電話だった。アキはパースからシドニーへ飛んだ。

会いたかった。お互いに忘れることができずに苦しんでいたから、再会した二人は、この愛が本物であると確信した。

ジョンが乗船するのは、マジェスティックという空母で、英国海軍からの払い下げだったが、パイロットも含めると一二〇〇人もの海軍兵士が乗り込む大型航空母艦である。

空母は三日後に出航した。戦争が終わって無事に帰ってきたら、必ず結婚しようと固く誓い合って、アキもパースへ戻った。

その日からアキの祈りが始まった。どうか無事に帰ってこられますように、どうか戦争が一日も早く終わりますように。

三年後の一九五三(昭和二十八)年七月、朝鮮戦争は停戦となり終息して、ジョンの乗った空母もシドニー湾に入港することになった。クリスマスの二週間前である。アキは両親を連れてシドニーのホテルに滞在し、その時を待っていた。

勝久と幸子には、初めてのシドニーであった。娘の婚約者に会うために、飛行機で此処にやって来た。小さなプロペラのＤＣ３機で、パース、アデレード、メルボルンそしてシドニーへと乗り継いで到着した。

空母がシドニー湾へ静かに入港してきた。真っ白い制服の海軍兵たちがデッキに並んでいる。見事な入港のセレモニーである。

ウールームールーの海軍基地へ接岸して、家族や関係者が歓声とともに迎えた。ジョンもいち早くアキを見つけて、走り寄ってきた。抱き合う二人の熱い抱擁を見ている勝久と幸子。そしてジョンの母エリザベスが、涙の目で息子を見ている。

結婚すれば新居を構えるキャンベラに住むことになっているから、婚約期間中の一年間は、二人は離れ離れに暮らすことを約束した。

アキは両親のためにブルームで暮らし、政府の出先機関で事務をしながら、両親の畑を手伝ったり、八百屋で働いたりして、

「まあ、親孝行の真似事みたいなものですから」

と言って、勝久と幸子に首をちょっと竦《すく》めて笑う。これから先、別々に暮らす親の寂しさが伝わってくるから。

勝久には、そんなアキの気持ちも分かっていた。

「幸と俺は大丈夫だ。二人でさまざまな困難を乗り越えてきたからな。これからの人

生なんて楽なもんだ。それに二人は何時でも一緒だから、アキが心配することなんか何もない。

今こうして一緒に居てくれる気持ちが嬉しいのさ。充分だよ、アキ。これからアキも幸せになるし、東京の伊代は昨年の春、大きな商社に就職したらしいし、俺たちは幸せさ」

「はい、私は幸せですよ。何しろ幸せになるようにって、両親が幸子って名前をつけてくれたんですからね。だからアキも幸せになってね」

幸子も頷いて言う。

ジョンも母エリザベスと二人、シドニー郊外のセント・レオナルドに住んでいる。やはり軍人だった父親が早くに亡くなっているから、ジョンには母だけが心配であった。

エリザベスは明るい性格で、多くのボランティア活動を通して、友人もたくさん居るから心配ないと言う。

「キャンベラは近いから、私が赤ちゃんの世話に行くわよ」

と張り切ってもいるのだ。

「まだ結婚もしていないし、赤ちゃんはその先だよ」

ジョンは笑ったが、きっとそうなるだろうと思っている。

丁度一年後の十二月、アキとジョンの結婚式がキャンベラの教会で執り行われた。このシドニー経由キャンベラへの旅が、勝久と幸子の最後の遠出になった。

結婚式は、アキの両親とジョンの母、上司が三人出席し、ジョンの親友も三人駆けつけてくれた。少ない人数で質素に見えたかもしれないが、実際にはゆっくりと流れる時間の中で、心温まる素晴らしい結婚式だった。

式から披露宴まで温かく穏やかな雰囲気が続いた。オーストラリア海軍の大尉から少佐になったジョンが、アキを見守る眼の優しさに勝久は感動し、幸子はジョンの母エリザベスの明るい性格がすっかり気に入っていて、ああアキは大丈夫、絶対に幸せになると確信していた。此処に居る全ての人々に感謝し、感動で胸がいっぱいになってしまった。

ああ何と人生は素晴らしいのだろう。幸子は幸せを感じる時、何時でも勝久に感謝することが癖になっているから、横に座っている勝久を見た。すると、頬を伝い落ちる涙が見えた。幸子の目にも幸せの涙が光っている。

キャラバンのソファーに掛けて、ビルは回想するように目を細めて、剛に語り掛ける。

「そして私が生まれたんですよ。とても可愛らしい顔の赤ちゃんだったそうですから」

うっふっふと笑い、嬉しそうに話す。

「私は、祖父母には二回会っただけですが、大好きでしたよ。私が九歳の時にサチコが亡くなり、後を追うようにカツヒサが亡くなりました。実に仲の良い夫婦だったのですよ」

「あっ、今日お墓に花が供えてありましたが、あれはビルさんだったんですね。新しいようでしたし、誰だろうと不思議に思ってたんです」

「私じゃない。母でしょう。よくお墓に行って、ゴウみたいに墓と会話してるからね」

「ええっ、じゃあ、アキさんは生きていて、このブルームにいらっしゃるのですか」

「そう、居るよ」

「どうして早くそう言ってくれなかったのですか」

「だから日本人はみんな、墓と話をすると言っただろう」

「解りました、漸く意味が解りました」

キャラバンパークで隣になったこと。ビルに会えたこと。全ての偶然が、二十一歳の僕を興奮させ、心臓はバクバクと音を立てて鳴り響いている。

人との出会いの神秘さを思う。結局偶然の積み重ねで、人は一生を繋いでゆく。僕はこの地で、過去と未来を繋げる人に漸く会うことができた。

何と素晴らしい偶然だろう。墓地で二人に話を聞いてもらってきた。アキも花を持って、両親と話してきたという。勝久と幸子が繋いでくれた偶然、いや奇跡だ。

僕は自分の感情を抑えることができなくて、何時までも鳴り続ける心臓が悲鳴を上げている。

ビルは一九五五(昭和三十)年に首都キャンベラで生まれ、オーストラリア海軍の他の家族も多く住む一角で育った。

大学は、オーストラリア国防大学に決めて空軍士官の道に進んだ。戦闘機パイロットを目指して訓練に励み、無事パイロットになったが、原因不明の頭痛に悩まされてしまう。上司に相談した結果、輸送機パイロットに変更すると頭痛は消えたという。

イラク戦争では、多くの兵士と物資を輸送した。既に定年退職した多くの先輩パイロットは、ベトナム戦争にも参戦した経験があるから、泥沼化したあの戦争を思い出すらしく、イラクはどうなるのかと思い悩む兵士も少なくないという。

ビルはイラク戦争が始まった二〇〇三(平成十五)年、オーストラリアとイラクの間を飛び続けたが、明くる年にはもうニューキャッスル市にある、ウィリアムタウンの空軍基地の総司令官の副官になって異動した。二年前、二〇〇九（平成二十一）年から総司令官となってさまざまな国防に関与したが、今年の一月、五十五歳で引退した。

それからキャラバンを買って、反時計回りでオーストラリアを半周して、此処に来て暮らしているのだという。

「母のアキが、ブルームに帰りたいと言うから、彼女の生まれた家を大改修したんだ。母は二年前に引っ越して住んでいるよ。明日一緒に会いに行こうぜ。彼女、驚くだろうなぁ」

と、喜びが爆発しそうな顔で言った。

翌日のこと。寝不足な僕を心配して、ハンドルはビルが握っている。レンタカーの隣に座っている僕は、ビルが日本人との混血だとは全然気がつかなかったし、六十歳以上に見えたことを正直に話して詫びると、

「ああ、この鬚で老けて見えるのさ。私はまだ五十五歳だ。でも歳なんかどうでもいいんだ」

と、ビルはアキの家へ向かって運転を続ける。後ろの席のロイスが、

「私が八つも歳上だから、ビルは私に気を使ってくれているのよ。鬚を伸ばせば老けて見えるでしょ。実際ゴウだって六十以上だと思ったわけだから。優しいでしょ、彼」

「馬鹿なことを。鬚を剃るのが面倒なだけさ」

僕は、この夫婦を手本にしようと決めた。

暫くしてアキの家に着くと、ビルは飛ぶような勢いで玄関に走って行った。

「こんにちは〜、お母さん」

大声で呼びながら戸を開けて、

「ビルだ〜、お母さん居るか〜」

と、子どものようにお道化て嬉しそうに入って行く。

「今日は物凄い友達を連れてきたよ。お〜い居るか、お母さん」

ビルが更に裏へ抜けて行くと、帽子をかぶったアキが裏の花壇から顔を出した。

「あれっ、ビル、まだブルームに居たのかい」

「今日は物凄い友達を連れてきたよ」

ビルは満面の笑みで繰り返した。

アキは帽子をとって、息子を抱きしめてキスをした後、裏口からビルの背中を押すようにして家の中に入ってきた。

とても若々しく背も高い。洗面所で顔と手を洗ってきたのだろう、汗が噴き出していた顔がすっきりきれいだ。

「朝ご飯は食べてきたのかい。あれっモーニングティーでもよい時間だね。ビルにコーヒーを入れよう。ロイスは私と一緒のミルクティーでいいかね」

アキは僕を気にしながらも、ビルに誰だとは訊かないでいる。

「お母さん、この人、誰だと思う」

「お前の友達って、さっき言ってたじゃないか」

「うん、六日前から友達なんだ」

「日本人の青年のように見えるけれどね」

「うん、昨夜からは親戚になった」

「養子にでもなってもらうのかい」

「そうじゃないよ。それより驚くな。東京のイヨさんの孫だよ。この人、ゴウっていうんだ」

「……」

「吃驚しただろう」

アキは、うんと頷いたきり声が出ない。ロイスが慌ててコップに水を入れて持ってきた。

「はい、お水」

　水を飲んで暫くして、漸く、

「伊代さん、お元気ですか」

と訊いた後、じいっと僕の顔を見ている。

「はい。とても元気で、毎日畑で野菜や花を育てています。僕の実家は田舎で遠いので、大学生になった時から東京の祖母の家に世話になっているんです。ですからもう三年半、祖母と一緒に暮らしています」

「六日前に剛が、丁度その前日に空いた隣のスペースに入ってきて、キャラバンパークのルールなどを教えているうちに、仲良くなったのさ。それで日本人墓地へ行ってきたという話から、イヨの孫だと分かったんだよ。昨夜は眠らずさ」

などとビルが母親に説明する間、黙って聞いていた僕が、

「お墓にきれいなお花が供えてあったので、とても不思議に思っていたのです。そのことをビルさんに言ったら、私ではないとおっしゃったから……。信じられませんでした、こんな偶然があるなんて。幸子さんと勝久さんが会わせてくれたんです、きっと」

「ほんとだ。あの二人のやりそうなことだ。仲良し夫婦だったから」

　アキが嬉しそうに言う。

「昨夜、ビルさんが明日あなたに会いに行こうと言ってくれて、まさか僕の祖母の妹に、お会いできるなんて。これはほんとうに奇跡です」

　僕は胸が高鳴っていて、これだけのことをしどろもどろに言って、あとは呆然と立ったままアキの顔を見ている。

　伊代もアキも、普通の日本人より彫りの深い美人だ。若い頃はもっと美しかっただろうと思う。

　アキは僕に向かって話す時、時々日本語に替わる。母の幸子は四十七年前に、父勝久は四十六年前に亡くなってしまったから、日本語を話すことなどなかったので、ほとんど忘れてしまったと言いながら。

　アキの日本語は少し英語っぽく聞こえるが、未だに忘れないで覚えていて、凄いと驚いた。僕は、アキの日本語を可愛いと思いながら聞いているうちに、心が落ち着いてきた。

　両親が亡くなった後、この家は人に貸していた。二年前にきれいに改修して、此処に帰ってきた。ビルは今年退役して、ロイスと二人でキャラバンで移動しながら、三カ月前からブルームに居る。アキは僕に丁寧に説明してくれた。

「主人はベトナム戦争で逝ってしまったの。それからもキャンベラに住んでいたけれど、何処に居ても独りなら、大好きな此処へ帰ってきたいと思ったの。暖かいしね」

　そしてアキは急に、

「ああ今朝は何て素晴らしい朝でしょう」

と言いながら立ち上がり、僕を力いっぱい抱きしめてキスをし、耳に顔をつけて、

「ようこそオーストラリアへ」

と日本語で言った。涙で光った眼で、

「ようこそブルームの私の家へ」

今度は英語で囁いた。

　モーニングティーの後、急にビルが、

「じゃ、出掛けよう」

とだけ言って、何処へ行くかも分からないまま、また僕のレンタカーに全員が乗った。着いた先は空港だった。

　ブルーム空港の一番端まで来て、小型飛行機の横へ駐車して、車を降りると、

「私の飛行機、ウィリアム号で、ブルームの上空を飛んでみますか。さあどうぞ」

ビルがにやっと笑って敬礼をした。

僕は、個人が飛行機を所有するということを想像したことがなかったので、驚くしかなかった。十二人乗りなので個人小型飛行機にしては、大型だろうと思った。ターボエンジンのキングエアと呼ばれている飛行機で、なかなか乗り心地が良いのだと教えてもらった。

「これでよくパースまで買い物に行くんだ。母を乗せてね。母はパースの学生の時に、父と知り合って恋に落ちたんだ。だから母には思い出の街さ」

「こらビル、年寄りをからかうものじゃないよ」

とアキが笑いながら怒るけれど、ビルはまだ言う。

「大恋愛さ。朝鮮戦争を挟んでの恋だぜ。四年も五年も待って結婚したのさ。そうだ、ゴウ、チケットの日にちを変えてもらうと言ってたね。まだ一週間くらい大丈夫なんだろう。帰りは、これでパースまで送ろう」

ウィリアム号は離陸した。管制塔と話すビルは、今までの陽気なおじさんから、厳しいプロパイロットの顔になっていた。

上から眺めるブルームの町は、想像以上に赤く何処までも真っ平らな大地に見える。そしてその右手には海の青。群青の青、コバルトの青、緑色の青、さまざまな青がこの海の美しさを創り上げているようだ。多くはないが木々の緑と、そして何処までも赤い大地、日本には全くない景色である。

　水平飛行に入ると、ビルはリラックスして話し掛けてくる。コックピットの副操縦士の席に座る僕も、ちょっと偉そうにヘッドホーン式のマイクをつけているから、管制官との会話も聞き取れる。

　後ろは十人乗れる客席になっている。ビルがマイクを通して言う言葉が、客席に流れている。普段僕たちが乗る飛行機の、機長の声と同じように聞こえる。

「お母さん、素晴らしい天気だね。今日は景色もよく見えるし、ブルームの海は今日も青い」

　ビルが話し掛けると後ろから、

「ほんとう、何時見ても飽きない海の色だわ」

と、アキの声がコックピットの天井とヘッドホーンから、二重に聞こえた。

　ビルがマイクのスイッチを切って、コックピットの中の二人だけの会話に切り替えて言った。

「私は、兵隊や兵器を乗せてイラクへ往復した。ダーウィンという町を君は知っているかい」

「名前だけですけど」

「一年間はあの町で暮らしたのさ。結婚してなかったからね」

「えっ、四十年と……」

「あれは嘘さ……。ロイスは、オーストラリア空軍の大先輩の奥さんだったんだ。ベトナム戦争で旦那さんが死んだ。戦闘機のパイロットだった。それから子ども二人を一人で育ててきた。ロイスはまだ二十一歳だったんだ、旦那さんが死んだ時はね。

私はイラク戦線からウィリアムタウンに異動が決まり、異動する一週間前に、偶然ダーウィンの町で会った人なんだよ。退役した後の孤独な人生は敵わないからね。ああこの人と一緒に生きようと思ったのさ。間もなく七年になるかな。良い人だよ、ロイスは。もちろんもう孫が居るよ。

私の母もロイスが好きさ。ほんとうに良い人なんだから。人生って不思議なものだね。私の父もベトナム戦争で死んだ。結婚したロイスの元の夫もベトナム戦争で死んだ。全くの偶然なんだけどね。

ロイスはあんな小さなキャラバン生活でも、苦にしないんだ。オーストラリア中を移動するには、これが一番と言って、あのランドクルーザーでキャラバンを引っ張って走るのさ。自由でのんびりと良い人生さ。

ロイスの運転は、私より上手だよ。プロの運転のキャリアが違うからね。子どもが少し大きくなった頃から、ロイスは大型トラックの運転手になって稼いだそうだよ。それも長距離のトレーラーの運転手になって、子ども二人を大学まで出した人だからね、そんじょ其処らの男どもよりよっぽど根性があるよ。腕力もあるんだ」

「それに料理もとっても美味しいし」

と僕は付け加えた。

ウィリアム号は海岸線に沿って進路を南にとり、十五分ほど飛んだ。それから北へ向かってブルームの町を過ぎてから、内陸部へ入って旋回して空港へ引き返した。ビルが大きく頷いて、ロイスの運転が如何に上手かを説明し、どんな道でも知っているし安心できると言い切った時、管制塔からの指示が入って着陸態勢に入った。見事な着陸とその後の滑走も完璧で、駐車している車の横にピタリと停まった。

搭乗の時と同じように、係の男性二人が小さなタラップを押してきて、ドアの所へ付けてくれた。ビルは二人の女性を先に降ろして、次に僕が降りると、係の二人に、

「何時もありがとう」

と言った。二人は脚をそろえて敬礼し、ビルも敬礼を返す。昔、空軍に居た人たちなのかもしれないと思った。

僕はチケットをビルに渡して、変更できるかどうか訊いてもらうことにした。彼はこのブルーム空港では顔が利くらしく、皆が挨拶して通って行く。

結局、帰りはパースからシドニーまでの直行便となり、ビジネスクラスのチケットをビルがひらひらさせながら受け取ってきた。

僕のチケットは、ブルームからパース、アデレードそしてシドニーと国内線を乗り継ぐ格安チケットで、もちろんエコノミークラスだったのだが。

流石、元オーストラリア空軍パイロットで、半年前まで総司令官だった人だと思うと少し震えた。当のビルは、澄ました顔で言う。

「私は何も言わなかったよ。ただ私の親戚の青年のチケットなんだけど、変更できるだろうかと言っただけさ」

アキの家に着くと、ビルは、

「今夜は母の家で、夕食だそうだ」

とだけ言って、夫婦で僕のレンタカーで帰ってしまった。何か取りに帰ったようだ。

「さあゴウ、一緒に買い物に行こう」

アキに誘われ、一緒に巨大なタイヤの４ＷＤで出掛けた。スーパーであれこれ買って、隣の酒屋でワインも買って帰ってきた。アキはすぐに裏へ出て行き、いろいろな野菜を選んでいる。あっと思った。

「伊代ばあちゃんの畑みたい」

「当たり前だよ。幸子お母さんも伊代さんもみんな、律子おばあちゃんから畑について学んだんだからね。これらの野菜の種はね、父が母を東京まで迎えに行って、帰国する時に土産にもらってきたんだからね。

　今ではオーストラリアへの入国時に検疫で捕まり、たいへんな罰金が科せられるから、種など持ち込めないけどね。当時は全然問題なかったようだね。両親が亡くなった後、長年此処を貸していた人も奥さんの父親が日本人だったから、畑は重宝に使っていたようだよ。

　これは、私が隠しておいた取って置きの種だから、もちろん美味しいよ。大根もほうれん草も」

と、にこっと笑ったアキの顔が、新宿の祖母にとてもよく似ていて驚いた。それもそうだ、二人は姉妹なのだから。

　真夏に大根と思ったが、此処は南半球で今が冬だ。大根も美味しく、ほうれん草も小さいがきれいな色だ。でも伊代ばあちゃんには敵わないだろうなぁと思った。

「僕、何てお呼びすればいいですか」

「アキでいいよ、アキばあちゃん。東京では伊代ばあちゃんて言うんでしょ」

「はい、普段はばあちゃんです」

「ゴウ、伊代ってどんな人」

「アキばあちゃんによく似ています。今日そう思いました。二人ともとっても美しいです」

其処へ、ビルとロイスが戻ってきた。

「おいおいゴウ、アキを口説いているのか。百年早いな。息子の私だって口説いたことないのに」

「そんなぁ……」

「照れなくてもいいよ。我が母ながら尊敬している女性だ」

「ゴウが言うには、伊代が私に似てるらしいよ」

「そりゃ反対だよ。お母さんがイヨさんに似ているんだ、イヨさんの方が四歳上でしょ。普通は妹が姉に似るんだから」

「でも一度会ってみたいねぇ。会いたい。たった二人の姉妹だもの」

「会いに行けばいいじゃないか」

「だってお前、そんな失礼なことできないよ」

「失礼じゃないさ。丁度ゴウが居るんだから、ゴウと一緒に行けば喜ぶよ。なあ、ゴウ」

「あっ、ほんとだ。二人は姉妹だもの。失礼ではありません」

「ゴウ何を今更。父親は違うが二人は姉妹、サチコの娘だ」

「すみません。何だかまだ夢のようで」

　古代からのアボリジニの歴史。イギリス人の入植から始まった、新しいブルームの歴史。真珠貝採りダイバーたちが活躍した近代史。特にダイバーたちの仕事とその背景などを、この一週間に図書館で調べたが……。

　そして今夜アキばあちゃんの家で、日本人町の人々の生活を聞くことができた。図書館で調べただけでは解らなかった、人々の生活を知ることができた。全てがショックだった。また、ほんとうかどうかは別として、ビルが七年前まで結婚しなかった理由も。

　僕が此処まで探しに来た答えを、見つけた気がした。それは答えなどないという答えだと知った。みんな違って当たり前、ただ偶然に出会う一瞬の点、その続きがあるか、ないか。

十二

ビルとアキ

　二日続きの眠れない夜が明けて、ビルとロイスが外の水道の所で待っていた。

「さあ行くぞ、ゴウ。顔だけ洗ったら出掛けるぞ」

　何処へ行くんですか、などという質問はこの二人には笑われるだけだから、

「はい」

と返事して冷たい水で顔を洗った。

　僕のレンタカーでアキばあちゃんの家に着くと、ビルが元気よくドアを開けて入る。

「お母さん、おはようございます」

　親子は互いに挨拶を交わしながら、抱き合ってキスをする。習慣とはいえ、日本

人にはとてもできないと僕は思うが、

「おはようございます」

と言う僕にも、アキばあちゃんは、

「おはよう」

と強い力で抱きしめて頬にキスをする。

　矢継ぎ早にビルが言う。

「準備はもうできてるから、さあ行こう。ゴウ、其処にある寝袋を車に積んでくれ。それから着替えをたくさん持ってるか」

「はい、バッグの中に入ってます」

「そうか、じゃ出掛けるぞ。三日は帰ってこないから水や食べ物、冷蔵庫の残り物を全部アイスボックスに入れてくれ」

　外では戦車みたいなアキの４ＷＤのエンジンが、もう唸りを上げている。

　ロイスの運転でハイウェイに出た。ハイウェイといっても赤い土の真っ直ぐな道路、多少の高低はあるものの何処までも真っ直ぐで、真っ平らな赤土の道路だ。

「流石にロイスは、土の道の運転に慣れている」

　ビルが嬉しそうに自慢する。

僕は車の後ろを振り向いてみた。土煙で何も見えない。後続車は一キロ以上は離れていないと、前が見えないだろうと思った。

建築物は何もなく、ただ放牧の牛の水飲み場と餌場のような屋根が一度見えただけで更にひた走る。ぴったり速度百キロで走っている。二時間半余り走ったところで、家が一軒見えてきた。

「休憩しよう」

ロイスが言った。

「此処からまた何もなくなるから、お茶を飲んで車にも満タン飲ませないとね」

車を停めたのは、日本でいうなら高速道路のサービスエリアに当たるだろう。トタン屋根のレストランだ。客席は広く、壁もなく仕切りもなくて、柱が何本かあって、その上にビニール屋根が載っているだけの吹きさらしだ。建物は結構大きくて、料理は中の台所でできるようになっている平屋である。経営者の家族が暮らしているようだ。

十メートルはありそうな、長く分厚い木のテーブルが置いてある。テーブルの両側には、テーブルと同じ長さの、背もたれなしの木のベンチだ。どちらも丸太をそのまま板にしている。

テーブルが五本もあるから、賑わう時にはゆうに二百人は超えるのだろうと思う。この誰も住んでいない田舎に、まさか二百人はないだろうが。

ビルと僕はコーヒー、アキとロイスは紅茶を頼むと、にこにこ笑顔のおばさんウェイトレスが、

「コーヒーと紅茶、今お持ちします」

と言って、いろいろなクッキーが入った合成樹脂の蓋付きの入れ物を四人の真ん中に置いた。この自家製クッキーはサービスなんだろうと思った。

大型トラックやトレーラーが、次々に前の道路に停まって、運転手たちが、このレストランに入ってくる。

生きた牛を載せたトレーラーは楽に二十メートルはある。いや、もっと長いだろう。何十個もタイヤを履いた、あんなお化けみたいな車が、この赤土の道路を走るのだ。ゆうに五十頭は超える牛たちは、モォーモォーと悲鳴を上げている。売られてゆくのが解るのだろう。

一台はガソリン用のトレーラー、日本式にいうならタンクローリーだ。これは横に回って行った。裏にタンクがあるのだろう。これも長い車体である。この辺りにカーブはないのだと思った。あの長さでは、内輪差を考えれば緩やかなカーブでも曲が

れないのではないかと心配になる。僕の心配を他所に、次々に大型トレーラーが到着して停まる。

一人の運転手が、

「ヘイヘイ、元気かい」

と、顔中をくしゃくしゃにしたような笑顔で、ロイスに近づいてきた。

「まあ」

と言いながらロイスも立ち上がり、お互いがっしりと抱き合った。正にがっしりという感じだ。

ロイスが大喜びで、

「これが主人のビル、こちらは姑のアキ、これは親戚のゴウ」

と全員を紹介した後、鬚もじゃの大男を紹介した。

「主人を亡くして落ち込んでいた私に、運転手にならないかと誘ってくれた大恩人のクリスです」

クリスは、

「あなたですか、我らの姫をさらって行った人は。全くこんな色男じゃ仕様がない」

とにこにこしながらビルと握手を交わす。

「クリス、今日は何を運んでいるの」

「ほら向こうに停まってるよ」

　クリスは背伸びしながら車の方を示した。

「ブルームのスーパーに、生鮮食料とビールとワインなどを降ろしての帰りさ。今はもう牛は止めたんだ。あいつら、売られてゆくのが解るんだよ。俺まで辛くなるから、もう牛は止めたんだ」

「そうなの、あれは辛いわね」

　ロイスも思い出したのか、一瞬悲しそうな顔をした。

「奥さんも子どもたちもみんな元気なの」

「ああ、もう孫が三人も居るぜ。あと二年で退職だから頑張ってるんだ。よかったよ、我らの姫が幸せそうで。安心したぜ。帰ったらトムにも知らせてやるよ。元気でな」

　クリスはロイスにキスをして、ビルの肩に手を置いてぽんぽんと叩いて、向こうのテーブルの運転手たちの方へ行った。

「トムはダーウィンに居る私の息子よ」

とロイスが話し始めた。

「息子が学生の頃、父親と同じように戦闘機に乗るんだと言ったから、初めて大喧嘩してしまったわ。娘も一緒になって私を攻撃してきたの。『お母さんは戦死したお父さんのお陰で、多額の軍人年金を政府からもらっているのに、トラックの運転手なんかして。小さい時からお兄ちゃんと二人寂しい思いをしてきたのに、何で私たちの希望を聞いてくれないの』と言って泣き出されてしまい、私は言葉が出なかったの。暫くは辛かったわね。

二人とも大学生になってダーウィンを離れて、娘はシドニー大学、息子はシドニー工科大学へ進んだわ。二人でアパートを借りて共同生活を始めたのよ。

息子が国防大学を選ばなかったことを、不思議に思っていたの。私の責任のような気がして、息子の将来を親の私が決めることなどできないと反省して、休みで帰ってきた時に謝ったのよ。『ごめんね、お母さんが悪かったわ』と言ったら、息子が『いいえ、お母さんは正しかったんです。土木技師になって、ダーウィンの開発局で働く、そう決めて楽しみができました。妹もお母さんに悪いこと言ったと大反省してますから、許してやってください』と言ってくれて。私、息子を抱きしめて泣いてしまったわ。

今は、娘はシドニーで結婚して三人も子どもが居るし、息子はダーウィンの都市開発局に勤めているのよ。彼も結婚して子どもが居るの。クリスはあんな風に優しい人だから、時々息子と会ってお酒でも飲んでるんだわ、きっと」

ロイスは少し照れているようだった。

「へぇっ、そんな事情があったんだ。全然知らなかったよ」

と言うビルは、とても優しい笑顔だ。

こんな大平原の一軒家の埃だらけのレストランだが、思いがけなくコーヒーはなかなかの味だった。強い風の一吹きでテーブルの上の全ての物が消えるだろうし、第一、テーブルも椅子も、うっすらと赤い土に覆われている。

僕は田舎育ちだから土は気にならないが、日本の都会人は土は汚いものだと思っているから、此処には寄らないだろうな、と思った。

「さあ行くか」

ビルが皆に声を掛ける。十五分ほど前、ロイスがガソリンを入れるために先に立って行ったので、時間を計っていたのだろう。

僕は、誰に言うともなく頭を下げて立ち上がった。

「ご馳走さま」

三人で歩いて行くと、巨大なタイヤの観光バスが前に来て停まった。そして大勢の観光客が降りて来た。４ＷＤのバスを僕は生まれて初めて見た。

ロイスの４ＷＤが、ガソリン満タンにしてスーッと横に来たので、全員が乗り込んで出発した。

「この辺りでは、此処が唯一のペトロール・ステーション（ガソリンスタンド）とレストランを兼ねているから、結構流行ってるのよ」

ロイスが説明してくれたが、僕には何だか未知の世界に向かって進んで行くような、少し怖い気がした。

座席の後ろには、大量の食料と水などの飲み物に、テントや寝袋。これから何処へ連れて行ってくれるのか分からないが、何だか僕には大冒険の旅になりそうだ。

相変わらずロイスの運転である。ビルが時々、

「大丈夫、代わろうか」

と訊いているが、

「ううん、まだ大丈夫」

と返すのが聞こえる。

僕は後ろの席で、アキばあちゃんに幸子と勝久のことを話してもらっている。こんな話が聞けるとは思わなかったし、この旅は僕の一生の宝になるだろうと確信している。

アキの話す彼女の両親は、おしどり夫婦として町の評判になっていた。幸子の声がきれいで歌が上手ということも、アキは子どもの頃から自慢だったと言う。

アキは、自分がこれから話すことが東京の姉、伊代にそのまま伝わるだろうと意識して、幸子と勝久のことを話す覚悟をしたようだ。僕は少し緊張して、全身を耳にして聞いた。

「私が生まれたのは、一九三三年の九月三十日の朝だった。母が家で産みたいと希望したのに応えて、父は助産婦に来てもらって、あのあばら家で私は生まれたのよ。

とても酷い手作りの小屋の家だったらしいわ。私が物心ついた時にはもう、家は少し大きくなっていて二部屋のベッドルームがあったのよ。でもね、土地は広くて、野菜がいっぱい作れるように、どんどん土を作り変えて農地にしていったの。私も小さい時から手伝ったわ。両親と一緒に居られる時間が堪らなく嬉しかった。

小学校に上がる前は何時でも両親と一緒に居て、学校に行くようになっても、授業が終わると飛んで帰ってきて畑に行ったわ。母と二人で畑で働いたの。父は町のお店で野菜や卵などを売って、毎日夕方には帰ってきたわ。

大人がみんな母の前の夫、信次郎を知っているから父は苦労したのよ。信次郎はブルームでは有名だったし、日本人にもイギリス人にも信頼されていたようだから。

誰も信次郎の真実を知らないから、母が東京で苦労したことも、誰一人知らないわけだから辛かったと思うわ。三瀬のおじさん夫婦は多少知ってたみたいだけど、東京での母のことは父しか知らないことで、もちろん誰も知らない。

人に言えることでもないから、両親はひたすら頑張って土を作り、野菜を育てて売ることに専念したんだと思うわ。私にだって、婚約が決まってからの一年間、ブルームで両親と暮らした時に初めて母が話してくれたの。だから両親は二人だけの強い絆で結ばれて、仲良し夫婦として皆に認められたんだと思う。ほんとうに仲が良かったもの。特に父は全力で母を守っていたと思うわ」

4WDの唸るような爆音を気にしながらも、アキばあちゃんは僕に真実を伝えようと話し続ける。

「町にお店を出して野菜を売って、そのうち三瀬のおばちゃんが来て手伝うようになったのよ。鶏がいっぱい居て餌は私の係だった。海から採ってくる貝や、浜で拾ってくる貝殻なども、みんな砕いて粉にして餌に混ぜて食べさせるの。そうすると殻の固い美味しい卵になるのよ。

朝と晩に、大きな鶏小屋の中から卵を探して籠にいっぱい集めるのは、ほんとうに楽しかった。それも店で新鮮だから飛ぶように売れたの。三瀬のおじさんが持ってくる魚や貝や海老もいっぱい売れた。

手伝ってくれる茂子おばちゃんは、子どもが居なかったから、母を子どものように可愛がってくれたんだって、母が言ってたわ。

アキが急に少し改まって話し始めた。

「ゴウ、此処からは客観的に名前で話すわね。あなたが何処まで知っているのか知らないけれど……。

喜平の甥の勝久が、信次郎という青年に連れられて移住してきた時、幸子はもう此処には居なかったのよ。父親の隆が深海での事故で亡くなった後、すぐに親子で町を捨てて南の町へ移動した。

其処でも長くは平穏は続かなかったのよね。母親が危険を察知して、厳しい言葉で幸子を送り出した。家を出た幸子は母親の言いつけを守ってひたすら北へ向かって歩いたのね。子どもの幸子が一人でブルームに帰ってきた。

幸子は其処で勝久に会って、自分の父親の従弟だと知って狂喜したらしいわ。私もその時の母の喜びがよく理解できるのよ。独りぼっちは寂しいから。ほんとよ……。

私に対してはとても優しかった両親だけど、私が中学生の時に突然、中学校を卒業したら、パースの私立の女学校へ行けと言うの。両親はもう決めていたらしくて、私が『此処に居て店を手伝って暮らしたい。女学校へなど行きたくはない』と、泣いて頼んでも許してくれなかった。

中学校の成績表を送って入学許可が届いて、入学費も納めてしまって。先手先手をとられてしまい、泣き泣きパースの寮に入ったの。

両親はお金を送ってくれてたけど、申し訳ないからアルバイトを始めていたのよ。其処で知り合った女性が、教会のクリスマスパーティーに誘ってくれて、出会った人がビルのお父さん、ジョンよ。

お互いにすぐ好意を持ったのよ。ただ、イギリス海軍の将校だったジョンと私では、全く違った将来を描いていて折り合いはつかなかった。彼は異動になってシドニーへ行ってしまったし、私はまだ高校生だったわ。大学に行った後はブルームに帰って、教師になろうと思っていたの。

ブルームの町で、イギリス人のジョンと、私が結婚できるわけはないと思って、諦めることにしたの。いえ、その時は諦められると思ったのよ。

でもシドニーのジョンから、『これから朝鮮戦争に行くから、その前にどうしても会いたい。是非出航前に会いたい』と、寮に電話がかかってきたわ。

私の心臓は破裂するかと思うほどに高鳴り、身体まで震えるほどで、自分で訳が分からないくらい興奮してしまって。これが私の生涯で一番嬉しい電話だった。

もちろんシドニーへ飛んだわ、メルボルン経由でね。何度もこれは夢ではないかと思った。私たちは戦争が終わったら、結婚しようと約束したのよ。それから毎日神に祈ったわ、どうかご無事でと。待つのは長かったわ。

朝鮮戦争が一応の終結を迎えて、ジョンの乗った空母が帰還してくると知らせがあったの。両親と一緒に空母が入港してくる前から、ずっとミセス・マッコーリーズ・ポイントの岬の中腹に立っていた。空母が見えたらもう涙が止まらなくて、何も見えなくなって困ったわ。

両親と海軍基地の桟橋へ移動したんだけど、心臓が躍り狂ってるの、怖いくらいに」

僕は、アキばあちゃんの話の全てに感動していた。たぶん、全てが素直な言葉で真っ直ぐ僕に伝わってくるからだろう。

こんな純粋な愛で結婚して、ビルさんが生まれたんだと思って、助手席でロイスと話すビルの肩を見ている。

突然ビルがくるっと後ろを向いて言った。

「ゴウ、感動しただろう！」

「はいっ」

僕も自然に返事ができた。

「だから私は若い時に、結婚できなかったんだよ。解るかなぁ、解るだろう」

「いいえ、全然解りません」

と僕は大声で言ってしまった。アキは微笑みながら僕たちの会話を聞いている。

「私も二、三回この人はと思うことはあったよ。大学時代にも、空軍にも女性は居るからね。でも母たちのように、心臓が鳴り続けるような恋はできなかった。

それとパイロットという職業を選んだ時から、結婚を諦めていたような気がするよ。無事に生き残ったらその時は考えようと思っていた。何しろ戦争中だからね。

私は心の中で、ベトナムで戦死した父がもし私たち親子を守ってくれたなら、退役後は母と一緒に生きようと思っていたが、あっさり母に断られたのさ。『冗談じゃない』とね。

だからダーウィンの町でロイスに会って、一緒にパブで飲んだ時決めたのさ。この人と生きようとね。だから今年の退役後からは引き続き、あの大豪邸のキャラバン暮らしさ」

僕は返す言葉がなくて、振り向いたままのビルの顔を見つめた。

「あっ、ロイス、その道に入ってご覧。あの向こうに高い砂岩の断崖絶壁が見えるだろう。あの下にテントを張れる所があるんだ」

「ええ知ってるわ、行きましょう。あら、もう先客が居るみたい」

「ほんとだ。豪華なキャラバンじゃないか」

　そのキャラバンから五メートルほど空けて、ロイスは駐車しエンジンを止めた。

「こんにちは」

　早速、ビルが、キャラバンの人に声を掛けた。４ＷＤが近づいてくるのを見ていたのだろう。待ちかねたように訊いてきた。

「こんにちは、今夜は此処ですか」

「はい。テント張ってみようと思いましてね」

「それは良いのですが、夜はかなり冷えますよ」

　ビルがみんなを紹介して、すぐにテント張りにかかった。一時間ほどで全てが完成して、夕食の支度をビルとロイスが二人で始めたので、僕はアキに誘われて散策に出た。

「この前、ビルの飛行機でこのキンバリーの辺りを飛んだのよ。またブルームとは違って、切り立った崖があちこちにあってね。昔映画で見たアメリカのグランドキャニオンとも違う。独特の砂岩が林立していたり、平地は蟻塚があちこちにあって、来る時にもいっぱい見たでしょう。大きなものでは三メートル、もっとあるかもしれない。自然って雄大で素晴らしいけれど、私は怖いと思うことも多いのよ。

今日、ビルとロイスが何故、あなたをこの旅に連れてきたか分かるかしら」

「いいえ分かりません。何処へ行くのだろう、何を見に行くのだろうとずっと考えていましたが、訊く勇気が出ませんでした。それに僕のためにということも、今お聞きするまで知りませんでした」

「人はね、生まれてきたら、それぞれ自分の道を生きてゆかなければならない。長いようでも短い人生よ。あなたはまだ若いから実感が湧かないかもしれないけれど、ほんとに人間の一生なんて、あの岩に比べればあっという間。瞬きするほどの間ってこと。それをあなたに見せたくて誘ったんじゃないかしらね」

そう言って向こうの切り立った岩肌へ目を向けた。

「内陸部の大地に、突然現れた切り立った断崖絶壁。その下に光って見えるのは水の沼よ。この辺りは凡そ三億五千万年前にできたと言われている。その気の遠くなりそうな年月を、あなたに感じてほしかったんじゃないかしら。

だからって人間の一生が何でもない、なんてことは思わないでね。その反対、短いから大切にしないといけないということ。ビルは何も言わないと思うわ。ただあなたに感じてほしいと思って、まずは今夜此処にしようと思ったんだわ。

あなたは大学で物理学を専攻してるって、ビルが言ってたけど、だったら宇宙規模で物が考えられる頭なのね」

「いいえ、とんでもありません。僕のは応用物理で、機械工学との組み合わせの応用で、新しい理論の確立に四苦八苦しているうちに卒業です。そんなことが影響して、未だに就職先も決まりません」

「たぶんビルには、あなたのそういう焦りが伝わったから、あの三億五千万年の悠久の岩崖を見せたかったのよ。明日の朝は、あの沼で悠々と泳ぐ淡水クロコダイルを見に行きましょう。貪欲に何でも食べちゃう動物だけど、何か学ぶものがあるわよ、きっと」

僕は、七十七歳のアキばあちゃんが、あらゆる物から学び取ろうとする気迫に、ほとんど圧倒される思いで聞いている。そしてビルが僕のことをそんな風に感じて、焦りを取り除いてやろうと思っていると知って、胸が震えるほど感動している。

何という人たちなんだろう。僕はこんな人たちには出会ったことがない。

会った瞬間から冗談ばかり言って、僕は英語で言ってくる冗談に戸惑うことしかできなかった。少しずつ慣れてくると、文化的背景のない僕でも解るようなことばかりだと気がついた。コミュニケーション一つに、さりげなく、しかもたくさんの優しさが込められていたのだ。

人を笑わせているだけではなく、八歳年上のロイスを思っての鬚面の顔、彼女への優しい心遣い、結婚して七年ほどなのに、もう四十年も一緒に居ると言っておどける人。まるで映画の登場人物のように素敵だ。この人が我が伊代ばあちゃんの甥であり、僕の親戚だというのだから、くすぐったいような気分になる。

自家用飛行機を持っているくらいだから、お金持ちの筈だろうが飄々として驕ることのない人。僕をパースまで自家用機で送ってやると言ってくれた。パースからシドニーまでの僕の格安チケットを、シドニーまでの直行便のビジネスクラスに代えてくれ、何でもないような顔でチケットを渡してくれた。僕には想像を超えた人、僕の単純な頭では到底理解できそうもない。

暗くなってきたから僕たちは、来た道を引き返そうとしてギョッとなった。来た道といっても道があるわけではなく、原っぱを歩いてきただけなのだから。つまりは、テントの場所も方向も分からないのである。

アキばあちゃんは落ち着いている。

「此処に立っていましょう。ビルが捜しに来て私たちを見つけてくれるわ」と、動かない方がよいのだと教えてくれた。

「ほら、ゴウ、見てご覧、星がきれいよ。今日のお月様はもう少し後に出るのね。今は暗いから星が殊の外きれいに見えるわ。段々星が輝いてくるから、これからが美しいのよ」

ほんとうに空一面が星ばかり。僕が知っているのは北斗七星とオリオン座くらいのものだ。あまりに多すぎて探せない。漸くオリオン座だけは、見つけることができた。

僕は三年半の東京新宿暮らしで、すっかり忘れていた。自然に夜は暗いものだということを。育った田舎の夜も真っ暗だった。月の明かりか星の輝きのある時だけ明るいのだということを、今しっかりと思い出した。

車のクラクションが鳴り、ヘッドライトをぱちぱちとハイビームで照らしてくれて方向が分かった。あっちだ、さあ行こうと二人で張り切って歩き出して暫くすると、すぐ前にビルがサーチライトを持って迎えに来てくれていた。

途端に大声で叱られた。

「こらあー、ゴウ。我が家のプリンセスをクロコダイルの餌にするつもりか。ちょっと歳はとってるけれど、餌には勿体ないだろう」

「すみません、つい楽しくて遠くまで行ってしまいました。すみません」

日本人なら、自分の母親を大事な人とは言っても、プリンセスとは言わないだろうし、そんなキザなことは言えない。この人が言うと、とても自然で温かく、それでいて周りが笑顔になるほどには滑稽であるから不思議だ。僕はすっかりこの家族に魅せられてしまった。

あと何日か旅をするようだから、たっぷり勉強させてもらおう。盗み取って帰れるものがあるならば、そうしたいと思うほど、この家族に惚れ込んでしまっている。伊代ばあちゃんの妹の家族に。

積み込んできた予備のバッテリーで電球をつけて、木の枝から垂らして明かりをとり、ロウソクをテーブルの真ん中に置いて、夕食が始まった。隣のキャラバンの夫婦も、中で夕食中のようだ。

「いただきます」

そう言ってすぐ僕は、

「あっ」

と小さな声を上げた。そうだ、お祈りがあった。ビルが祈りの言葉を捧げる。

「神よ、今日一日楽しい時間をありがとう、今夜のご馳走をありがとう、そして僕らの新しい家族ゴウをありがとう、アーメン」

　僕は改めて、

「いただきまーす」

「はい、どうぞ」

　ビルとロイスが同時に言って、チキンの丸焼きと昨夜の残りのコーンビーフの塊をスライスして、野菜のサラダとポテトの蒸し焼きなども、次々と皿に載せてくれた。

「あっ、しゃきしゃきして美味しい」

　思わず口に出るほど野菜は新鮮さを保っているから、何か工夫してきたことが分かる。

　白ワインを僕もご馳走になった。酒はそれほど飲む方ではないが、ワインはぶどうの香りと、酸味と甘味が上手く融合していて、ほんとに美味しく感じた。


　オーストラリアに着いた時、大学の友人に紹介された彼の従兄の、シドニー在住の日本人と三日間一緒に居たが、暮らし方は東京と少しも変わらなかった。

　シドニー郊外のアパートに住み、地下鉄で運送会社に行き、発送の仕事をする。

五時にオフィスを出てパブに行き、ビールを一杯か二杯飲んでアパートへ帰る。

星も見なければ、夕日も眺めたりはしない。彼は仕事以外では人と話もしないようだった。僕は三晩も宿を借りたが、今ではどんな顔をしていたのか、どんな話をしたかさえも覚えていない。

もちろん僕も、それが普通だと思っていたから、何の違和感もなかったのである。一部屋空いているからどうぞ、と言って貸してくれたから、親切な人には違いないのだろう。

食事も、近くにあるカフェやレストランを教えてくれたが、一緒に食べようとは言わなかったから、何時も一人で食事に行った。

そして僕は、自分が独りっきりで夕食をしていることに初めて気づいた。

ほんとうに生まれて初めての経験だった。夕食は何時も家族と一緒だったし、東京に来てからはほとんど祖母と一緒で、たまに友人との外食もあったが、独りということはなかった。

そしてビルは、初めて会ったその日から優しく接してくれて、まずお近づきにと言って夕飯をご馳走してくれたのだ。シドニーの孤独なカフェの夕食と違い、ブルームでは最初の夕食から、僕は独りっきりでは食べていないのだ。

ブルーム空港に着いた途端、あの案内係の女性、いや、おばさんと言っておこう。あのおばさんの言葉の悪さや人を小馬鹿にしたようなにやにや笑いに、ブルームでの第一歩から、僕は完全に打ちのめされてしまった。

しかしその後、町の案内所のピーターさん、彼が話し掛けてくれたから、今日、僕は此処に居るのだ。毎日僕は彼に感謝している。

レンタカー会社への連絡や、キャラバンパークの空きを調べてくれて、あのたった一つ空いていた場所、ビルたちのキャラバンの横のスペースへ導いてくれた。何と素晴らしい偶然、何と素晴らしい出会い、僕は今は完全に奇跡を信じている。そしてこの偶然に感謝している。

僕たちは日の出前に起きて、東の空から明るくなってくる大地を眺めながら、出発と朝食の準備を同時にした。朝日が顔を出したところで、今日も楽しく元気でいこうと、果物をいっぱい入れたシリアルに、ビルと僕はコーヒーを飲み、アキとロイスは紅茶を飲んで朝食は終わり。

隣のキャラバンの夫婦は、まだ眠っているようだから、できるだけ静かに発進した。出発して沼の傍の駐車できる所まで行って、４ＷＤを降りた。細い野道を沼まで歩いて行くと、早速にクロコダイルが悠然と迎えてくれた。沼の上を見ると切り立った砂岩の断崖が、天まで届くように聳《そび》えている。

海だったものが地殻変動で盛り上がって、陸地になってしまったような地形である。水は美しく澄んでいて青い空を映している。白い砂利に近い砂のきれいな水際には、魚もたくさん泳いでいる。クロコダイルはこの魚を食べないのだろうか。

水の上まで木が枝を伸ばした所へ来て、ビルが合図したから止まると、灰色をした鳥が枝の先で夢中で何かを食べている。その真下にクロコダイルがじっと息を潜めて待っていた。鳥の一瞬の隙を見たのだろうか、クロコダイルが跳躍した。

着膨れした中の、僕の全身に鳥肌が立っていた。クロコダイルの大きく開けた口の中へ、まるで吸い取られるように鳥は呑み込まれていった。

自然界は弱肉強食、解ってはいても、我々日本人が目にする自然は限られている。まして都会に暮らす者には、四メートル余りはあるだろう巨大なクロコダイルが、空中へ跳躍して鳥を呑み込んでしまうなど、想像さえできない。たぶん僕の顔は、真っ青になっているだろう。

車に戻ると、此処からはビルがハンドルを持ち、僕が助手席に座って出発した。ビルはすぐに、冗談とも本気とも取れる声で言う。

「このナビゲーターは世界一駄目なナビになりそうだな」

「すみません」

と、僕は素直に頭を下げていた。

「あのくらいの自然な営みで、青くなっていちゃいけないなぁ。鳥の一瞬の隙を三十分でも一時間でも待てるんだ、奴らは。隙を見せずに飛び立たれてしまえば、クロコは次のチャンスが来るまで待たなくちゃならない。

お互いが生きるか死ぬかの闘いさ。あの鳥だって雛が巣で待ってる母親かもしれない。そしたら雛の生きる道は絶たれる。自然とはそういうことさ。過酷だよなぁ。

ゴウ、ブルームに来て何を見た。美しく青い海、オレンジ色に空を染めて昇ってくる太陽、そしてまたオレンジ色に光りながら、海へ沈む太陽は美しいよなぁ。巨大なマンゴーが生る木、雲を衝《つ》くような大木のマンゴーの木、生った実は完熟すると天国の味さ、美味しいよ。

何処までも続く赤い大平原、巨大な蟻塚、みんなゴウにとっては初めて見るもの、初めて体験していることだと思う。

けれどそんなものを見たって仕方がない。観光客の誰でもが見て帰るものだからね。それらのものは、ゴウにとっては、見ないよりは見た方がよい、という程度の価値しかないんだよ。

君はただの観光客ではないからね。何かを探しに来たんだろう。君のこれからの人生のために、ブルームの町、そしてこのキンバリーの大地へ」

僕は何も応えられずに、無言のまま前だけ見ていた。確かに僕にとってブルームは、中学生の時から夢見た場所だった。

以前に家族で、ハワイとカリフォルニアに行ったけれど、今回の旅行とは大いに意味が違っている。

大学生になって、東京に引っ越して祖母と住むようになった。そんなある日、祖母が隠した風呂敷包みを僕が捜し出して、帰宅した祖母と大喧嘩になったのだ。追い出されそうになった時、僕は祖母に謝り食い下がって、遂に祖母から許しをもらって読み耽ったのが、ハナの日記帖だ。何度も夢中で貪り読んだ。

その時からブルームが現実の形になって、僕を誘惑するようになった。何度も、祖母に話を聞かせてくれと頼みたい衝動に駆られた。祖母の部屋の箪笥《たんす》の上に、母幸子と一緒に並んだ幼い祖母の写真が飾ってあるのを知っている。

飾り椅子に座っている幸子の胸に抱かれた伊代、もう一枚は幸子の膝の上で手に持ったおもちゃを見ている伊代だ。きれいな着物の上に羽織を着た幸子の姿から、たぶん別れる前に大慌てで写真館へ行き撮ったものだろう。

　そして三枚目はずっと後のもので、幸子と勝久とアキの三人が笑って写っている写真だ。こちらはブルームの写真館で撮ったものを郵便で受け取って、額に入れて並べて飾っているのだろう。

　僕は、祖母との約束を守るため、話を聞きたいという気持ちを抑えながら写真を眺めた。その度に、真実に辿り着きたい、いや、自分で辿り着かなければという気持ちが強くなっていったのだ。

　最初、僕は信次郎じいさんに興味を惹かれた。真珠貝を採るダイバーになって、海外へ移住する明治や大正時代の若者たち。現代の僕らが宇宙に行くより、勇気がいったのではないかと思うから、非常に興味が湧いた。

　ハナの日記を読んでいくうちに、僕の曾ばあちゃんである幸子という人、東京に取り残された幸子を助けに来た勝久という人、この二人に猛烈に会いたくなった。もちろん墓参りということになるのだが、その墓が何処にあるかも分からないのに。

「おい、ゴウ、そんな顔をするな」

ビルの声で我に返った。

「苛《いじ》めてるんじゃないよ」

と、ぽんと肩を叩かれていた。

「ボク……」

声を出したが胸が詰まって、涙まで出てきてしまい、また黙った僕の肩に、運転しながらぽんと片手を置いて、

「全くよく泣く男だな、ゴウは。私などは若い時は泣いたことなどないけれど。運転してなければ抱きしめてやりたいが」

チラッと僕を見た眼が少し潤んでいるように見えた。

誰も口をきかなかった。キンバリーもこの辺りまで来ると大自然だけ。ビルがかけたクラシック音楽のピアノ演奏を聴きながら二時間余り走って、車は停まった。

「モーニングティーにしよう」

例のごとくコーヒーは男たち、紅茶は二人の女性で、ビスケットを食べながら手足を伸ばしてリラックスした。

アキが紅茶を上品に飲みながら、

「ゴウのお母さんってどんな人。私の姪だから知りたいわ。伊代と私がよく似てるっ

て言ってたわね。まあ姉妹だから似てるかもしれないわね。ビルには従妹になるんだから知りたいでしょ、ビル」

「うん、聞きたい」

僕の母、信子の話をしなければならなくなった。

十四

母、信子

僕の母、信子の両親の清と伊代は、ほんとうに相思相愛の夫婦だった。伊代が生まれた時から一緒に育ったのだから当然だと、お互い思っている。清の両親の清助とハナと四人で野菜を作って市場に出して生活をしていた。もちろん田んぼも結構あったようだ。

待望の子どもであった信子は昭和三十五(一九六〇)年の八月に生まれ、元気に育っていた。何もかも順調で幸せだった。

悲しいことといえば、律子ばあちゃんが昭和三十年に八十八歳の大往生で亡くなったことだ。

律子ばあちゃんの生まれは、慶応三(一八六七)年だ。元号が明治に替わる一年前だったというから大したものだと清助は言う。曾孫の信子の誕生の五年前であった。少しずつ弱って老衰で逝った。

その後幸せな日々を過ごしていた一家に、突然思いも寄らない事が起きた。信子が四歳の昭和三十九年、清の運転するトラックが事故に巻き込まれたのだ。伊代が病院へ駆けつけたのは、院長から死亡が確認された後だった。丁度東京オリンピックの年、東京が活気に満ちていた頃である。

伊代は、気が狂ったかと思うほどの嘆きぶりで、後を追うのではないかと皆を心配させた。葬儀の後も暫くは、誰とも話せない状態が続いていたところへ、相手方が示談を求めてきたのである。

車線を越えてぶつけてきたのは先方である。それなのに、清の手が義手であったため起きた事故だと、普通なら避けられた事故だと、だから示談にしたいと言ってきたのだ。向かってきた車を、避けられなかった理由が手にあると。

生涯をかけて愛した夫を失って悲しみに耐えている時に、そんな理不尽なことを言われ、伊代は相手が許せなくなった。毅然として立ち上がった。清のためにもはっきりさせる必要がある。そんな筈はないと言い切って、ぶつかってきたのは相手の車だからと、裁判に持ち込んだ。

強い意志を持った人だと、みんな吃驚したらしいが、清に近しい人たちは、伊代なら勝つだろうと思っていた。

ハンドルにもう一つのハンドルが付き、右手だけで充分運転できるよう特別に設計された車であるし、免許にもその証明が付いていた。性格も穏やかで慎重な人が、あんな事故を起こす筈がない。

裁判が始まると、もう一つ悲しいことが起きた。幸子が亡くなったと勝久から手紙が届いたのである。夫をオリンピックの前に亡くし、オリンピックの後の十一月に、生みの母の幸子を亡くしたのである。

しかし、伊代には母の死を悼む心の余裕がなかった。悲しいのに悲しみに浸れない。それがまた伊代を苦しめるのだった。

裁判中は、伊代に厳しい日々が襲い掛かった。清の姉二人が伊代を応援しなかったのである。

姉二人は、婿たちが戦地から帰還してきた際に、清助が建ててやった近くのアパートに住んでいる。すぐ目の前に居るだけに、伊代と信子には殊の外辛い日々だった。上の姉二人に続いて三女の基子も、仕事が忙しいのを理由に寄り付かなくなった。

伊代は小さな子どもの信子と二人、孤立した思いがした。

そんなある夜、夫婦で離れに暮らすハナが、伊代を呼びに来た。伊代は自分も悲しくて辛いけれど、清助やハナが大切な息子を失った悲しみは、如何許りかと察するに余りあって、これ以上両親を苦しめてはいけないと思っていた。

この頃、横になって過ごす時間が増えていた清助が、

「今日は気分がまあまあよかったよ。伊代が買ってくれたこの新式のベッドは、寝たり起きたりするのに便利でよい。ありがとう」

と起き上がり、頭を下げる。

伊代はもう、その言葉だけで涙がこぼれてしまい、言葉が出ない。「おじいちゃん」と言ったまま四歳の信子がハナにすがって泣く。

「わしも、もう間もなく七十八歳になる。ばあさんはまだ元気だけど、そんなには長くはないだろう。だが、伊代は信子を守ってこれからも生きてゆかねばならんからな」

「……はい」

「よう聞け伊代。清子ら娘三人が、お前ら親子を助けなんだことは残念だが、あれらはもう他人だからな。わしが寝ていても見舞いにも来ないし、ばあさんに挨拶もない」

と、話し始めた清助の言葉が温かかった。

「わしとハナにとっても、こんな悲しい事故は想像できなかったから、よほど辛かったし身体に堪えたよ。清はええ息子じゃった。わしらには勿体ないほど、良くしてくれた。何時でも伊代が言うからと言ってな、必ずお前を立てることを忘れなんだ。ええ夫婦だったぞ」

ハナも涙目で、うんうんと頷いている。

「この裁判なぁ、絶対に勝つから諦めるでないぞ。ばあさんもわしも応援してるからな。気を丈夫に持って最後まで頑張れよ。誰の応援がなくとも、清が応援してるわさ。

アパートに居る娘ら二人は気にするな。婿らもええ婿じゃと思うたが、アパートを建てた時には有り難がって、月々給料から返済するからと約束したが、返済は一年も続かなんだ。わしは婿を一人ずつ呼んで、どうなっているのかと訊いたら、今はどうしても余裕がないのでと言う。給料の他にも、家賃がしっかり入っているだろうと言うと、黙っておったがな。あいつらはハワイだ、ヨーロッパだと家族で旅行していたのよ。清とお前が、畑で汗水流して働いている時にな。

それからはわしもハナも、心の中で娘ら全員と縁を切った。だから伊代は、もうお姉さんなどと思うことはない。信子と二人で、これから生きてゆかねばならんからな。

野村さんとこの秀雄君に頼んでおいたから、裁判が終わったら将来のことについても、よく相談して助けてもらえよ」

思いを伊代に伝えてほっとしたのか、ふーっと大きく息を吐いた清助は、

「ああ今夜は気分がよかったので、これだけ話しておきたかったんだよ」

と横になった。

伊代は、裁判は絶対に勝つと信じていた。何故なら、何時でも清を信じていたし、何より全てが事実なのだから。更に清助とハナの励ましが力をくれていた。

自分の運転ミスから事故を起こして命を奪い、清の左手がないことを理由にするなんて、到底許せなかった。

そんな母を見ながら、信子は毎日、幼稚園へ行く前と帰ってきてから、仏壇の遺影に向かって小さな手を合わせて、ただ、

「お父さん、お父さん」

と拝んでいた。

そして、苦しい一年半を乗り越え、結果は勝訴。清の運転に何ら問題はなく、もちろん義手には関係ないことが証明されたのだ。何度も実験を繰り返しての結果だった。

裁判が終わると伊代は、

「信子よく頑張ったね。お母さんもう大丈夫だからね。心配かけたね、ごめんね」

と信子を抱きしめた。

弁護士の野村先生のお陰で今回も頑張れた。野村弁護士には、マサのさまざまな事件の時も、信次郎の遺書を持ってイギリスからマーガレットが来た時の財産贈与の問題でも、お世話になった。今度は彼の長男・秀雄君が法律事務所を継いでいたので、働き盛りの彼に手伝ってもらった。清助が早くから頼んでいたようだ。

彼はお父さんによく似た正義の人なので、伊代は信頼しきって結果を待つことができた。

その野村弁護士に挨拶に行くと、

「清さんが亡くなってすぐの頃でしたが、ご隠居さんに呼ばれましてね。伊代と信子を助けてやってくれと頼まれておりました。

伊代さんが信子さんを養って親子で生きてゆくために、畑を売って下宿屋をさせたいのだが、どうだろうかと相談を受けています。

畑を売れば野菜は作れないですが、それでよいのですか。江戸時代から続いてきた、山本家の野菜作りの話は、父から聞いていますので」

清助の愛情と野村の心遣いが、伊代親子を温かく力強く包んでくれているように感じた。続けて聞いた彼のアドバイスは、二反（半エーカー）ほど残して処分するという内容だった。清助の考えに加えて、山本家代々の畑も一部残すという案に異論がある筈もなく、それで話が決まった。

昭和四十一（一九六六）年、裁判が終わるのを待っていたかのように、清助が静かに逝った。七十八歳であった。

翌昭和四十二年、野村弁護士の協力もあって、下宿屋を開くことができた。新宿には専門学校や大学もたくさんあるから、地方からの学生たちが朝夕食事付きの下宿を探していて、伊代の新築で二階建ての下宿屋は、あっという間に十五部屋全部に下宿人が決まってしまった。

七十五歳のハナもとても元気で、伊代と二人で、少し残った畑と下宿屋の台所で楽しそうに働いていた。

そして月日は流れ、昭和五十五年のこと。信子が大学二年生になった春に、三月初旬まで下宿していた青年、小森恵介が父親の村長と共に訪ねてきた。

伊代とハナは、ひと月余りの間に大学生から社会人に変身した青年を、目をぱちぱちさせながら眺めてしまった。大学を卒業して下宿を出て行った人が訪ねてくることはほとんどなくて、少し驚いている。

「どうぞこちらへ」

慌ててハナが応接間に招き入れた。

それでもハナたちには、小森親子の訪問が何なのかを訝《いぶか》った気持ちがある。すぐに伊代はお茶をと思い席を立って台所へ行った。恵介は此処に大学四年間下宿していたが、今日は何の用事で来たのだろうか。

流石に村長は、ゆったりと構えてお茶を飲んでいるが、恵介は少しもじもじと下を向いたりしている。

「お願いがあるのだろう。しっかりと頼んでみなさい」

村長が息子の肩を叩くと、恵介は覚悟を決めたようで、

「信子さんとのお付き合いを許していただきたいと思いまして、今日お伺い致しました」

と、起立して深々と頭を下げた。

伊代とハナは、跳び上がるほど驚いてしまい声が出ない。

「信子さんは、僕のこのお願いを知りませんし、彼女が僕をどう思っているかも分か

らないのですが、僕は以前から信子さんが好きでした。社会人になったら、お付き合いをお願いしたいと考えていました」

立ったままの姿勢で言って、またしても深々とお辞儀をする。伊代もハナも、この青年は本気だと思った。

「今日のところは、ご挨拶とお願いだけですので失礼致します」

と、親子で肩を並べて帰っていった。

その夜、大学から帰ってきた信子に、今日起きたことを話して聞かせると、

「へぇっ」

と驚いた後、はっきり宣言した。

「私、嫌よ。良い人だとは思うけれどお付き合いすれば、何時かは結婚とかになるかもしれないでしょう。嫌よ。遠い田舎へ行くことになるんでしょ。いやいや、私、お母さんと離れるのは嫌よ。ずうっと此処に居る。お母さんとばあちゃんと三人で此処に居ると決めてるのよ。大学卒業したらやりたい仕事があるの。だから何処にも行かない」

伊代はその夜になって、小森家の二人が泊まっているホテルへ電話を入れて、信子の返事を伝えた。

「ごめんなさい」

と謝りながら。

はっきりと断ったにもかかわらず、恵介は東京出張の時、ご挨拶と言いながらさりげなくお土産を置いて帰っていく。父親の村長も会議で東京へ来たと言いながら、やはり息子と同じように土産物を置いて、挨拶して行くのだ。

「変な親子ねぇ」

と、信子は首を傾げている。


信子が大学四年生になった春、昨日まで元気に伊代と笑って台所に立っていたハナが、今朝は起きてこない。不思議に思ってハナの部屋に行くと、何だか気分が悪いと言って横になっている。伊代はすぐに、懇意にしている近所の伊能先生に来てもらった。

先生は丁寧に診てくださり、

「国立病院へ入院の手続きをしましょう。その方が元気になるのが早いから、そうしましょう」

と独り言のように頷きながら言っている。ハナが少し首を上げて、

「先生、ありがとうございます。でも此処で清助が迎えに来るのを待ちたいと思います。今朝は無性に清助が呼んでいるのが聞こえるのです。清助が笑っているのさえ見えるのですよ。これは迎えに来ているとしか思えないのです。此処で死なせてください」

ハナの思いを聞いた伊代は、唖然となり声が出ない。どうしよう、どうしようと焦るばかりで。

「分かりました。毎朝、訪ねますから。ぼちぼち参りましょう」

伊能先生の明るい声で我に返ると、ハナは笑って頷いている。九十歳とは思えない可愛い顔が、笑っている。

先生は、伊代が用意した桶で手を洗い、

「お大事に」

と言いながら玄関へ向かう。伊代が後を追って行くと、先生は首を振って言った。

「この一週間が山です。もう眼がうつろだし、はっきり見えてないかもしれないですね。何時から調子が悪かったのですか」

「先生、母は昨日まで元気で台所で私と一緒だったんですよ。まさかこんなに急に悪くなるなんて変ですよ。先生、何とかなりませんか。母を助けてください、先生」

「山本さん、すみません。助けてあげたいが、どうも心臓の動きを診ると難しいですな。たぶんかなり前から悪かった筈です。今まで何も言わなかったのですか。ハナさんらしい！　全く凄いお人だ、うん！」

伊代は、呟きながら帰っていく伊能先生を、ただ声もなく見送った。

明くる朝、ハナを診てくれた伊能先生が話があると言うので、玄関の横の応接間で聞くことにした。

「会わせたい人が居れば、今すぐにも来てもらってください。明日か明後日かもしれない。今ならまだ声も出て話ができるから、すぐに頼みますよ」

と辛そうに言って、頭を下げて帰っていった。

ハナは倒れて三日後の夜遅くに、清助の待つ所へ旅立った。きれいな笑顔のまま逝った。伊代と信子と、偶然夕方訪ねてきていた恵介と三人で見送った。信子と恵介がわんわんと大声で泣いて、伊代も見栄も外聞もなく泣き崩れた。

「伊代、ありがとう」

これがハナの最期の言葉だった。

恵介が知らせたのだろう。明くる日の夕方には、三重の田舎から恵介の両親と先の村長夫妻の四人が駆けつけて来た。恵介の父と先の村長は、従兄弟だという。

伊代は有り難いと思ったが、少し不思議な気がしている。山本の親戚よりも親身になって手伝ってくれる小森家の皆が温かい。特に恵介の母親は、エプロンまで準備して早速台所に立っているのであるから、伊代を気遣う気持ちが温かく伝わってくる。

以前からお土産をいっぱい持って訪ねて来る人たちであったが、決して中まで入り込んでくることはなかったのに。お陰で通夜も葬儀も滞りなく終えることができた。

ハナはあまりにあっけなく逝ってしまったため、皆で大泣きの後は、悲しむというより感謝しかなかった。伊能先生も通夜と葬儀に来てくださり、

「凄い人だった。ほんとうに尊敬していた」

と繰り返し皆に話していた。清助が親しくしていたのが、伊能先生の父親だと初めて知った。

そして凡そ二年が過ぎ、信子は卒業後に勤め始めた出版社の雑誌部門で生き生きと働いていた。入社二年目になると、部署が変わって取材班に組み入れられて、東京の街だけでなく地方に出掛けることもあって、益々生き甲斐を感じているのか、

疲れを知らない働きぶりだ。自立した女性として輝いていた。

三日間の出張の後、二日の休みが取れて家に居ると、偶然に恵介が訪ねてきた。

既に社会人となって四年になる恵介だが、東京本社に出張がある時は、必ず時間を作って山本家を訪ねることに変わりはない。そんな恵介を、この頃では伊代が頼りにして家に迎え入れる。

「あら恵介さん、いらっしゃい。今日は信子も休みで家に居ますから呼んできましょう」

伊代は信子の部屋に行き、ノックした。

「信子、お茶にしない。恵介さんが今訪ねてくれたの。早くいらっしゃいね」

信子もハナの葬儀以来、恵介が身近に感じられてきているから、客間に入るなり笑顔で声を掛けた。

「恵介さんいらっしゃい。今日はお休みなの。私も今日、明日はお休みが取れてゆっくりしてたの」

恵介は、久しぶりに信子を目の前にして、陶然となったように呟いていた。

「きれいになった」

父親が村長会議で来たと言っては、相変わらず土産を持って顔を出す。恵介ももちろんのこと、本社に出張する度にやって来る。葬儀後、小森家の人たちとの関係は特別なものになり、それでも親しき仲にも礼儀ありの姿勢は崩さない。

　信子も今日、久しぶりに会った恵介を、好きになっている自分を発見している。ハナの葬儀の頃から、ごく自然な形で心が恵介に傾いてきたことが分かる。

「信子、恵介さんと一緒に映画にでも行けば」

と伊代は二人に向かって言ってみた。恵介は嬉しそうな笑顔を信子に向けた。伊代は、ドキドキしていた。今までのように信子が、頑なことを言わなければよいがと。

「恵介さんさえ良ければ、行きたいわ。美味しい夕食も奢っていただこうかしら」

と信子が照れた瞬間、恵介は子どものように跳び上がって喜び、伊代は嬉しさのあまり拍手をしていた。

　この日から、小森家の東京出張が何故か増えたのだ。特に、関係が薄い筈の恵介の母親が、用事があって、序でに、と言っては訪ねてくる。この頃では信子は、

「お母さんは、小森家の土産戦法に負けたのよ」

と、笑いながら母をからかう。

　それでも信子は、今は仕事が面白いらしく、直ぐには嫁に行くとは言わないが、真剣に考え始めたことは伊代にも分かっている。

そして昭和六十一(一九八六)年の春、大型連休の前に小森家から、連休に遊びに来てくださいと、羽田から名古屋までの飛行機の切符、帰りは新幹線の切符を同封した招待状が届いた。

信子と伊代は、行くだけ行ってみて結論を出そうと、親子で出発した。

人生とはおかしなもので、新幹線で東京に帰り着いたその夜に、信子が、

「私、恵介さんと結婚したい」

と言ったので小森恵介との結婚が決まったのである。

そうなると小森家では、善は急げとばかり、あっという間に全てを調えてしまった。以前から周到に準備が進められていたようだ。

不思議にも母伊代と、同じ道を歩んでいる。母も勤めていた大手の商社を辞めて、父清と結婚した。

自分もせっかく面白くなってきた仕事を、今年いっぱいで辞めて来年には結婚の運びとなる。信子は、母と似たような結果になったことを、不思議な巡り合わせだと思った。

「ねぇお母さん、もしハナばあちゃんが生きてたら、何て言ったかしらね。凄く喜んでくれたと思うわ。恵介さんが下宿した当時から気に入ってたものね。あの子は良

い社会人になるよって、何時も言ってたもの」

「ほんとうね。ばあちゃんは小森の人たちが好きだったわね。気が合ったんじゃないかしら」


昭和六十二年四月、結婚式を二日後に控えた朝、信子と伊代は羽田から名古屋空港へ降り立った。其処からは迎えのリムジン三台で小森家に着いた。先の村長の家が、伊代と信子の控えの家になっていた。

結婚式は、深夜を過ぎて明くる朝まで続いた。信子は何回も着物の衣装替えをさせられ、漸く終わった時、大泣きに泣いてしまった。

恵介は、信子の好きな色や好きな花も知っていて、趣味の和歌にも通じていた。信子のために、全てを信子が喜ぶようにと準備がしてあり、驚きの連続だった。

恵介の両親は驚くほど上品で、加えて昔は庄屋だった家らしく、古くて格式があった。東京で会った時よりも俄然上品で驚いた。

式の夜初めて知ったことがある。恵介は大学を卒業して下宿を出る時、迎えに来た父親に、

「信子と結婚したい」

と打ち明けたというのだ。父は息子を叱ったという。

「お前、あの娘はまだ学生だぞ、何を言ってるんだ。馬鹿なこと言うもんじゃない」

ところが、こう叱った父親が、そもそも最初から下宿屋の規則などの厳しさが気に入り、今はもう亡くなっていないが、姑であったハナと嫁の伊代と仲が良かったこと、信子の明るさと母親思いのところなどに好感を持っていたのだ。結局、すぐに親子そろって山本家に挨拶に出掛けたという。

更に数年後には、伊代の毅然とした態度と、信子が就職し、日増しにきれいになって輝いてゆくこと、仕事も出来るようだと知った父親が、恵介共々、益々母娘に魅かれてしまった。そのうち恵介の母親まで巻き込んで、信子獲得大作戦が始まったというのだ。

結婚式のスピーチで、親戚の先の村長が明かしたのである。

伊代は、信子が大学を卒業した春に、下宿屋を閉めることに決めて、徐々に出て行ける人から出て行ってもらった。姑のハナが亡くなって凡そ一年後の春だった。

信子が結婚して遠い田舎へ行ってしまってからは、広い家の中を片付けたり、信子に子どもができた時のためにと準備したり、主には畑の野菜作りに精を出している。

今でも時々思い出すのは、姑ハナの最期の言葉、

「こうして伊代に看取られて清助の所へ行ける。ありがとう、伊代」

清助と同じように、ハナも最期まで惚けることなく、静かに死を迎えたのである。数十冊の日記帖を遺して。

伊代自身は、動けなくなったら養老院に入り、死んだら清の墓に入って、山本家は途絶えるのだと、気持ちに区切りをつけたのである。


今は、信子の息子の僕が一緒に母屋で暮らしている。下宿屋だった所はアパートに建て替えて、不動産屋の管理に任せている。二反残した畑で野菜を作って、親のない子どもを預かる施設や、近所の友達や老人会に、新鮮な野菜を取りにおいでと、電話で知らせたりメールしたりしている。

清が事故で亡くなった後、疎遠になっていた清の上の姉二人は、もう亡くなって居ないが、その息子や娘が、

「おばちゃん、野菜ちょうだいね」

と取りに来るから、伊代は欲しいだけ持っていかせる。若い子たちは屈託がなく気持ちがよいと、何時でも伊代は大歓迎するのである。

医者をしていた三女基子夫婦も短い寿命であった。子どもがなかった所為で、親

戚付き合いもなく疎遠になってしまった。

何世代も続いた、新宿の農家も私で終わりになる。

「自分にも間もなくお迎えが来るだろうから、その時は覚悟を決めて、あなたの所へ行きますよ」

と仏壇の清と話し合っている。


「これが、僕の知っている母と祖母の全てです」

「伊代も苦労したのね。でもゴウのお母さんは幸せな結婚をしたのね、よかったわ。聞いていて楽しかった。もしかして伊代は、生まれた時から苦労ばかりだったのかしら」

とアキが少し悲しそうな顔をする。

「そんなことはないでしょう。イヨはキヨシと愛し合って幸せな暮らしだった。事故が起きるまではね。

そうだろうゴウ。おばあさんは今はどうなんだろうねぇ、幸せなんだろうか」

「僕には分かりません。でも皆に好かれて、老人会でもリーダー的な存在のようで、何時も人が家に来ています。お客さんが絶えません。寂しい老人も日本には多いですから、その点では祖母は、幸せではないかと思います」

「ゴウには兄弟は居るの」

「ええ、居ます。弟と妹が居ます。弟は翔《しょう》といいます。地元の大学一年ですが山が好きで、登山ばかりしています。妹は綾《あや》といいます。高校二年生で来年に向けて、そろそろ真剣に勉強すると言ってますが、のんびりとしていて、犬を連れて遊びまわっているようです。犬のお医者さんになるそうですから。

ああ、そういえば、両親が山本の家が絶えるのは寂しいから、翔を山本の養子にしようかと話していました。

でも僕には『ばあちゃんに言うんじゃないよ』と母から厳しく言われていますから、祖母には言ってません」

「それはグッドアイデアだ」

ビルの顔がほころんだ。

「新宿の家がなくなるのも寂しいし、両親が願うように、弟が山本を継いでくれたらと僕も思っていますが、祖母は自分の代で山本家を終わらせるのだと、心から思ってるような気がするのです」

十五

大地

　僕たちは今日の目的地へ向かって出発した。ビルがハンドルを握って、僕は後ろの席に移りロイスが助手席に座った。

　ビルが優しい声で、

「イヨも小さい時から一緒に育った、大好きだったキヨシと結婚できて幸せだったんだろうなぁ。お母さんもパースでお父さんに巡りあって大好きになり、強い愛情で結ばれて戦争を乗り切り、遂に結婚して僕が生まれた。

　ノブコもケイスケの一目惚れで幸せな結婚をして、三人の子に恵まれ今も幸せな人生だし、僕もロイスと幸せだし、ねぇロイス」

と、言いながら左手でロイスの頭を撫でるビルだった。

「だけど問題はゴウさ。この青年だけはまだまだ、自分探しの途中のようだからね。何か良い知恵はないかい、ロイス」

　ロイスはどちらかというと無口な人で、何時もはただ微笑んでいることが多かったが、

「そうねぇ、一つあるかしら」

と言った。

「ゴウ、来年卒業しなきゃならないの。休学って道もあるんじゃないかしら。私は大学で学んだこともないし、学問のことはよく分からないけれど、人生勉強なら結構してきたから、人間の痛みというか悲しみというのかしら、少しは分かるの。

　ベトナム戦争で夫が死んだ時は、気が狂うのではないかと思ったわ。この悲しみに人間が耐えられる訳はないと思ったもの。二人の子どもを抱いて毎日泣いてたわ。

　何時の頃からだったか、はっきり覚えていないけれど、二人とも小学校へ入学した頃だったと思う。パブで知り合ったクリスから、長距離の運転手やってみないかと誘われたのよ。大型の運転免許も持ってたし、トレーラーもバスの運転もできたから誘ってくれたんだと思う。私の性格に合ってたみたいで、大型トレーラーに乗ってハイウェイをぶんぶん走っている時は、悲しみを忘れていることに気づいたのよ。

運が悪い時は、ハイウェイパトロールに捕まって『またあんたか、少しは上品に走ったらどうだ』と言われて、『生活かかってるのよ、今回だけ頼むわ。上品に走るから』とお願いしたものよ。その度に『運が悪いと思ってるだろう。運が悪いんじゃなくて、スピード違反は犯罪だ』と睨まれたわ。

何時でも死んだ夫と走っていたわね。夫が『戦闘機で出発する時は怖いが、飛んでいる最中は物凄い集中力で、見えるもの聞こえるものに全ての神経を注ぎ込むのだ』と、よく言ってたことを思い出して、段々に吹っ切れていった。

子どもたちの成長だけが楽しみになって、気がついたら孫が居たのよ。そしてビルが、一緒に暮らさないかと言ってくれた。

今更、結婚なんてとんでもないと思ったの。まして空軍のパイロットだって言うじゃない。これは駄目だと思った。

聞いていると、パイロットは辞めて、基地勤務に替わったって言うし、何回かデートして一緒にお酒を飲んでみて、八つも若いのにちっとも違和感がなかった。

初めてだったの、こういう人に出会うのは。毎日が嬉しくて楽しくて、ああこの歳まで生きてて良かった、人生決して悪いことばかりじゃない、最後がこんなに素晴らしいなんて、と思えるようになったのよ。子どもたちもとっても喜んでくれた」

ロイスは小さな溜息をついた後、

「でもビルは違ったの。私が幸せなほどには、彼は幸せじゃない。最初はそれが全然分からなかった。ある時、私を幸せにしてくれた本人のビルが苦しんでいるのを感じたの。

でも私には何もしてあげられない。苦しみを和らげることも、代わってあげることもできない。ただ傍に居るだけで助けにはならないわ。

悩んだけれど、助けるなんておこがましい、ただ一緒に居られるだけで、私は幸せだからそれでよいのだ、と割り切ったの。

夫婦でも、同じ比重で同じように愛することは不可能だと思い知ったわ。みんな違うのよね。

最初の結婚は、若さがあったから何も難しいことは要らなかった。すぐに子どもが生まれたから、子育てに追われていたけれど、幸せを噛み締めていられたわ。体力もあったし若かったのよ。でも、今度は簡単にはいかないと思った。

だからね、ゴウ、上手く言えないけれど、こんなに素敵で悩みなどない人に見えるビルでも、苦しんでいるということ。苦しみの原因は知らないけれど、あなたも今苦しんでいるのよね。

非情なようだけれど、心の奥のことは他の誰にも助けることはできない。自分で吹っ切れる日が来るまで。

私の場合はさっきも言ったように、重いトレーラーを引っ張ってぶんぶん走ることで、悲しみが後ろへ飛び散ってゆくように吹っ切れた。環境を大きく変えたことがよかった。

ゴウも半年か一年休学して、此処に来たらどう。きっとビルの素敵な相棒になるんじゃないかしら。あなたに会ってからのビルが、私は好き。だからきっと」

ロイスはゆっくりと自分の心の内を話してくれた。僕は驚きつつも、胸に響くものがあった。

アキは窓の外を見ているようだが、耳はずっとロイスに向けていただろう。ビルは淡々と運転しているだけだ。ロイスの話が終わっても何も言わない。僕が座っている斜め後ろの席からは、横顔がちらっとしか見えない。どちらかというと他人事のような顔で運転しているように見える。

「ロイス、この先右に入る道がある筈だけど、どのくらい先になるかな」

と訊いた後、ビルは助手席のロイスをチラッと見ながら言った。

「アナタと同じ比重でワタシも幸せですから、どうかご心配なく」

今日もまた、僕には初めての体験が始まる。此処では炭鉱夫が使うような、額の所で電灯が目のように二つ光るヘッドライトをつけて、天然にできたトンネルの中に入って行く。要するに巨大な洞穴である。

真っ暗な中を、額の電灯で先を照らしながら歩いて行くと、少し光るものが見えてきた。水だ。

大きな洞窟の中に、きれいな水を湛えている。足首ほどかと思って入ると、急に深くなって泳ぐように歩く。水は僕の胸の辺りまであるから泳いだ方がよさそうだと思っていると、急に浅くなったりとなかなか思うようには歩けない。

あっ出口だ、と思ったが其処が行き止まりで、何故か青い空も見える。小学校のプールより少し大きく、もちろん足はつかないし、かなり深い。

僕は岩の上に上がり、頭の上に括りつけてきた長袖のTシャツに着替えて暖をとったが、身体が冷え切って寒い。アキとロイスは、崖の向こうから入ってくる光に照らされて、楽しそうに泳いでいる。二人ともヘッドライトが、怪獣の目のように光って不気味だ。でも手を振って笑いながら、僕の真下を平泳ぎで上手に泳いでいる。

アキは来月の誕生日で七十八歳になる。ロイスは六十三歳であるが、二人は信じられない速さで泳いでいる。岩の上に座った僕の前を、手を振りながらまた通り過ぎる。

「見よ、あの二人の泳ぎを」

と言いながらビルが同じ岩の上に上がってきた。

「素晴らしいです」

　僕が答えると、ビルが唐突に提案してきた。

「ゴウ、来週、日本に帰ったら大学に休学届けを出して、また此処に来ないか」

「えっ何故ですか」

「何故でもだ。大学なんかすぐに卒業しなくたっていいさ」

「僕、ちゃんと卒業して、ちゃんと就職したいんです」

「いいんだ、すぐに就職なんかしなくたって」

「どうしてですか」

「どうしてもだ。ゴウのお父さんに話してみな。きっとブルームに行けって言うさ」

「そんなこと……信じられません」

「イヨばあちゃんを、一緒に連れてくるんだ」

「ビルさん、ばあちゃんを幾つだと思ってるんですか」

「八十だろ、知ってるさ。見ろ、アキばあちゃんの泳ぎを」

「再来月には、八十二歳になります」

「大丈夫だ。あの姉妹は実際の歳より若いから」

「確かに、伊代ばあちゃんも元気ではありますが……」

「見よ、あの二人の泳ぎを。ざっとあんなもんさ」

「おい、其処の男ども、サボってないで泳ぎなさい」

とアキの声が洞窟にこだまして、二人の耳に大きく響いて届いた。

「この話は今のところ、あの二人には内緒だからね」

と言うなり、ビルは水に飛び込んでいった。

　僕はとうとう、この天然プールで泳げずに、岩と崖の淵を歩いて浅い水際まで行き、其処から水の中を歩いてトンネルを抜けて出た。自分でもつくづく勇気がないと思った。水は冷たく寒いのでと弁解したが、ほんとうは怖かったのだ。

　深く光る水が、底なしのように目に映ってしまい、恐怖が先にたってしまった。昨日見てきたクロコダイルが頭に浮かんでしまったからでもある。自分自身に何度も、あの女性たちが楽しそうに泳いでいるではないかと言ってみたが、恐怖は去ってくれなかった。

　車まで戻ると先に女性二人が着替え、僕も暖かいシャツに着替えてほっとした。

この四人の中で、僕は段違いに若い。そして段違いに勇気がなくて、段違いに心が老いている。物事を柔軟に考えることが難しくてできない。古くさい固定観念から出られないでいる。子どもの頃から、年寄りみたいな子だと言われた。自分では意味がよく解らなかったが、今日こそ、ほんとうだと理解した。

遅いランチの後、皆で話し合って帰ることになった。夜中には着くだろうと言う。ビルとロイスが交代で走ることにして、できれば休憩を一回だけと決めて出発した。けれど、やっぱりそんなに慌てて帰ることはない、疲れるだけでよいことは何もないと、また話し合いが行われて途中で早い時間にキャンプをしようと決まった。

「ゴウも意見を言え」

と言うから、

「帰ります」

と流れに合わせたのに、ビルは一言。

「じゃ、決まった。キャンプだ」

この時は大笑いになった。ビルは間の取り方が実に上手くて、何でもないことがビルの口から出ると、素敵なジョークになるのだ。

テントを張り終えて、簡単な夕食を済ませたらすぐに寝袋に入った。みんな疲れていたから、あっという間に眠りに落ちた。

朝は全員が日の出前に目覚めていた。一番早く寝袋から出たのは僕だった。僕は田舎育ちだが、穴を掘ってトイレをするなどという経験はなくて、これにかなりの神経を使っていた。誰よりも早く起きてスコップを担いで遠くまで行って、穴を掘ったのである。

昨日までは恥ずかしいと思っていたが、今朝は何となく大自然の中で生きている感じがして、清々しい気分になった。これも一つの進歩かなと思った。

今朝はシリアルの朝食に、フルーツサラダであった。コーヒーと紅茶を飲み終わると、太陽が丁度顔を出した。車は暫くは西へ向かって走るから、

「有り難いことに朝日を目に入れないで走れる」

と、ロイスは大喜びでスタートした。

このキンバリー地区は、面積四十二万三千五百平方キロある。西オーストラリア州の中では、北西部に位置してインド洋とティモール海に面している。

日本は、三十七万七千九百平方キロだから、日本全土より四万五千六百平方キロも広く、驚きである。そしてこのキンバリー地区を含む西オーストラリア州は、国内最大の州である。

昼頃には、赤土の上に陽炎の立つ道路を、ロイスの運転する4WDが土煙を上げて走っている。

ロイスは、丁度百キロでこの戦車のような4WDを、上手くコントロールして走る。三十年ほども、大型トレーラーの運転手をしてきた人だ。キャリアが違うと思った。

こんなに舗装をしていない道が、日本にもあるだろうか。どんなに片田舎へ行ってもアスファルトの舗装がしてあり、土の道路を車で走るなど、僕は経験したことがない。土の道は田んぼの畦道《あぜみち》か、山の中の杣道《そまみち》ぐらいだろう。

帰りも例のレストランへ寄った。遅いランチだったが、特別メニューのバラマンディ（魚）の炭火焼きが美味しそうだというので、皆同じものを注文して食べた。食後は、コーヒーと紅茶を頼み、おまけのクッキーも食べて出発した。

僕はこの旅の間中、ビルが母親のアキに対して気を使い、労わるのをずっと見てきたが、日本の孝行物語を見ているより親子の情が伝わり、何度も泣きそうになった。泣いているのをビルに見られると、

「よく泣く男だなぁ」

とからかわれるので、何時も少し離れて鼻をかんでごまかした。

夕方、アキの家に着いた。キャラバンパークのシャワーより、アキの家のシャワー

は気持ちがよくて、ほっとすると同時に爽やかな疲労感があった。

　料理の材料もないので、ケーブル・ビーチのリゾートにあるレストランへ、ディナーに出掛けることになった。レストランはパブも兼ねていて、たいへん賑わっていた。僕たちは案内されたビーチ側の窓際の席に、アキと僕、向かい側にロイスとビルが座った。まずはワインで乾杯して、ランチは魚だったのでディナーは肉と決まった。

　アキはチキンのアスパラ巻き、ロイスはフィレ・ミニョン、ビルもロイスと同じフィレ・ミニョン。流石に夫婦同じものを食べるのだと感心している僕に、

「ロイスのまねをしていれば、人生そんなに失敗しないからね」

とビルは茶目っ気たっぷりに僕に囁いた。僕はポークのフィレ肉のマッシュルームソースがけを頼んだ。

　僕のレンタカーで来ているので、

「帰りは僕が運転しますから、みんなワインを存分に飲んでください」

と言うと、

「それは安心だ。じゃんじゃん飲もう」

という訳で楽しいディナーが始まった。

　ビルとロイスの向こう側に座っている男性が、白い歯を見せながら僕に軽く手を

振っている。あっ、ピーターだ、と分かって、僕は勢いよく立ち上がり、ぺこりと頭を下げた。ピーターは、

「元気そうで何よりだ」

と声を掛けてくれた。

僕は皆に紹介した。

「案内所で親切にレンタカーを頼んでくれて、キャラバンパークを予約してくれた人、ピーターです」

ビルはすぐにワインの瓶とグラスを持って、ピーターの席へ行き早速に、

「ありがとう」

と、ワインを注いでいる。ピーターは、

「横の女性が婚約者でマリー、向かいに座っている女性がマリーの母親です」

と紹介している。

丁度ロイスと背中合わせに座っているマリーの母親が立ち上り、

「ハロー」

と、こちらを向いた。

僕はギョッとなって立ち竦んでしまった。あの空港の案内係のおばさんだった。

何という組み合わせだろう。親切で優しいピーターに、未来の義理の母が、悪い言葉遣いで不親切なおばさん。これは完全にミスマッチだと僕は心の中で嘆いていたが、ピーターはとても嬉しそうに未来の義理の母を僕にも紹介してくれた。

「感じのよい青年だな」

席に戻ってきたビルが、ピーターのことを褒めている。僕も、

「同感です」

と応えたが、おばさんについては触れなかったし、コメントもしなかった。

メインの食事が運ばれてきて、夕日が丁度水平線に沈むところである。この夕日を見ながらの食事は、このレストランの一番の売りで人気が高いのだという。確かに見事な夕焼けの海に、沈む太陽は美しく幻想的である。

一隻の帆船が、丁度沈んでゆく太陽の横に浮かんでいる。たぶんこれは、世界中から集まってくる写真家のためだろうと思うが、アマチュアもプロも、皆カメラを構えて待っている。

幸子も勝久も、もちろん信次郎も毎日のように、この夕日を見て暮らしたのだろう。

明治時代に移住した喜平も、此処で生まれた隆も、みんなこの夕日に元気づけられたのではないだろうか。海で繋がったニッポンに思いを馳《は》せた時間だったかもしれ

ない。

特に、信次郎はロンドンへ、幸子も東京へ行って居なくなってしまった後のブルームでは、この夕日を眺める勝久の心はきっと、日本へ帰っていったのではないだろうか。宇和海へ沈む夕日を思い出し、望郷の念に苦しんでいたかもしれない。

その頃に幸子からの手紙が届き、勝久の運命は、大きく幸子へと傾斜していった。

その二人の運命の続きが、今僕に人生を教えてくれているアキであり、ロイスであり、母の従兄ビルなのであるから。人の運命もしくは人生は、進んでみなければ分からないものだ。

何故だか皆無言である。それぞれの思いに浸って夕日を眺め、食事を楽しんでいるのだろう。

最初にアキを家に送っていき、僕たちはキャラバンパークのねぐら、ビルに言わせれば大豪邸へ帰ってきた。

こういった形式のキャラバンパークは日本にはない。ほとんどが公営であるらしい。オーストラリアでは、どの州にも至る所にあって、大抵は市の経営であるが、個人つまり私営のキャラバンパークも増えてきているという。

大きなものでは大ホールを備えていて、其処ではパークの住民が、ダンスをしたりコンサートを開いたりできる。

退職した夫婦などが、自宅を売って二年から三年かけて世界旅行に行き、帰国して住む家に、このキャラバンパークを選ぶ人も多いという。

第一の利点は、税金（固定資産税）がかからない。車とキャラバンがあればよいのだから安上がりである。いずれはナーシングホーム（老人ホーム）に行くのだから、その前の少々の間と、割り切っている人たちが多い。

水道代と電気代を払えば共同の水道が使えるし、シャワールームも使えるようになっている。もちろんトイレも共同で使う。

管理者がきちんと管理しているから、問題が起きた時にはすぐに対処できるようになっている。私営のキャラバンパークには、トイレもついている豪華な所もあるそうだ。

ビルたちのように旅行しながら、数カ月ずつ移動している人たちも居るし、ずっと住居として同じ場所に住んでいる人たちも居る。テレビのアンテナが立っているキャラバンは、ほとんどが移動しない居住者だという。

ビルとロイスは、シドニーの北の町ニューキャッスル市から、オーストラリア大陸を左回りに移動してきて、半周した所の母親の故郷、ブルームに長滞在となっているのである。

小型飛行機は、ニューキャッスルの空軍基地に居る時から、既に乗っていたもので、ケアンズに運び、次はダーウィンに運びという具合で、売らずに此処まで持ってきたという。飛行機を移動する時は、ロイスが４ＷＤにキャラバンを連結して走り、数日または一週間ほど遅れてビルに合流することにしているそうだ。

此処ブルームでは、母アキを乗せてパースまで行くのに便利で、よく飛んでいるようだ。

「パースの街は、アキにはたいへん思い出深い街だから、できるだけ行きたいと言う時は連れて行って、喜んでもらいたいんだよ。このウィリアム号も役に立っている」

とビルは目を細める。

アキは、クリスマスパーティーでジョンと出会った教会には必ず行って、お祈りを捧げている。その姿は、たぶん六十年前のように可憐で美しいと、この息子は思っているようだ。

二日後に、僕はレンタカー会社に車を返しに行った。

「ありがとうございました。お陰で楽しいブルーム滞在ができました」

と挨拶したら、

「うん聞いているよ。今朝ピーターから電話もらったから」

　ピーターは電話で、ゴウはとても喜んでいた、今朝は車を返しに来るだろう、と僕の先回りをしていたのである。

　いよいよ、僕がブルームを後にする朝がやって来た。昨日のうちにアキと一緒に墓参りを済ませていたので、気分は爽快とまではいかなくても悪くない。

　ウィリアム号の機長ビルは、海から吹いてくる風に向かって、上手くテイクオフした。流石にスムースなものだ。僕は今回もまたコックピットの副操縦士の席に居る。

　管制官との交信の後、水平飛行に入るとビルは少しリラックスして言った。

「これで凡そ一万六千フィート。この高度を保ってパースまで行こう」

「一万六千フィートは何メートルになるんですか」

「凡そ五千メートルになるよ。普段はもっと高く飛ぶけれど、今日はゴウに少しだけでもオーストラリアの大地を感じ取ってほしいから。雲の切れ間から砂漠が見えるだろう。

　その日の気象状況にもよるけれど、母を乗せてパースに行く時は、二万一千フィートで往復することが多いね。今日は少し低く飛んでみるよ。

　二人乗りや四人乗りの小型機は、ずっと低い高度で飛ぶよ。今日はあまり雲が出てないからラッキーさ。ゴウが初めてウィリアム号で長い距離を飛ぶから神様がよい天気にしてくれた」

ビルは何時でも、僕のことをまず第一に考えてくれていることが解る。自分のことなどより、母アキのためにパースに飛ぶ時は、アキに一番良い方法をとり、今回のように僕をパースまで送っていく時は、僕が一番喜びそうなことを選んでくれる。凄い人だなぁと思うと胸が熱くなって困った。

僕は下の景色を眺めながら、この飛行機の影が小さい鳥のように大地に映っているのが見えたので、

「あっウィリアム号の影が見える。素敵ですねぇ」

とはしゃいでみせた。

其処へ、ロイスが飲み物とケーキを持って現れた。

「若くてきれいなスチュワーデスが今日は休んでいますから、少し年増ですみません」

と言いながら、ビルと剛の間の細長いテーブルを引き出して置いてくれた。インスタントのコーヒーとチーズケーキだ。

「いただきまーす」

と手を合わせた。

「あまり飲むな、トイレが困るからな」

パースまでは凡そ四時間、速度は二五〇ノット（時速四六三キロ）と教えてもらった。トイレはもちろんあるのだが、できるだけ使わないようにしているのだと、ビルは少し照れながら言う。

下に見える大地の話をたくさんしてくれた。この大地の最初の住人アボリジニについて、白人がこの国を占領して以来、彼らの生活も全てが変わってしまったのだという。

「彼らに悲劇が始まったのさ。経験したことのない、支配されるという悲劇だ。彼らには、部族同士の戦いは常時あったけれど、違う民族に支配されるという歴史はなかったからね。

ゴウも見ただろう。ブルームのアボリジニの人々が、木の下で生活しているのを。私たちが見ればおかしいことも、彼らには当たり前のことなのさ。

雨も風も太陽の光も星も、みんな同じ自然だと思っているからね。例えば雨で濡れても、風が吹いて雲を吹き飛ばし陽が射せば乾くと考えるから、濡れていけない理由がない。傘なんて要らないのさ。

私の体の中にも、ほんの少しだけどアボリジニの血が混じっている。サチコの母がヴィクトリアといって、父親は日本人だけど、母親がアボリジニとアジア人の混血だったから、私は数カ国の先祖を持つ混血なんだ。

父はイギリス人、母は百パーセントではないが日本人。アボリジニもほんの少しだけど入っているしね。だから私も自分をたいへん誇りに思ってるんだ。特に両親の深い愛情を感じてきたから、私はつくづくラッキーだったと思うよ」

「最初、僕はビルさんが、アジア人と関係があるなどとは全然分かりませんでした。背は高いし髪も茶色だし、日本人の血が混じっているとは全然気がつきませんでした」

ビルは悪戯っぽく笑った。

「私は母似だと思っていたんだが、おかしいなぁ。父に似てしまったかな」

アボリジニの人々のことや、出掛けて行ったイラクでの人々のことなど、日本しか知らない僕には驚きや感動がいっぱいあって、砂漠の上を飛びながら、あっという間に時間が過ぎていった。

「僕は、ビルさんとロイスさんの素敵な関係を見て、将来真似をしようかと思っています」

「真似」

「はい、僕も何時かは結婚するだろうけれど、結婚は急がずゆっくり考えて、それまでさまざまな経験をして、もちろん仕事もバリバリして、と言っても仕事は未だに決まっていませんが……」

「ゴウ、それはいけないよ。真似なんかしてはいけない」

何時でも、穏やかなビルが強い調子だったので、僕はビルの顔を見て呆然となり言葉を失った。言葉は強かったが、顔は泣いているように見えたから。

「ビルさん……」

「ゴウ、好きな人ができたら離すんじゃないぞ、絶対にな」

「……」

「ゴウが変なことを言うから、頭がおかしくなったよ」

「……すみません」

「さあ、そろそろ下りるか。気を引き締めて行くぞ」

「ランディングは僕も緊張します」

「うん……行くぞ」

機長のビルは、後部の二人にもシートベルトのサインを入れた。僕の腰のシートベルトに、両肩から下ろしてきたベルトを、カチンと音を立てて締めさせ、両腿の間からもベルトを上げてきて、腰のシートベルトへしっかりと固定させた。

パースの街の北の端が見えてきた。ビルは空港管制塔へ着陸する許可を待つ。管制官の声が滑走路の指示を出して、着陸が許可された。

僕たちが普段乗るジェット機と違って、降下していく小型飛行機では、空中の風も匂いも一緒に身体に感じ、伝わってくる。

少しずつ高度を下げていく。

「実際には落ちてゆくのさ」

ビルは嬉しそうに僕を見た。

ああ良かった、笑顔になった。自分の言葉が彼に悲しみを与えた事実に、僕は後悔していたのだ。

ロイスが、自分が幸せなほどにはビルは幸せではないと言っていたことを思い出して、はっとなった。

この二人は、こんなにお互いを大切にし、素敵な関係を築いているのに、時折辛そうな表情を見せる。何かとても悲しい過去があるのかもしれない。

着陸後は、空港の一番端まで滑走して、個人所有の飛行機や会社所有の飛行機、チャーター用の会社の飛行機などが停まっている一角へ着き、ウィリアム号はエンジンを止めた。

　空港の係の人が、階段式のタラップを取り付けて合図し、ビルが中からドアを開けた。

「さあ着きましたよ」

　アキとロイスを先に、続いて僕が降りる。ビルは最後に降りてきて、

「何時もありがとう」

と、タラップの横に立つ係の人たちに挨拶をしている。

　ビルは空港使用の書類のサインをしなければならないので、アキとロイスと僕は、空港のロビーの方へ移動して待つことにした。毎回のことで慣れているようだ。

　洗面所で顔を洗ってリフレッシュした後、カフェで三人がコーヒーと紅茶を注文して飲み、丁度終わった頃にビルが現れた。

　ホテルへ行きチェックインを済ませようと言って、ロビーから出ると、すぐ前にもうレンタカーが停めてあり、乗り込んだ。

　僕はほんとうに、ビルという人の底知れない能力と、手際の良さに圧倒されてしまっている。何気なく何でも静かに片付けてしまうのだから、普通の者では太刀打ちできない。

大型旅客機の機長もできるというのだから、当然だ。

「飛行時間を遥かに越えているからね」

と軽く言うのだ。ずっと空軍のパイロットだったわけだから、そうだろうとは思うが、何でも速やかにこなす。

宿泊も僕が一度も泊まったことのない、高級ホテルである。玄関のドアは重厚で、自動ではなく、ドアマンが素敵に開けてくれる。

ビルの家族は何時も此処に泊まっているのだろう。部屋は家族用のオンスイートである。ベッドルームは三部屋ある。

流石に今日は疲れて、夕食はホテルのレストランから届けてもらった。白い服のウェイターが三人も来て、至れり尽くせりであったから、僕はもう、浦島太郎が竜宮城へ招待されたような、現実ではなく夢の中のような気がしていた。

日本へ帰国する朝が来た。今日の午後の便、ビルが替えてくれたビジネスクラスで僕はシドニーへ向かい、国際線に乗り換えて東京へ帰ることになっている。早朝からビルと一緒に、スワン河をフェリーで渡ることにした。対岸からは、ホテルなどのパースの圧巻の街並みを眺めることができた。

またフェリーで戻ってくると、今度は借りているレンタカーで丘の上の戦没者の慰霊塔を兼ねた公園から街を眺めてみようと、車でぐるっと一周するように上って行った。

スワン河と街が一望である。ビルは慰霊塔の前で十字を切り、長い間祈った後、僕にも勧めてベンチに座った。

「いよいよお別れだな、ゴウ。実に楽しかった、ほんとだよ」

ビルが横に居る僕の顔をじいっと見ている。僕は馬鹿みたいに、頭がぼうっとなって言葉が出てこない。たくさんお礼を言いたいのに言葉に詰まっているのだ。

目の前に広がる街を見ているビルが、静かな声で話し始めた。

「私が二十五歳の時、一人の女性を好きになった。私は日を重ねる毎に、彼女を心から愛するようになっていった。

彼女も私を愛してくれた。ほんとうに幸せで、会える日が楽しみで待ち遠しかったし、訓練のない日は一緒に過ごした。

私には訓練があるから、何時でも一緒というわけにはいかないけれど、二人で生活することが、こんなに素敵なこととは思わなかった。毎日叫びたいほど幸せだった。

二年余り経ったある日、彼女に、妊娠したと知らされた。僕は喜びで舞い上がってしまった。こんな感動もあるのだと、彼女が愛しくて抱きしめようとした。

するりと彼女はするりと僕の腕から逃れて、お腹の子はあなたの子ではないと言ったんだ。私には、彼女が何を言ってるのかが解らなかった。改めて彼女を見ると、冷たい眼をして私を見ている。

何が何だか解らなくて慌てふためき、『何故、何故なんだ』と叫んでいたよ。『話してくれ、訳が知りたい。何がいけないんだ』とね。

彼女は私に何の説明も弁解もなく、『さよなら』と一言だけ。腕を掴もうとする私の手を振り払って、そして鞄だけを持って出て行った。私は呆然と、出て行く彼女の後ろ姿を見ていた。長い間其処に立っていたように思う。

はっと気がついて、彼女を捜しに行かなければと、官舎を飛び出した。もう彼女の車は走り去った後に、うろたえ慌てているんだから馬鹿な話さ。

彼女が寄りそうな所の駐車場を見て回った。夜遅くなって、ぼんやり部屋に帰ると、初めて気がついた。彼女の物は何もかもなくなっていたんだ。そういうことにも気がつかなかった。

一緒に暮らし始めて二年余り、私は幸せで何も欲しい物はなかった。他人の子を妊娠するような彼女だとも知らずに、一度だって私たちの愛に、疑問を持ったことなどなかった。私が愛している分だけ、彼女も私を愛してくれていると信じていたからね。

それからは女の人に近づかなかった。いや、怖くて近づけなかったんだ。弱い自分自身を発見したら、戦闘機にも乗れなくなって上司に相談し、軍の貨物輸送の部署へ異動が決まった。

私も両親のように、強い愛情で結ばれて結婚し、子どもができると信じていたからね。妊娠したと言われたら、やったーと、もう有頂天だった。

お互いの愛情を疑うなんてことは想像さえしたことがなかったから、何もない部屋に取り残されることで、自分の馬鹿さ加減を自覚すると、立ち上がることもできなくなった。泣くしかない自分が居て……。

今でも彼女の夢を見る。どうしても嫌いになれずに恨むこともできずにいるんだ。嫌いになれれば楽だし、そうなりたいのになれなかった。今でも夢の中で彼女を抱いているんだ。

こんな未練がましい男は居ないよ。三十年も前の彼女が心から離れてくれないんだ。

でもロイスとの今の生活が、全くの虚偽の生活だとも思えないから、自分自身にはこれで良いのだと言い聞かせている。ロイスはとても魅力的な女性だからね。

時々顔を出す悲しみが、少しずつ遠ざかることを祈るだけかな。だから、ゴウは誰かを好きになったら、何があっても絶対に離してはいけないよ。

ゴウのお父さんのように、十八歳の時の一目惚れから嫌がる信子さんを説得して愛し合い、結婚し、今でも幸せに暮らしてる人がいるんだ。ゴウという素敵な息子も居るしね。

ゴウの両親も、私の両親も、形は違うが愛し合って理解し合って結婚した。そして子どもが生まれた。涙が出るほどの人間の尊厳が感じられる瞬間だ。次世代へと繋がってゆく人間の歴史になる。人類への大切な貢献の最も重要な一つだと、私は思っているよ。だから私の真似はしてはいけない。

ゴウと別れる前に、話しておかねばと思ったから、この明るい公園で話をすることにしたんだ。泣くなゴウ」

ホテルに戻ると、女性二人はゆっくり寛いでいた。

「早朝散歩は素晴らしかったよ。さあ朝ご飯にダイニングへ行こう」

ビルは二人に声を掛けると、両手を広げて後ろから押すように、僕たち三人をエレベーターへ乗せ、最上階にあるダイニングへと上がった。

パースの街が一望で美しい。スワン河を行き来するフェリーや、小さなヨットが朝から浮かんでいる光景は、誠にのどかでオーストラリアらしいとさえ思った。

　食事はバイキング形式だったが、いずれも美味しくてオーストラリア最後の朝食を、僕は意識して味わった。

　午後の便で帰国する僕の支度が終わり、四人そろって歩いて教会へ出掛けた。此処は、アキがジョンと出会った思い出の教会だ。みんなそれぞれの想いを胸に神に祈り、そして今日の日を感謝した。

　パースの空港で、

「此処では出国手続きができないから、シドニー空港の国際線のカウンターで、手続きなどをお願いします」

と言われた。

　僕はアキに抱きしめられキスをされて、ロイスにも同じようにキスをされて、温かい言葉ももらった。

　ビルには、

「必ずまた会おう。イヨを連れてくることを約束せよ」

と迫られて、

「はい」

と返事をしてしまった。

僕はずっと泣いていた。

「若いのによく泣く男だ」

またからかわれたが、ビルも潤んだ眼をしていた。

十六

小森家と川口家

　成田からリムジンバスで新宿駅に着いた。全行程は十八日間だったが、僕は一生にも匹敵するくらいの経験をして帰ってきた。

　祖母の家に戻って、どさりと荷物を下ろし、

「ただいま」

と言うと、ばあちゃんが飛ぶような勢いで、玄関まで出迎えてくれた。

「剛、お前無事だったのかい。何の連絡もないから心配で心配で」

と涙ぐんでいる。

「お母さんから何回も電話があってね。とっても心配してたからすぐに電話しなさい」

「子どもじゃないんだから、ちょっとオーストラリアに行ったくらいで心配し過ぎ

だよ」

僕は少し拗ねてみせたが、ほんとうは家族の愛情を感じて心から嬉しかった。

電話の向こうの母は、ほとんど涙声だったから、じんと伝わるものがあり、ブルームであったことを全部、家族に、特に祖母と母に話さなければと思った。

大学はまだ何週間も休みがあるから、三重の実家に帰ることにしよう。祖母が前回、三重の小森家を訪ねたのは、僕が小学校に上がる日だったから、十五年前である。

祖母も連れて行こうと思い、説得するのがたいへんだと考えていると、

「剛、お前田舎に帰るだろう。私も一緒に連れてっておくれ」

と言うではないか。

僕は大喜びで、三日後に祖母と共に新幹線に乗った。両親が名古屋駅まで車で迎えに来てくれていた。

伊代ばあちゃんの歳を考えてのことだろうけれど、彼女は矍鑠《かくしゃく》として、長年の畑仕事でも腰も曲がらず、背筋も伸びているのだから、奇跡に近い人である。そういえば、アキも背が高く姿勢がよかった。

春休みに帰ってきているから、僅かに数カ月ぶりだが、我が家が何とも懐かしかった。数年ほどにも感じる異様な懐かしさだ。

小森の祖父は、父の下宿探しで会って以来伊代ばあちゃんを信頼していて、東京に来る度に訪ねていたから、長い付き合いになる。だからかどうか、遠慮のないことも時々言う。

伊代ばあちゃんも遠慮のない言い方で、

「私の家も古いけれど、この家もずいぶんと古いですね」

と、風呂から上がってきて祖父と話している。

「山本さん宅は、戦争で焼けたでしょう。うちは明治の前からですから、かれこれ一五〇年余りにはなるでしょう。直し直しで今まできましたが、そのうち建て替えないと危ないですね。大きな地震でもくれば終わりです」

其処へ小森の祖母も加わって、

「恵介がお世話になって以来ですから、三十年ほどにもなりますかねぇ。

私も当時は東京へ行くのが嬉しくて、山本さんの所へ夫婦で押しかけて行きましたから、さぞご迷惑だったんでしょうねぇ」

「それはもう、えらい迷惑でしたね。私の一人娘を盗む計画を立てているご夫妻とは知らずに、全く上手く騙されたものでございますよ」

伊代ばあちゃんは、にこにこ笑いながら楽しそうに、昔の下宿屋の話をしている。

夕食の後、両親と小森の祖父母と妹、そして伊代ばあちゃんに、オーストラリアでの全てを話した。ただビルが最後の日に語った彼女のことだけは伏せて、どんな些細《ささい》なことも事実のままに、皆に聞いてもらったのである。

母が何回かお茶を入れに立っただけで、誰も席を立たなかった。説明に長い時間を費やしてしまったけれど、みんな真剣に聞いてくれた。たくさんの写真をコンピュータの画面に映しながら説明したので、祖父母にも解りやすかったようだ。

自家用飛行機の中も映したので、特に祖父は、

「わしもこの飛行機に乗って、空を飛んでみたい」

と羨ましがった。

祖父は村長をしている時から、世界各地に行った人である。視察などもあっただろうが、個人的な旅行もよくしたし、時には団体旅行にも加わって行っている。

「自家用飛行機には乗ったことがない。剛は素晴らしい経験をさせてもらったなぁ」

暫くして夜中を過ぎていることに祖父が気づき、

「続きは明日にするか」

の一言で解散になった。

伊代ばあちゃんを客間に案内して、僕が台所に戻ると妹が手伝っていた。母が訊

いてきた。

「ばあちゃん一人で大丈夫かい」

「大丈夫。ばあちゃんは何でもできるし、布団は敷いてきたから」

「ああ、ありがとう。でもばあちゃんが来てくれて、お母さんとってても嬉しいよ。剛ありがとうね」

「ううん、ばあちゃんの方から、一緒に行きたいと言ったんだよ」

「そうだってねぇ。ありがとう剛、お母さんとっても嬉しい」

　母は繰り返し、僕にお礼を言う。

「ううん、でも驚いたでしょう」

「ほんと不思議ね。偶然一つ空いたスペースが、ビルさんの隣だったなんて」

「お母さん、伊代ばあちゃんはブルームに行くと思う」

「分からないけど、案外妹に会いたいかもしれないよ」

「僕は、絶対に会うべきだと思うよ。僕があんなに歓迎されて受け入れてもらったんだから、ばあちゃんなら、もう日本へは帰してもらえないほどに大歓迎だよ。素晴らしい家族だよ」

「ずいぶんと惚れ込んだようだねぇ」

「うん、いい勉強をさせてもらった。一生の宝になると思うし、これから遅ればせながら、前へ向いて歩いて行けそうな気がしてる」

「よかったねぇ剛。お母さんねぇ……ちょっと傷つけるかもしれないけれど、いいかい」

「何、そんなに変なことなの」

「剛は高校の頃から、しつこく曾じいさんのことを聞きたがったろう。遠い昔のことばかりに興味を示す剛のことが気がかりでね。あのろくでなしみたいに、ブルームへ行って帰ってこなくなるのではないかとね。剛の心が過去ばかり見てただろう、不安で仕方がなかったんだよね。もしかしたら曾じいさんの呪いかと心配してみたり……」

「ごめんなさい、心配かけて。僕もう大丈夫だから」

「良かった、ほんとうに。お礼の手紙書くから、翻訳しておくれ」

「いいよ、お安い御用だ。いっぱいお礼を書いてね」

　母は、思い切ったような顔をして言った。

「剛、大学はもう卒業できる資格はあるんだろう。卒論はもう仕上がってるのかい」

「うん、まあね。大丈夫だと思う。少し訂正はあるけれど仕上げにかかるところ。たぶん問題はないと思う」

「じゃお前、ばあちゃんを連れてブルームに行っとくれ。何といってもすぐに八十二歳だからね。英語のできるお前が一緒でないと」

「いいよ、ばあちゃんさえ行きたいと言えばね。僕は何時でも行けるよ、明日にでもね。だけどお母さん、ばあちゃんの英語は一流だよ」

「ほんとだ、そうだったねぇ」

「お兄ちゃん、私も連れてって。私も行きたい。翔兄ちゃんは今頃は剣山《つるぎさん》辺りだろうね。残念だったね、今夜の話を聞けなくて」

「翔は今は山だけみたいだね。そうだ剛、私もお父さんと一緒に行こうかしら」

「駄目だよ、二人とも止めろよ」

　母も妹も、僕の話を聞いて行きたくなったらしいが、肝心の祖母が行きたいと言わなければ、アキに会わせる顔がない。

　三日滞在して、僕は祖母と一緒に東京へ帰ってきた。
　二、三日かけてオーストラリア旅行を纏めて、一冊の冊子にしようと思っているが、その前に宇和島へ行ってみよう。勝久の家のその後のことも何か分かるかもしれない。夏休みはまだたっぷりあるから、宇和島なら三、四日あれば充分だろう。
　それで、僕が中学生の時から心の中にあった、もやもやしたものへの区切りが、全部片付くのではと思った。

　五日後、父が上京してきてホテルに会いに行くと、僕に羽田から松山空港までの往復切符と、必要経費として学生の僕には勿体ないほどのお金をくれた。

「お父さん、こんなに要らない。多いよこれ」

「いいんだ。オーストラリアでほとんど使わなかったからと言って、お母さんに返しただろう。その分だから、いいんだ取っておけ」

「今度のオーストラリアへの旅行で、ずいぶんと成長したようにわしには見える。宇和島でも何かお前に教えてくれるものがあるよう、お父さんは願っている」

「うん。どうしても行きたいし、また何か学べると思う」

「お母さんも褒めていたぞ。英語も、子どもの頃から練習した甲斐があったと喜んでいたから、後でお母さんにお礼の電話でもしなさい」

　僕は思いがけない両親からの激励に感動して、胸が詰まった。ビルが居れば、よく泣く男だと言われそうである。

　そして僕はもう一つの目的地、四国へと旅立った。

　羽田から一時間半、到着した松山空港からリムジンバスで松山駅に行き、予讃線に乗った。途中の八幡浜駅に停まった時、勝久も此処に来たんだなと思って辺りを見ると、懐かしい気分にさえなった。

漸く汽車の終点、宇和島駅に着いた。九月に入り、もっと暑いと想像していたが、海が近いせいか爽やかな風を感じる。

ああ、この街で生まれ育った勝久が、あのブルームの墓で僕を待っていてくれた。ハナが生まれたのも宇和島の九島だから、ハナと勝久の故郷に着いたのだ。

僕は駅前のタクシー乗り場に行き、ハナが残した日記の住所を運転手に示した。

「この住所までお願いします」

「ああ川口さん宅やね」

「えっ運転手さん、川口さんをご存じなんですか」

「知っとるよ」

嬉しそうな返事が返ってきた。

「すみませんが、お城の前か傍を通ってもらえますか」

「ええですよ。お城の下を通って行きましょうわい」

と陽気に言う。

勝久もそうだったようだが、この宇和島城下の人たちは、みんなこんな風に、あっけらかんと陽気なのだろうと思った。

「ええお城やろ！　重文やけど、わしは国宝の価値はあると思っとるんよ。何しろ築城は千年以上も前やけんな。天主は四百年余りやし、明治維新にも太平洋戦争でも生き残ったお城なんよ。宇和島藩伊達家十万石の城下町に相応しい風格やろ」

「ええ、僕もそう思います」

「そうやろ、そうやろ」

運転手は一人で合点している。

「運転手さん、ちょっとお訊きしていいですか。運転手さんは鹿踊りの歌をご存知ですか」

「もちろん知っとるよ。踊りも踊れるけんな。わしらの町内が鹿踊りやけん。誰でも知っとるわい」

と、頼まないのに歌い始めてしまった。

川口家の玄関で僕を降ろした運転手は、自分も降りてきて、玄関の戸をガラガラと開けて呼んでくれた。

「川口さん、お客さん来とるよ」

そして今僕は、三日間の宇和島訪問から、新宿の伊代ばあちゃんの家に帰ってきて、僕の部屋のパソコンに向かって最後の仕上げにかかっている。

中学生の頃から、僕の青春の全てを費やした後ろ向きの人生、昔に拘り続ける僕の中のお化けに、漸くこの夏辿り着いたから。小冊子のタイトルは「知っていますか、日本人が海を渡って真珠貝を採った時代を」とした。

宇和島の川口家の人々から、勝久の情報をもらってきて纏めている。ブルームから届いた、勝久と幸子の手紙が全部残っていた。

勝久が幸子を助けて、神戸から船に乗った事情を簡単に知らせてあり、ブルームに帰ってからは頻繁に手紙が届いている。

その中の一通には「今、何より辛いのは」という書き出しで、ブルームの日本人社会で、信次郎の嫁と思われていた幸子と結婚したことに、白い目が向けられて苦しんでいる様子が、赤裸々に綴られていた。

幸子は隆の大切な一人娘、その幸子が籍も入れてもらえず、伊代を出産した後、東京に置き去りにされ理不尽な扱いを受けた。人間の尊厳を改めて考えると、許せることではないと激しい怒りの言葉を並べた手紙だった。たぶん母親へ出すのに駆け引きは要らず、本音の文章だったのだろう。

その他には、幸子を東京から連れ戻したが、幸子は幸せではなさそうで、笑顔も見せず口も開かない。だんまりを決め込んでいる理由が解らない。俺は間違ったことをしたのだろうか、と苦悩する文章が続いているのである。

待てば先には良いことが待っているのか、それとも、幸子も何もかも全て捨てて、宇和島へ帰って漁師にでもなるかと書いてきている時期もある。

幸子が、伊代を東京へ残してきたことで後悔をしているのは分かるが、それなら何故あの時黙ってないで、伊代は私の子どもだと頑張らなかったのか。今になって遅すぎるだろうが、と怒りを爆発させたような手紙を書いてもいたのだ。

僕は、ハナの日記帖からも、アキの話からも、勝久は穏やかで優しい性格だと感じていたから、よほど頭にきて書いたものと思われる。

勝久はひと頃、その苦しい胸の内を手紙にぶつけてきていた。しかしアキが生まれた頃から、信次郎への拘りを除けば、力強く生活していて、頑張っている様子の手紙が多くなった。

時折、幸子に話してほしいという苦しみを書いてはいるものの、アキの成長する様子が書き綴られ、その喜びが夫婦の絆になっているようだった。

そしてアキの就学前、とうとう幸子が話すようになったという喜びを爆発させた便りが届いていた。その頃からの手紙には、怒りも愚痴も何もなく、ただ幸せであることが窺える内容だった。戦争が始まるまでは、であるが。

その他には、ヘイの収容所での出来事や、悲しい結末になったカウラ収容所での脱走事件が書かれていた。日本人二百三十一名が死に、百八名が負傷したこの事件は、オーストラリア政府によって極秘情報として秘匿された。

記録では日本政府もカウラ事件を確認していたが、日本兵捕虜の存在自体を否定していたため、発表されることはなかった。

勝久は、日本人は賢い民族だと思っていたが、生きて帰れないなどと教えられて、脱走したり自決したりと愚かに見える、と書いていた。江戸時代ではないのだから、生まれたら人は生きてゆくことを教えるべきなのに、狂った時代の犠牲なのか、狂った政府の犠牲なのか、狂ってしまった軍部の犠牲なのか、辛い時代だったと、母親に不満をぶつけている。

多くの手紙には、勝久自身の感情がいっぱい書かれていて、彼の考えの基本が、生きて人生を全うすること、それは長生きをすればよいというものではなく、短くとも自分の人生を生ききる、という考え方であることを窺わせる。

僕は、膨大な数の勝久の手紙を読んでいるうちに、

「あっ」

と叫んでいた。

勝久が本来持っている、明るさと関係があるのだろうが、明治生まれの勝久が既に、民主主義というものを自分の中に持っていたことが伝わってきたのだ。文章の中には、人間の尊厳などという言葉も書かれており、民主主義社会である筈の、二十一世紀に生きる僕たちでさえ、はっとなり姿勢を正したくなるような、毅然とした考え方だったのである。

太平洋戦争が終わり、戦前からオーストラリアに移住して仕事を持って働いている人々は、それぞれの場所に戻ってよかったが、この際日本へ帰ろうという人たちも多かったと、手紙には書かれている。

そして昭和三十九（一九六四）年に、幸子が死んだという手紙が最後で、たぶん自分もそんなに長くはないだろうと書いていた。宛先は跡取りの兄の名前になっているから、既に両親は亡くなっていたようだ。

僕が宇和島の川口家でお世話になったのは、跡を継いだ兄の息子、勝久には甥に当たる人だった。今は当主になっていて、そろそろ隠居して息子に任せるのだとも言っていたが、その息子は未だに独身で、まだ跡は継がないと親子で揉めていたのが、唯一僕が見た川口家の争い事であった。

独身の息子は、速水《はやみ》という素敵な名前だった。その速水さんが僕を、宇和島城や和霊《われい》神社などに案内してくれたり、ハナの出身地の九島にも連絡船に乗って連れて行ってくれた。遠い昔に九島を離れたハナを覚えている人はもちろん居なかったのだが、実家は今も漁師をしているという。

「実家を訪ねてみますか。すぐこの近くのようです」

速水さんの案内で、二人で歩いて行った。その家に着くと、腰の曲がったおばあさんが、

「ハナのことは知っとるけんど。うちでは、よう話しよったけんねぇ」

と、奥からハナの結婚式の写真を出してきてくれたのだ。もちろん僕も見たことがある白黒の写真だ。初めての家に三十分ほども居ただろうか。丁寧にお礼を言って波止場まで歩いて戻った。

また速水さんは、山の上から宇和島湾を見せてくれた。ああこの景色が、何時も勝久の脳裏にあった故郷だったんだなと、僕は納得した。速水さんは、遠くは宇和海国立海中公園まで連れて行ってくれて、美しい珊瑚《さんご》の海底を見せてくれた。

今度東京に遊びに行きたいと言うので、

「是非いらしてください。祖母の家に泊まってください」

と、僕は勝手に安請け合いをしてきた。

勝久とは直接の繋がりはないが、隆、幸子、伊代、信子と受け継がれた川口家の血が僕にも流れているのだ。更に、一緒に暮らす祖母伊代の名前は勝久が付けたのだから、満更遠い親戚という関係だけでもないと、勝手な理屈をつけて。

東京に帰る朝、当主と一緒に勝久と幸子の墓に参った。川口家の墓の中にあって、幸子が死んだ知らせの後、勝久から手紙が来なくなったので、二年後に二人の写真を入れて建てたというのである。墓石の裏にブルームにて死すと書かれていた。

ブルームで撮ってきた墓の写真を、コンピュータから印刷して持ってきて、訪ねた日に当主に渡していたから、きっと此処に連れてきてくれたのだろうと思った。

僕は、速水さんとすっかり仲良くなってメールのアドレスを交換して、彼の車で松山空港まで送ってもらった。


オーストラリアから帰国してすぐに、僕はビルにお礼のメールを送信した。それからは頻繁に、ビルのメールアドレスに、最新情報を送りますと書いて、伊代ばあちゃんのことを中心にメールしている。

ビルからもメールが来る。まだブルームを離れずにいるが、間もなくブルームは暑い季節になるので、南へ移動するという。

曾祖父の信次郎が、ブルームへ渡った年から九十年、勝久が信次郎と共に、ブルーム入りしてからでも八十五年が経つ。

喜平ならもっと昔の明治二十五（一八九二）年だ。凡そ百二十年前のことになる。二十一世紀も十年経った今、就職先がないと焦って嘆く我々現代の若者を、喜平たちなら何と言うだろう。

職を求めて海外へ出て行った当時の若者たちは、命がけの海外移住だった。移住した先では、経験したことのない人種差別に苦しみながら、潜水病やハリケーンで命を落とす。

あの頃と反対になったかのように、今は東南アジアや南アメリカなど海外から、日本へ働きに来る時代になった。そして我々この国の若者たちは、就職先がないと嘆いているのだ。

誰も命を懸けるような仕事など望みはしないし、何かの事故にでもなれば、補償を求め、訴訟を起こすのが当然となり、社会的現象になっている。何でも訴えてみる、または訴えられるという社会、世界的傾向ではあるが、僕はブルームを訪問した今では、価値観が大きく変わった自分を感じている。

木の下や岩穴で過ごす先住民の人々。太陽の光も雨も風もみんな自然に受け入れて、雨に濡れても陽が照れば乾く、風もじっと待ってればそのうち止むというのだから、やっぱり自然そのものだ。

今ではオーストラリアの先住民も、普通に家を持って暮らすのがほとんどなのだが、ブルームなどの西オーストラリア州やノーザンテリトリーでは、今でも自然の中で、自由な形で生活している人々も居るということを知った。木の陰で涼をとる人たちを見ていると、全てに無理のない風景に見えた。

日本でそういう生活ができるかといえば無理だが、考え方としてなら僕は受け入れられると思う。

明治時代からブルームへ移住した、真珠貝のダイバーたち先祖について纏めることができて、子どもの頃から過去ばかりに興味を持ってきた僕が、昔に限《きり》をつけて、漸く前へ進むことができそうな気がしている。

ずっと悩み続けた将来への展望が、漸くはっきりと見えてきた。学んできた技術を生かす仕事に就きたい。もしできるならエンジニアとしての仕事に就き、更に英語を活かせる仕事をしたいと焦点を絞り始めている。

十七

終章

長い間僕を取り込んで放さなかった昔への夢、過去へ連れ戻そうとする力を、迷惑と思いながらも惹かれている自分がいた。

僕の考える昔が、世にいう歴史とは異なることも分かっていて、目に見えるこの世界からは見えない真実を探して、もがき続けた。

ゆらゆらと道の向こうに見える陽炎のように揺れていて、でもきっと其処にあるばずの定かなものへ、僕はなかなか近づけなかった。

友人に話しても、

「剛、まだ夢の中か」

と、笑われたり、両親には、

「お前、何ふにゃふにゃ言ってるんだい」

と、首を傾げられてしまう。

「お母さん、そのふにゃふにゃの向こうに何かあるんでしょう」

僕が必死で食い下がると、母は、悲しいような寂しいような変な顔で僕を見ていたのである。

高校生の時に、曾祖父の信次郎について、母から聞き出そうと必死だった頃のことが嘘のように、大学卒業前のこの夏休みに、全ての区切りがついた。僕の頭は自由に動き出し、荷を降ろした後の軽い車輪のように、回転を始めてくれたようである。

伊代ばあちゃんの返事がないままに、あと半年の大学が始まったが、今の僕がするべきことは就職活動だけであるから、もう必死で取り組んでいる。

インターネットで情報を集め、行ける所はすぐにも飛んで行く。その中で、前のように下ばかり向いている面接試験ではなくなっていることに、自分で気づいている。ああ違ってきている、以前と違った自分を感じる。

ブルームでの経験とともに、ブルームの墓と宇和島の墓に手を合わせたことで、僕が中学生の頃から背負っていた過去の亡霊たちからの伝言は書き残すことで、許されたのだろうと思う。確かに身体が軽くなっているのだから。

僕は過去と過去を、偶然の点と点を繋いできた。ここまで偶然が重なり続いてくると、これはもう必然ということだろうか。

その点の続きはこれからだ。足先を未来へと向けて、一歩前へ踏み出したのだ。

実家の近くにある、大型船の建造をしている造船会社が、来年三月の卒業生を対象にまだ募集しているのを知り、駄目で元々と思って応募しておいた。

今回は筆記試験でも上がらずに、割に冷静に答えが書けた。僕にしては上出来の筆記試験だったが、面接までいけるかどうかは分からない。

不安に思っていたが二週間後、何と、面接に来るようにとの通知が届いたと母から電話があり、飛ぶようにして実家に帰った。

面接はやはり緊張したが、以前のように手足が震えることもなく、答えに詰まることもなかった。

それから丁度一カ月後に、この会社にエンジニアとして採用が決まったのである。

バンザァ～イ、万歳！

そして、今朝になって祖母が、少し照れながら言った。

「剛よ、今年中にオーストラリアに行こうかねぇ。たった一人の妹が待ってくれてるようだから」

ビルと交わした約束が果たせる。若々しい伊代とアキ、姉妹の顔が交差した。

あとがき

この小説は、歴史的背景などはできるだけ事実を調べて織り込んでいったが、フィクションである。明治時代から多くの若者が、オーストラリアの木曜島や西オーストラリア州のブルームの町へ、真珠貝採りの潜水夫として移住してきた。

二〇一一年、筆者は二週間余りブルームの町に滞在し、図書館で資料を読み五日間過ごした後、一日は博物館の見学と、日本人墓地へも足を運んだ。レンタカーで走り続けた二週間余りであったが、キンバリーの大自然には恐怖で足が竦んだ。とにかく何百キロ走っても人の姿はなく、この国の広さに圧倒されてしまった。


あの二〇一一年当時、一人だけではあるが、昔を知るお元気な日本人に会ってお話を聞くことができたことは、筆者には思いもかけない僥倖であった。

太平洋戦争後に、一番最後の潜水夫として移住してきた和歌山県の方だった。彼の家に招待を受けてお邪魔した。巨大なマンゴーの木が家を覆い隠していたが、庭へテーブルを出してくださり、若い頃のお話を嬉しそうに話してくださる横には、奥さまと娘さんとお孫さん二人が座っていた。

奥さまはアボリジニで、悪い言葉を使ってギョッとなったが、他意はなく、大きな声で笑う顔は屈託がなくて、筆者もつられて大いに笑って過ごした。

昔、ご自分で収獲した真珠貝が庭にいっぱい置いてあった。多くは丁度筆者の掌の大きさで二十センチほど、一番大きな貝は直径三十センチはありそうだった。

こんなに大きな貝を胸の籠に、いっぱい入れて浮上してくる話の時は、何十年も経っているにもかかわらず嬉しそうだった。収獲した真珠貝を数えて、仲間たちと競い合った喜びを語る時には、ほんとうに顔までも若返るように見えた。きっと誇りに思っていたのだろう。それでも潜水夫として活躍した時期は短かったという。

漸く、小説に纏め上げることができた。明治の時代からの日本とオーストラリアの繋がりを小説にすることで、長年の夢が叶った。少しでも多くの日本人に知って頂きたくて著したが、両国を繋げる役に立つだろうか。

終わりに、愛媛新聞サービスセンターの阿久津素子氏に、的確なアドバイスを頂きましたこと、衷心より感謝申します。

二〇一八年七月

松平みな

[参考文献]

Beyond the Lattice (Broome's early years)　by Susan Sickert

The White Divers of Broome (The truth of a fatal experiment)　by John Bailey

Number 2 Home (A Story of Japanese Pioneers in Australia)　by Noreen Jones

図説 東京大空襲　早乙女勝元著

[プロフィール]

松平みな　Mina Matsudaira

オーストラリア在住。

著書に『地上50センチの世界』『天へ落馬して』『穣の一粒』

1987年4月　オーストラリアへ移住

教鞭を執る傍ら、ボランティア活動に没頭する

1998年9月　「環太平洋協会」を設立し、理事長に就任

2003年5月　オーストラリア政府よりCENTENARY MEDALを授与

2008年7月　理事長を辞し、生涯理事に就任し、現在に至る

2017年1月　『穣の一粒』が第32回愛媛出版文化賞奨励賞を受賞

偶然の点の続き ―ブルームに集いて

平成30年9月25日　初版第1刷

著　者　松平みな

編集発行　愛媛新聞サービスセンター

〒790-0067

松山市大手町一丁目11番地1

電話 089(935)2347

印刷製本　アマノ印刷

ISBN978-4-86087-141-3